Rocky, dernier rivage

AU DIABLE VAUVERT

Thomas Gunzig

Rocky, dernier rivage

Roman

Du même auteur aux éditions Au Diable vauvert

MORT D'UN PARFAIT BILINGUE, roman, Prix Victor Rossel
LE PLUS PETIT ZOO DU MONDE, nouvelles, Prix des Éditeurs
KURU, roman
10 000 LITRES D'HORREUR PURE, roman, Prix Masterton
ASSORTIMENT POUR UNE VIE MEILLEURE, nouvelles
MANUEL DE SURVIE À L'USAGE DES INCAPABLES, roman, Prix triennal du roman
ET AVEC SA QUEUE, IL FRAPPE !, théâtre
BORGIA, COMÉDIE CONTEMPORAINE, théâtre
LA STRATÉGIE DU HORS-JEU, théâtre
LA VIE SAUVAGE, roman, Prix Filigranes
ENCORE UNE HISTOIRE D'AMOUR, théâtre
FEEL GOOD, roman
LE SANG DES BÊTES, roman

ISBN : 979-10-307-0605-5

Ouvrage réalisé avec le soutien de la Fédération Wallonie-Bruxelles

Au diable vauvert
La Laune 30600 Vauvert

www.audiable.com
contact@audiable.com

« All dead, all dead
All the dreams we had
And I wonder why I still live on
All dead, all dead. »
« *All Dead, All Dead* », Queen

À Marion Mazauric,
Merci pour la liberté, la confiance et l'amitié.

Première partie
(Aujourd'hui)

Fred

Il était furieux. Et comme chaque fois qu'il était furieux, il avait enfilé ses baskets, claqué la porte de la maison, espérant que sa fureur se dissolve à mesure qu'il avancerait sur le sentier, qu'elle s'évapore peu à peu, comme de la rosée au lever du jour. Il ne s'était pourtant rien passé, Hélène n'avait rien dit ou rien fait de particulier, les enfants non plus. Il ignorait d'où venait sa rage, pourquoi elle surgissait de plus en plus souvent et de plus en plus violemment. Elle pouvait s'emparer de lui n'importe quand : le matin au réveil, l'après-midi lorsqu'il vérifiait le niveau de la citerne, le soir lorsqu'il descendait dans la réserve, ça pouvait le réveiller en pleine nuit, il ouvrait alors les yeux, dans sa poitrine il sentait son cœur battre comme un fauve, il se redressait et, dans l'obscurité de la chambre, il retenait le cri né de cette rage incompréhensible mais aussi brûlante qu'un fer à souder. Il lui fallait alors un long moment, parfois des heures, avant de parvenir à se calmer et puis à se rendormir. Parfois, comprenant qu'il ne se calmerait pas, il se levait, marchait jusqu'au salon, y restait debout, nu, devant la porte-fenêtre d'où il regardait dans le ciel nocturne briller des étoiles dont il ne connaissait pas le nom.

Il était furieux mais toujours il gardait cette fureur à l'intérieur de lui, cachée comme un secret honteux.

Il arriva au sommet de la colline. De là il avait une vue à trois cent soixante degrés sur l'île : une forme de haricot, dix-huit hectares, cinq cents mètres de long, trois cent cinquante de large. Au nord, une falaise d'une dizaine de mètres de haut plongeait dans la mer ; au sud une plage de galets gris et glissants ; à l'est une petite grève de sable jaune où était amarré le Zodiac et, un peu plus loin, à une centaine de mètres du rivage, se balançant sur la houle argentée, le voilier qui n'avait pas bougé depuis cinq ans. En contrebas, il apercevait la maison, une construction vaguement inspirée du style hacienda, c'est-à-dire trois espaces habitables encadrant une cour intérieure couverte de carrelage ocre. Il inspira. L'air frais du matin, légèrement piquant, le calma un peu. Le ciel bleu décoré de quelques nuages de beau temps annonçait un temps agréable, comme souvent. Sur cette île de l'Atlantique, le climat subtropical était idéal, la température ne descendait jamais sous les dix degrés (les nuits étaient fraîches) et ne dépassait jamais les vingt-cinq. Selon le moment de l'année, il pleuvait entre un et dix jours par mois des quantités d'eau raisonnables, qu'il stockait dans la citerne où elles couvraient facilement tous les besoins d'une famille de quatre. La faune locale était paisible et inoffensive : pas de moustiques ou d'insectes dangereux, juste des mouches, très noires, au vol paresseux et bruyant, quelques espèces d'oiseaux marins, des lézards. Parfois, sur les rochers venaient s'endormir des phoques aussi dodus et brillants que des brioches, c'était tout. Cinq ans plus tôt, lorsque les gardiens Ida et Marco étaient encore là, il y avait aussi leur chien, Jet, un border collie noir et blanc avec des yeux bleus nacrés dont l'affection nerveuse et compulsive semblait sans limite. Mais ça, c'était de l'histoire ancienne. Et aujourd'hui qu'il n'était plus là, ce chien lui manquait.

Fred laissa passer un moment avant de prendre le chemin en sens inverse. Pendant qu'il marchait, il remarqua que les semelles de ses Nike Wildhorse 7 se décollaient un peu sur l'avant. Il se sentit contrarié et juste après la contrariété, il se sentit inquiet. Qu'allait-il faire si les semelles se détachaient complètement ? Il n'avait pas d'autres paires aussi confortables que celle-là. Quelques mois plus tôt, la toile de ses Asics Nimbus s'était purement et simplement déchirée et si les Nike le lâchaient, il ne lui resterait plus que les grosses NorthFace Exploris montantes, bien trop lourdes et chaudes pour un usage quotidien. Il avait aussi des bottes Aigle en caoutchouc, quelques paires de chaussures « de loisirs » en toile : des Converse, des Docksides, des mocassins en cuir Carlington et, dans leur boîte, deux paires de richelieus Berluti qui ne servaient absolument à rien sur les chemins de terre ou les rochers glissants de l'île. À mi-chemin, il songea qu'il allait peut-être essayer de mettre une pointe de colle sur les semelles. Il y avait, dans l'atelier, une sorte de colle forte « express », il ne savait plus dans quel recoin exactement, il allait devoir chercher.

Quand il arriva au pied de la colline, il se rendit compte qu'il avait légèrement faim. Comme souvent, il avait oublié de prendre son petit déjeuner. Depuis qu'ils étaient là, sur cette île, la tradition des heures de repas – matin, midi, soir – s'était peu à peu perdue. Avec Hélène ils s'y étaient tenus, au début, plus ou moins, quand ce genre de choses avait encore l'air important, et puis, il ne savait pas comment, ils avaient cessé de prendre les repas tous ensemble, cette habitude s'était lentement dissoute jusqu'à totalement disparaître. Fred était nostalgique de ce que, pour lui-même, il appelait la « première période » et qui couvrait grosso modo la première année passée sur l'île. Lorsque Ida et Marco étaient encore là pour leur préparer le dîner et pour s'occuper de tout ce qui touchait à l'entretien et aux réparations. Lorsque le réseau satellite fonctionnait, leur permettant de recevoir des nouvelles du monde. À ce moment, il avait l'impression qu'avec sa famille ils étaient comme les dieux de l'Olympe observant les humains s'égarer dans leurs éternelles turpitudes. Le monde s'embrasait dans une catastrophe globale et Fred, Hélène et les enfants, Jeanne et Alexandre, sur leur île à six cents kilomètres à vol d'oiseau des côtes les plus proches, dînaient en famille, profitaient du jacuzzi, exploraient l'île, regardaient des films sur le grand écran OLED 105 pouces du salon. Durant cette première année, Fred se sentait fier de lui : il avait su gagner beaucoup d'argent, il avait été prévoyant et il avait eu la présence d'esprit de mettre sa famille à l'abri. Il se souvenait s'être souvent répété cette phrase : « J'ai mis ma famille à l'abri » et qu'en se la répétant, l'orgueil d'avoir accompli la plus noble des missions humaines lui gonflait la poitrine. Bien entendu, durant cette première période, l'inquiétude pour ceux qu'ils avaient laissés derrière eux les taraudait encore : les quelques amis et collègues moins prévoyants ou pas assez riches pour s'offrir un véritable abri. On s'inquiétait pour la famille qui s'était obstinée à ne pas vouloir les suivre, comme les parents d'Hélène qui, jusqu'au bout, n'y avaient pas cru à cette catastrophe, comme sa cousine et son mari qui avaient préféré partir vers un chalet suisse qui n'avait absolument pas été conçu pour être autonome. Au début, les nouvelles arrivaient, presque régulières. Puis, à mesure que les conditions de vie s'étaient dégradées, c'est-à-dire rapidement, en quelques mois à peine, elles s'étaient faites plus rares et plus tragiques. Jusqu'au jour où il n'y eut plus de nouvelles du tout. La dernière, venue des parents d'Hélène, était un mail : « *Ta mère est malade, toujours dans le camp de réfugiés, rationnement très dur, Papa.* » Grâce au réseau satellite, Fred avait gardé le contact avec ceux qui, comme lui, s'étaient réfugiés sur des îles privées mais la plupart avaient choisi des îles beaucoup plus au sud croyant y bénéficier d'un climat agréable. C'était un mauvais calcul, ces îles tropicales n'avaient pas tenu longtemps. L'intuition de Fred avait été la bonne : choisir une île assez petite, sans aucune valeur stratégique, éloignée des côtes et située dans une zone géographique relativement épargnée par la violence des bouleversements climatiques. Et puis, avec le temps, le réseau satellite avait disparu pour ne plus jamais revenir, tous les canaux de la radio s'étaient tus et Fred avait bien dû se rendre à l'évidence : à peu de chose près, ils devaient faire partie des derniers humains et jamais ils ne quitteraient cette île.

Hélène

Hélène s'était réveillée sans se souvenir des rêves qu'elle avait pu faire. Ça faisait longtemps qu'elle ne s'en souvenait plus. Elle avait fini par se dire qu'elle ne rêvait plus et qu'elle ne rêverait plus jamais. Elle n'avait aucune idée de l'heure. Était-ce le matin ou déjà l'après-midi ? D'après la lumière s'infiltrant entre les mailles du tissu gris des stores, elle savait que le jour était levé mais elle n'aurait pu être plus précise. Des années plus tôt, quand de grandes vagues de mélancolie avaient failli emporter sa raison, elle avait jeté le radio-réveil contre le mur. Il avait explosé sous la violence du choc et aujourd'hui, en guise d'horloges, il ne restait dans la maison que celle du luxueux four Fahrenheit, celle du micro-ondes, celle du cuiseur-vapeur, celle du frigo et celle de la télévision. Hélas, au fil du temps et des microcoupures de courant, tout s'était complètement déréglé et les téléphones portables, qui avaient besoin du réseau wifi ou du réseau cellulaire pour se mettre à l'heure automatiquement, avaient fini par indiquer des heures complètement absurdes. À la fin de la première année, Jeanne et Alexandre s'étaient mis en tête de fabriquer un cadran solaire en plantant un morceau de parasol dans une table de la terrasse. Ils avaient suivi les instructions se trouvant dans un ebook intitulé *Le Manuel du jeune aventurier, Exploration et découverte de la nature*. Hélène l'avait uploadé sur sa liseuse et après une journée de travail, les deux enfants avaient fièrement annoncé qu'il était « dix-huit heures trente ». Et puis, leur attention s'était portée sur autre chose et, un jour de tempête, la table avait basculé, le morceau de parasol s'était détaché et personne n'avait eu l'idée de reconstruire le cadran.

Hélène s'était levée. Elle avait mangé la pomme qu'elle avait sortie la veille du congélateur à fruits et puis, comme elle ne savait pas quoi faire, elle s'était remise au lit. C'est à ce moment que, comme tous les matins, elle s'était mise à pleurer. Elle savait qu'elle pleurerait pendant environ une heure, après quoi, comme tous les matins, elle se passerait le visage à l'eau glacée et elle regarderait les photos et les films de « la vie d'avant ». Mais en attendant, elle pleurait et pour couvrir le son de ses sanglots, elle mit le dernier album de Billie Eilish : *Happier Than Ever*, sorti en 2021, trois ans avant que Billie Eilish, comme la majeure partie de l'humanité, ne disparaisse. Elle ne voulait pas que Jeanne ou Alexandre ou Fred l'entendent pleurer. Elle ne savait pas pourquoi. Au fond d'elle, quelque chose d'instinctif lui disait qu'elle ne devait pas avoir l'air faible.

En écoutant Billie Eilish, elle se demanda comment cette jeune chanteuse était morte : de faim ? de soif ? de froid ? de chaud ? de maladie ? Hélène espérait qu'elle n'était pas morte dans les grandes flambées de violence qui avaient éclaté un peu partout lorsque les gens avaient commencé à comprendre qu'il était trop tard, qu'il n'y avait plus aucun espoir et que ça les avait rendus fous. Ils s'étaient alors entretués de la pire des manières : on s'était étripés, démembrés, violés pendant des mois, le désespoir s'était transformé en une rage globale, aveugle et éruptive, totalement inutile. Pourquoi cela s'était-il passé comme ça ? Elle ne le savait pas vraiment. *Peut-être que la civilisation n'est qu'un déguisement sous lequel vivent d'affreux animaux*, s'était-elle dit, des années plus tôt, en regardant les images des émeutes sur l'écran de son laptop.

Sur la sono, c'était le morceau « Getting Older » qui jouait à présent. Hélène aimait les basses profondes utilisées par Billie Eilish, ça lui donnait l'impression que la musique la touchait physiquement et c'était justement de ça qu'elle avait besoin : de quelque chose qui la touche physiquement. Elle avait quarante-trois ans et, selon toute probabilité, plus personne ne la toucherait. Il y avait bien Fred mais Fred ne la touchait plus depuis quatre ans, depuis l'événement auquel elle ne voulait plus repenser.

De toute manière, elle ne supportait pas l'idée qu'il puisse encore la toucher. Cette éventualité lui soulevait le cœur.

Après une demi-heure, l'album arriva à la fin. C'était le dernier morceau du dernier album de Billie Eilish. Il n'y en aurait plus jamais d'autres. Il n'y aurait plus jamais d'albums en général. Plus personne ne ferait de musique. Ni de nouveaux films, ni de nouveaux romans, ni de nouvelles peintures. Si, quelque part, il existait des colonies de survivants, elles n'allaient pas survivre longtemps, ou alors dans des conditions telles que les gens seraient trop faibles pour penser à faire de la musique, à écrire des romans et avec quel matériel tourneraient-ils des films ? Tout ça, c'était bien fini. Toujours allongée, indifférente aux larmes qui lui coulaient sur les joues, elle alluma la télévision fixée au mur en face du lit. D'un mouvement du pouce sur la télécommande, elle parcourut les films disponibles sur le serveur. L'agence à laquelle Fred avait commandé l'aménagement de l'île avait bien fait les choses au niveau de ce qu'elle appelait « l'entertainment » : sur une série de disques durs (elle ne savait pas combien exactement), se trouvaient des dizaines de milliers de films et de séries télévisées, il y avait aussi des millions de livres numériques, des millions d'albums musicaux et des millions de jeux vidéo. Il y avait tellement de choses : tout le catalogue Paramount y compris tout le catalogue HBO, il y avait tout Sony Pictures, tout ce que les studios Disney avaient produit depuis leur création par Walt en 1923 ainsi que toutes les créations des studios achetés au fil des décennies : Pixar, Touchstone, Marvel, Lucasfilm, 20th Century Fox. Mais il y avait aussi le catalogue de studios indépendants comme Amblin, Lionsgate, American Zoetrope, en plus des productions européennes, chinoises, indiennes, sud-américaines et même africaines. En matière musicale, le choix était plus vaste encore et elle pouvait ordonner au serveur de lui faire un classement par « artiste », par « année », par « genre » et même par « humeur et ambiance » (liste « Dîner aux chandelles », « I love the 90's », « Sunday jam », « Cosy coffee house », « African Heat », « Dinner with friends »). Quand elle parcourait ces listes, Hélène se disait qu'elles étaient les échos d'un monde disparu : il n'y avait plus de coffee house, pas plus que d'amis avec qui passer une soirée. Les livres étaient présents aussi, par millions, elle pouvait d'un geste les télécharger sur sa liseuse : des essais, de l'histoire, des biographies, de la littérature, des best-sellers, des prix Goncourt, des prix Médicis, des prix de Flore, des prix Renaudot et des petits livres aussi, de petits auteurs que seuls très peu de gens avaient lus et que plus personne ne lirait. De toute façon, elle n'avait pas lu de livre complet depuis leur arrivée sur l'île. Les idées présentes dans les essais ou les histoires racontées dans les romans ne signifiaient plus rien : il n'y aurait plus jamais de grands principes d'économie, ni de psychologie, ni de sociologie, il n'y aurait plus jamais de tueurs en série terrorisant des adolescentes californiennes, plus jamais d'agents doubles, plus jamais d'histoires d'amour. Il lui arrivait souvent de commencer un livre, elle en lisait les premières pages mais elle abandonnait au bout de quelques minutes et elle revenait à la liste de films.

Elle renifla, s'essuya le nez du revers de la main et finit par choisir *Titanic* de James Cameron. C'était une bonne histoire. Elle aimait bien ce film. C'était bien raconté. Ce n'était pas trop compliqué ni trop ennuyeux. Il y avait de l'amour, de la jalousie, de la violence, des humains persuadés qu'il ne pouvait rien leur arriver alors qu'il était déjà trop tard et surtout, il y avait Leonardo DiCaprio. Elle aimait son personnage de jeune homme pauvre à la fois timide et rebelle. Elle rêvait que, comme Kate Winslet, elle se déshabillait devant lui, qu'il posait sur elle un regard doux et attentif, qu'il y avait soudain, dans cette luxueuse cabine qui représentait pour lui un monde interdit, une extraordinaire tension sexuelle mais qu'il ne se passait rien, il se passerait quelque chose plus tard, dans l'habitacle silencieux de la Renault type CB de Ville, 1912. Et ce serait merveilleux.

Hélène ne pleurait plus. Elle tendit le bras jusqu'à un tiroir de la table de nuit et prit le petit Womanizer qui s'y trouvait, posé sur sa base de rechargement. Elle ferma les yeux. Et pour un moment elle oublia la fin du monde.

Alexandre

Alexandre avait quitté la maison trois nuits plus tôt. Il avait pris des réserves de nourriture, chargé son iPhone et sa batterie externe (la batterie de l'iPhone ne tenait plus la charge que quelques minutes), fourré tout ça dans un petit sac à dos et il était parti sur la plage se trouvant à quatre cents mètres à l'ouest de l'île. Une large bande où se mêlaient des petits cailloux, des fragments de coquillages et des algues échouées. Là, en attendant la fin de la journée, il mit de l'ordre dans sa tente Quechua, il avait aéré son sac de couchage qui commençait à sentir le moisi puis, le regard perdu sur les vagues bleu cobalt, il avait mâché une poignée de ces baies noires poussant sur une plante dont il ne connaissait pas le nom.

Il aimait l'effet que ça lui faisait : la tête qui tournait, la langue qui s'endormait et l'impression momentanée que tout n'allait pas si mal que ça. Pour faire passer l'amertume, il buvait à cadence régulière une gorgée de vodka. En trois jours, il avait vidé une bouteille entière. Ça n'avait pas d'importance ; dans ce que son père appelait la « cave », il restait encore un nombre incalculable de bouteilles de vodka ainsi que du gin, de la tequila, du rhum, des bouteilles de vin aussi, par centaines, du blanc, du rouge, du rosé et des liqueurs, des eaux-de-vie, des bières et des crèmes alcoolisées, répugnantes et imbuvables, auxquelles personne ne touchait jamais, même pas lui. Quand il sentait l'angoisse monter en lui, il fermait les yeux et il visualisait ces bouteilles alignées les unes à côté des autres. Ça le tranquillisait. Ça l'aidait à retrouver son calme.

Depuis son dix-huitième anniversaire, un an et demi plus tôt, Alexandre éprouvait de plus en plus souvent le besoin de s'isoler. D'abord parce qu'il ne supportait plus l'atmosphère de la maison : la haine que ses parents éprouvaient l'un pour l'autre et qui semblait les consumer, leurs disputes – jamais violentes, jamais bruyantes, la brutalité soyeuse des gens qui « savent se tenir » – ou les bizarreries de sa sœur qui commençaient à lui faire peur. Mais il y avait autre chose. S'il aimait de plus en plus souvent venir sur cette plage, y mâcher les baies amères, y boire de la vodka, y faire jouer des playlists dans ses écouteurs Beats Studio dont le système de réduction de bruit l'isolait de l'univers, c'est qu'alors, seul et ivre comme il l'était, le souvenir de Chloé lui revenait avec une précision si parfaite qu'il avait l'impression qu'elle était à côté de lui et qu'il pouvait sentir la chaleur de sa peau contre la sienne, le goût de sa bouche sur sa langue et la douceur de ses cheveux entre ses doigts.

Ce qu'Alexandre préférait écouter, c'étaient des enregistrements de concert live, il se fichait des morceaux, ce qu'il aimait surtout, c'était entendre les cris du public. L'enregistrement de Cheap Trick au Nippon Budokan en 1978, Queen à Wembley en 1986, U2 à Red Rocks en 1983, Portishead à New York en 1998, AC/DC à River Plate en 2009, Green Day à Wembley en 2010, Triggerfinger à Amsterdam en 2012, Arctic Monkeys au Royal Albert Hall en 2020, Muse à l'Olympic Stadium de Rome en 2013, The Cure à Hyde Park en 2018, Nirvana au festival de Reading en 1992, Bob Marley au Roxy en 1976, Bruce Springsteen aux Warner Hollywood Studios en 1992… Il aurait tellement voulu faire partie d'une foule, ne serait-ce qu'une fois dans sa vie. Il aurait été à l'un de ces concerts avec Chloé et avec Chloé, il aurait crié, les bras levés, sur des morceaux qu'ils auraient connus par cœur.

Chloé et lui ne s'étaient embrassés qu'une seule fois, cinq ans et demi plus tôt, quelques mois avant que le monde ne sombre pour de bon. Il venait de fêter ses quatorze ans, Chloé qui avait doublé son année scolaire allait sur ses quinze. Alexandre était tombé amoureux d'elle au moment où elle avait franchi la porte de la classe le premier jour d'école. Il se souvenait très bien de ce qu'il avait ressenti, une douleur se mêlant d'ivresse, une exaltation paradoxale comme si des doigts très soigneux et très jolis lui avaient délicatement arraché le cœur de la poitrine. C'était elle qui l'avait approché, au début du printemps, pendant un voyage scolaire organisé par le professeur d'histoire. Elle s'était assise à ses côtés dans l'autobus les conduisant vers un musée d'art ancien. Ils avaient un peu parlé des premiers signes de la catastrophe qui, à ce moment, ne touchait encore que certains pays de l'hémisphère sud, elle lui avait demandé si ça l'inquiétait. En guise de réponse, Alexandre avait répété ce que disait son père : « qu'il n'y avait rien à craindre, que ce genre de choses se produisait dans des pays où l'État était en faillite, où rien n'était géré correctement. » Plus tard, dans la pénombre d'une salle consacrée à la peinture flamande, devant une toile représentant une scène du Jugement dernier, Chloé lui avait pris la main.

— Moi, ça me fait peur, ces histoires, avait-elle dit.

Juste après, elle l'embrassait. Et puis la semaine suivante, ça avait été le premier black-out et l'école avait été fermée. Il avait envoyé un message à Chloé via Instagram : « *Ça va ? Tu veux qu'on se voie ?* » Chloé lui avait répondu qu'ils pouvaient se voir à la fin de la semaine mais le lendemain, ses parents lui annonçaient que « par précaution » ils partaient sur l'île immédiatement, qu'il « ne fallait pas s'inquiéter », que c'était « juste temporaire », le temps que « la situation se calme ». Et ils étaient partis.

Et Alexandre n'avait jamais revu Chloé. Aujourd'hui, il savait qu'elle était morte. Ce n'était pas certain à cent pour cent bien entendu mais il avait vu les images, quand elles leur parvenaient encore, durant la première année. Alexandre se doutait qu'il avait dû se passer beaucoup de choses depuis que les communications avaient été coupées quatre ans plus tôt, des choses qu'il n'imaginait pas. Des choses qu'il ne voulait pas imaginer. Souvent des objets venaient s'échouer sur les rivages de l'île, se déposer sur le sable de la petite plage ou s'accrocher misérablement entre les rochers : des bouteilles au plastique jauni, des morceaux de bois à moitié carbonisés, le volet d'une maison.

Un jour, une porte entière affichant encore un numéro et un nom : « 119 – *Canetti.* » Alexandre s'était demandé de quelle rue, de quelle ville, de quel pays venait cette porte. Sur quel genre de vie elle s'était fermée et ouverte, qui étaient ces « *Canetti* ». Une selle de vélo, des pneus, une valise en plastique vide, des morceaux de tissu, une poupée sans tête, un smartphone à l'écran brisé, des emballages de sucreries, une pelle au manche plié, des emballages de médicaments, des vêtements en tout genre : veste, pantalon, chaussure, une poussette sans roues, un arrosoir, des vieux CD-ROM, des claviers d'ordinateur. Tout ce qui était susceptible de flotter depuis les continents sur des centaines voire des milliers de kilomètres arrivait jusqu'à l'île à la faveur des vents et des courants et s'y échouait pareil à des lambeaux arrachés à un monde mort. Au début, Alexandre et sa sœur ramassaient ces objets et les portaient jusqu'à l'espèce de décharge se trouvant à l'arrière de la maison, là où il fallait mettre les déchets non recyclables mais ils avaient fini par se lasser et aujourd'hui, ils laissaient les choses traîner là où elles se trouvaient sans y faire attention. De toute façon, elles finissaient toujours à un moment par disparaître, ravalées par l'océan.

Ces trois jours passés seul sur la plage avaient été trois belles journées, grâce aux baies sombres, grâce à la vodka, grâce à la musique s'ajoutant à l'ivresse, la tristesse avait un peu relâché l'emprise qu'elle avait sur son esprit et la vie lui avait paru plus légère. Il avait joué avec le souvenir de Chloé, parcouru les images comme on le ferait avec un livre qu'on relit sans s'en lasser. Il avait regardé les oiseaux marins planant dans le ciel vide. Qu'avaient-ils vu en survolant le continent ? Alexandre n'essayait pas de l'imaginer, il préférait concevoir le monde qui entourait l'île comme un vide absolu, une absence propre, neutre, stérile. La nuit, à travers l'ouverture de la tente, il observait la lune, il lui trouvait un air narquois, elle regardait une humanité qui ne viendrait plus jamais jusqu'à elle, qui la laisserait tranquille pour toujours. Parfois, dans le ciel nocturne, il surprenait le passage d'un satellite : tête d'épingle luminescente, qui ne servait plus à rien, glissant en silence sur la toile sombre de l'espace, souvenir d'un extraordinaire savoir-faire disparu à jamais.

Après trois jours sur la plage, Alexandre était arrivé au bout de ses réserves : il n'avait plus rien à manger, plus de vodka et la batterie externe de son iPhone était vide. Il se mit en route vers la maison. Il prévoyait d'y passer deux jours, le temps de se doucher, d'y laver sommairement son linge et de charger la batterie. Et puis, il reviendrait sur la plage.

Avec de la vodka.

Jeanne

La salle de sport se trouvait au sous-sol de la maison. Sur une surface de quarante mètres carrés, il y avait tout ce qu'il fallait pour un programme d'entraînement complet : un banc pour le développé couché, une série de paires d'haltères allant de trois à trente-cinq kilos, une poulie (utile pour travailler les dorsaux et les triceps), un leg press, un tapis de course, un vélo et un rameur.

Mais de tout ça, Jeanne n'en avait rien à faire, elle se trouvait bien assez sexy comme ça et elle savait que le jour où ses parents se décideraient enfin à quitter cette île pour rentrer chez eux, lorsqu'elle retournerait à l'école, les garçons deviendraient fous quand ils verraient à quel point elle avait changé. Ils se battraient pour elle, elle aurait l'embarras du choix. Ce serait comme dans la série *West Sacramento College*, certains des garçons qui l'approcheraient ressembleraient à Jason (un grand brun), d'autres à Kyle (un autre grand brun), d'autres encore à Shean (encore un brun, Jeanne n'aimait que les grands garçons bruns et musclés à l'air à la fois sauvage et arrogants, de préférence quarterback, capitaine de l'équipe de foot, comme les garçons dans *West Sacramento College*). Ses parents disaient qu'il n'y avait plus rien, que sur le continent il ne restait ni maison, ni quartier, ni école, ni personne. Juste un tas de ruines et de cadavres parmi lesquels tous les Jason, Kyle ou Shean du monde. Elle ne les croyait pas. Elle savait qu'il s'était passé des choses, mais elle savait aussi que tout finit toujours par s'arranger, à un moment ou à un autre et qu'il fallait être bien con pour rester ad vitam sur cette île de malheur. Un jour ou l'autre, on viendrait la chercher. Des gens, la police, l'armée, les pompiers, des sauveteurs, n'importe qui ! Et on la ramènerait jusqu'à sa vraie maison où elle retrouverait sa vraie chambre, son école, ses amis et tous les grands garçons bruns de l'univers.

Quand ce jour arriverait, elle serait prête : elle avait répété les gestes, les attitudes, les expressions devant le grand miroir de la salle de sport : elle enfilait un short de sa mère (les vêtements qu'elle avait en arrivant sur l'île quand elle avait douze ans étaient aujourd'hui beaucoup trop petits), elle passait un tee-shirt blanc et elle regardait le relief de ses seins sous le coton, la rondeur de ses fesses, la longueur de ses jambes.

— Quel canon, se disait-elle alors.

Elle mimait les attitudes de Cassie (la blonde qui sortait avec Jason), de Kayla (la blonde qui sortait avec Kyle) ou d'Ashley (la brune qui sortait avec Shean) : elle tournait la tête, approchait son menton de l'épaule, souriait à son reflet d'un air coquin. Elle levait un sourcil, affichait une expression étonnée, comme si on lui avait raconté quelque chose d'incroyable (par exemple que Kayla avait trompé Kyle avec Jason pendant les vacances d'été, qu'ils avaient couché ensemble à l'arrière du van, garé sur la plage de Malibu) et puis elle éclatait de rire (trois notes mélodiques et cristallines, toujours les mêmes) en jetant sa tête vers l'arrière, ses longs cheveux aussi noirs et luisants qu'une rivière de pétrole faisaient un mouvement qu'elle aimait bien (Ashley faisait le même).

La série *West Sacramento College* comptait six saisons d'une douzaine d'épisodes chacune (sans compter les épisodes spéciaux Thanksgiving) et depuis trois ans, c'était la série préférée de Jeanne, largement devant *Sex Education*,

Teen Wolf, Gossip Girl ou *Riverdale.* Elle aimait cette série dans laquelle tout le monde était méchant, toxique ou manipulateur. Par exemple, son épisode préféré était l'épisode 8 de la saison 3 (intitulé « Passe d'armes ») dans lequel une nouvelle élève appelée Crystal arrive dans le collège au beau milieu de l'année. Crystal possède tous les attributs de la beauté « teen » américaine : poitrine bonnet C, taille fine, ventre plat mis en évidence par un jean taille basse et un crop top, bras minces et bronzés, cheveux blond californien. Avec son attitude hautaine et impertinente, elle exerce une irrésistible attraction sur les garçons de West Sacramento au point que Kayla, Cassie et Ashley surmontent la haine qu'elles éprouvent les unes à l'égard des autres pour « neutraliser » (« destroy » dans la version originale, Jeanne préférait ce terme) Crystal. Un plan est élaboré avec la complicité de Shean. Il propose un « date » nocturne à Crystal dans la salle de basket dont il a les clés parce qu'il est l'assistant de Monsieur Ramirez, l'entraîneur des Wild Cats, l'équipe du collège. Shean et Crystal sont seuls dans la salle vide. La lumière pâle de la lune filtre à travers le toit vitré rendant l'atmosphère de la scène légèrement surnaturelle. Mise en confiance par la gentillesse de Shean, Crystal se confie : elle n'est pas celle que tout le monde croit, son père est un mécanicien au chômage, elle vit avec lui dans une casse automobile se trouvant à la sortie de la ville. Sa mère est en prison pour trafic de drogue. Crystal apparaît soudain comme une jeune fille vulnérable. Ému par ces révélations, Shean lui caresse la joue, lui dit qu'il la protégera. Il l'embrasse, Crystal lui rend son baiser. Il passe sa main sur sa poitrine bonnet C, Crystal le repousse alors, dit qu'elle n'est pas prête.

— Je sais que tu en as autant envie que moi, dit Shean en se faisant plus pressant.

— Non… S'il te plaît… Arrête, fait Crystal.

Shean ne s'arrête pas. Il fait quatre-vingt-cinq kilos de pur muscle américain développés grâce aux bienfaits du Quaker au petit déjeuner et du bœuf le reste du temps. Il retourne Crystal contre le mur, baisse son jean skinny et la prend avec autorité. Ce qu'on découvre alors, c'est que Kayla, cachée dans l'ombre, a filmé la scène. Les images sont publiées sur TikTok et partagées en masse par tout le collège. Crystal passe pour une « bitch » (sinon, aurait-elle accepté ce rendez-vous nocturne avec un garçon, habillée d'un jean skinny et d'un crop top moulant son bonnet C ? Certainement pas !). La dernière partie de l'épisode montre une Crystal obligée de quitter l'État à bord du pick-up rouillé de son père. Cette séquence d'événements (la suffisance de Crystal suivie de son humiliation) excitait Jeanne au plus haut point. Au début, elle ne comprenait pas pourquoi ça lui faisait tellement d'effet puis elle avait fini par conclure que ce qui lui plaisait, c'était l'idée du pouvoir : le détenir, l'exercer et le maintenir à n'importe quel prix.

C'était ça qu'elle ferait lorsqu'elle serait enfin rentrée chez elle : elle ne serait plus la gentille petite fille de la famille, elle serait un tyran qui fascinerait et ferait peur à la fois.

Fred

Fred savait qu'il était le seul à se soucier de l'entretien et de l'organisation. Alexandre lui donnait parfois un coup de main pour l'une ou l'autre réparation : remplacer un panneau solaire, mettre de l'huile dans une charnière, nettoyer le filtre de la citerne, des petites choses dans ce genre… Mais il ne demandait plus rien à Jeanne. Elle faisait preuve d'une telle mauvaise volonté que ça le mettait chaque fois dans une rage folle. Deux ans plus tôt, il lui avait demandé de l'aider à remplacer des joints de ciment sur le carrelage de la cour, elle l'avait fait en boudant ostensiblement, le ton était monté au point que Fred avait perdu son calme. Il avait saisi sa fille par le bras, l'avait serré jusqu'à lui faire mal, pendant une fraction de seconde il avait cru qu'il allait la frapper mais Hélène était intervenue. Que se serait-il passé s'il avait frappé sa fille ? Dans quel genre de spirale ce geste aurait-il entraîné la famille ? Il n'en savait rien mais il avait l'intuition que c'était dangereux, extrêmement dangereux. Peut-être parce qu'au fond de lui, cette violence c'était ce qu'il voulait, peut-être qu'il l'attendait. Aujourd'hui, Fred assurait seul les charges liées à l'entretien de la maison. Une fois par semaine, il effectuait ce qu'il appelait « le tour ». Le tour lui prenait près de quatre heures durant lesquelles il vérifiait :

— le niveau d'eau de la citerne (un niveau d'eau anormalement bas pouvait signifier qu'il y avait une fuite, ce n'était heureusement jamais arrivé) ;

— l'état du filtre de la citerne ;

— l'état des panneaux solaires ;

— l'état de l'éolienne ;

— la charge des deux batteries du système électrique ainsi que l'état du câblage du régulateur qui disposait d'un redresseur intégré ;

— tous les robinets (il y en avait sept au total) et toutes les chasses d'eau (quatre au total) pour s'assurer qu'il n'y avait pas, là non plus, de fuite (qui aurait fait baisser les réserves d'eau) ;

— il descendait dans le sous-sol pour inventorier les stocks de nourriture et de produits d'hygiène (il savait que c'était inutile mais ça le rassurait).

Le sous-sol était l'endroit qu'il préférait. Il y faisait calme, frais et il y régnait un silence moelleux à peine perturbé par le ronronnement des frigos. Sur les quatre cents mètres carrés, il avait fait installer deux chambres froides de cinquante mètres cubes à l'intérieur desquelles se trouvaient, soigneusement empilés, des repas préparés en tous genres (pizzas, lasagnes, riz sautés, paellas, cuisses de canard du Sud-Ouest, tartes salées, desserts, pains précuits). Il y avait aussi de la viande, des centaines de poulets, de steaks, de côtes de veau, de bœuf, de porc. Du poisson sous toutes les formes possibles, des fruits (pommes, citrons, oranges), des légumes (courgettes, poireaux, épinards…).

Lors de leur arrivée, il y avait environ soixante mille plats préparés. Il devait en rester aujourd'hui pas loin de cinquante mille. Fred avait calculé qu'à raison de deux plats par personne et par jour, cela ferait deux mille neuf cent vingt plats par an. Il en restait encore bien assez pour les quinze prochaines années. Sans compter ce qui n'était pas préparé. Et sans compter les milliers de conserves de fruits, de légumes, de viandes, de potages, de confitures auxquelles personne ne touchait pour le moment. Sans compter, enfin, les tonnes de riz et de légumineuses (lentilles, haricots rouges et blancs). Cette abondance plaisait à Fred, elle le rassurait, il se répétait souvent : « Il y en a pour des siècles. » Même si les chambres froides tombaient en panne, il y avait les moteurs de rechange (élémentaires à installer). Même si, catastrophe ultime, l'alimentation électrique venait à s'arrêter (il faudrait pour ça que les panneaux solaires ne fonctionnent plus, que l'éolienne les lâche, que l'hydrolienne, qui était installée à cent mètres du rivage, du côté nord, là où les courants marins étaient les plus forts, tombe en panne), il restait toujours les conserves (qu'il faudrait manger froides, tant pis) ou les légumineuses (il faudrait se débrouiller pour faire chauffer l'eau, il trouverait une solution, à la guerre comme à la guerre). Quoi qu'il arrive, il y avait assez de nourriture pour toute la famille pour les siècles à venir.

Fred avait fouillé dans la réserve à outils où se trouvaient, alignés dans leur boîte en carton et polystyrène, les panneaux solaires de rechange, des pièces pour l'éolienne ou pour les chambres froides, et il avait trouvé la colle forte bien rangée avec les produits d'entretien qui attendaient, par dizaines, d'être utilisés. À la fin de son tour d'inspection, il avait rejoint le salon. Comme souvent à ce moment, une fois toutes les tâches liées à l'entretien de la maison effectuées, il se demanda ce qu'il allait faire durant toute la longue journée le séparant encore de la nuit. Il avala un demi-Xanax avec un verre d'eau. Il en prenait depuis si longtemps maintenant qu'il ne savait pas si ce médicament lui faisait encore de l'effet. Peut-être une légère détente. En revanche, ce qui était certain, c'était que ne plus prendre de Xanax provoquait chez lui de terrifiantes crises d'angoisse. Il avait essayé une fois, au début, de s'en passer, ç'avait été une erreur et aujourd'hui, avec le recul, il se demandait s'il aurait pu éviter l'incident avec Ida et Marco s'il n'avait pas eu l'idée d'interrompre les anxiolytiques alors que la notice indiquait clairement : « Les modalités de l'arrêt du traitement doivent être définies avec votre médecin. La diminution très PROGRESSIVE des doses et l'espacement des prises représentent la meilleure prévention de ce phénomène de sevrage. »

Appuyé contre le plan de travail de la cuisine, il laissa son regard se perdre au-delà de la porte-fenêtre. Un minuscule oiseau brun picorait sur le carrelage de la terrasse.

— Comme c'est bien conçu, pensa Fred en imaginant l'ensemble des mécanismes à l'œuvre pour animer cet oiseau, lui permettre de voler, de manger, de dormir… Sa vie n'a pas plus de sens que la mienne et pourtant ça ne l'angoisse pas, lui, de savoir que jusqu'à sa mort chacune de ses journées sera parfaitement identique à la précédente.

Il repensa à sa vie d'avant, à la société qu'il avait lancée, à la satisfaction qu'il éprouvait lorsque les chiffres étaient bons, l'ivresse des bonus, la fierté de savoir qu'il était un modèle pour les petits jeunes qui débutaient. Il se souvenait de la sensation extraordinaire de faire partie de l'univers des riches, des très riches, pour qui le monde était une fête permanente. Il se souvenait des voyages dans les endroits les plus « exclusifs » (comme il avait aimé ce terme), les jets privés, les yachts privés, les plages privées, les pistes de ski privées. Il se souvenait du bonheur d'exister dans les regards envieux qu'il croisait, il se souvenait des femmes qui lui faisaient comprendre, par leurs allusions et par leurs gestes, que « c'était quand il voulait ». Il n'avait jamais trompé sa femme, ça ne l'intéressait pas, mais il aimait l'idée qu'il avait des « occasions ». Que ça ne dépendait que de lui.

Et à présent qu'il n'y avait plus tout ça, quel sens avait sa vie ? Ni plus ni moins de sens que celle de ce petit oiseau brun qui venait de s'envoler, petite créature indifférente au rôle qu'elle jouait ou non à la surface du monde. Pourquoi la disparition de toutes ces choses lui donnait-elle l'impression de chuter indéfiniment dans l'abîme ? Il savait bien que, d'une certaine manière, sa vie d'avant n'avait pas plus de sens mais au moins, grâce à l'agitation qui y régnait, il avait l'illusion d'être la pièce essentielle d'un spectacle que tout le monde regardait.

Le Xanax faisait lentement son effet, ça l'apaisait, ça le mettait légèrement à distance de la réalité, son angoisse et sa colère semblaient se dissoudre dans un liquide tiède. Il entendit la porte d'entrée s'ouvrir et se refermer puis des bruits de pas dans les escaliers. C'étaient les pas lents et lourds d'Alexandre. Il n'avait même pas pris la peine d'enlever ses chaussures. « Il va encore mettre du sable partout », s'agaça Fred. Il était le seul à se soucier du ménage, tout le monde semblait s'en foutre : Alexandre qui disparaissait pendant des jours, Jeanne qui passait son temps devant la télé… Et bien entendu Hélène qui ne s'occupait même plus d'elle-même. Fred soupira, il ferait comme d'habitude, il ne dirait rien, il n'avait pas envie de discuter, c'était inutile, il balayerait l'entrée et les marches de l'escalier.

C'était le milieu de la journée. Fred se servit un verre de vin : un Château Beauregard 2016, un très beau millésime consécutif à des conditions climatiques parfaites. La bouteille dans une main, Fred alla sur la terrasse et s'installa sur les coussins en tissu du divan d'extérieur. Un soleil tendre lui caressa la joue, il but une gorgée en pensant à la France, à Bordeaux, aux vignes, aux raisins. Il regarda l'étiquette collée sur la bouteille, il y était dessiné un joli château se dressant au sommet d'une colline. Qu'était devenu ce château ? Était-il encore debout ? Probablement pas. Et de ces vignes, il ne devait rester que des collines de cendres. Au dos de la bouteille, il était écrit :

« *Le terroir du Château Beauregard est riche d'une histoire qui trouve ses racines au* XIIe *siècle. À cette époque, les chevaliers-Hospitaliers à qui l'on doit la célèbre croix des Templiers, devenue emblème de la propriété, étaient propriétaires d'un manoir dont ils cultivaient les terres. La famille Beauregard fit construire cinq siècles plus tard un édifice sur ce site. Les propriétaires successifs du domaine ont permis de développer la qualité de ses vins jusqu'à être reconnus parmi les meilleurs vins de Pomerol.* »

Fred but une nouvelle gorgée, dans sa bouche le goût était celui du souvenir d'un monde disparu.

Il enleva la chaussure dont la semelle se décollait, sortit le tube de sa poche et commença la réparation.

Hélène

À la fin du film, Hélène s'était levée. Leonardo était mort, Rose avait lâché le collier The Heart of the Ocean dans les vagues sombres et glaciales de l'Atlantique Nord. Le scénario était bouclé et les yeux d'Hélène, comme à chaque fois, remplis de larmes. Elle s'était remise à pleurer à la fin du film, elle avait pleuré sur la mort du jeune homme, sur son courageux sacrifice, sur la fin déchirante de cet amour, sur le dernier adieu de la vieille femme à la plus belle histoire de sa vie mais Hélène avait aussi pleuré sur elle-même, sur ce qu'était devenu le monde, sur ce qu'elle était devenue : une créature que plus personne n'aimait, que plus personne n'embrassait, que plus personne ne désirait.

Elle se demanda quel jour il était. Était-ce la semaine ou le week-end? Et quel mois? Elle n'était même pas tout à fait sûre de connaître l'année, elle avait perdu le fil.

On va dire qu'on est lundi cinq octobre, pensa-t-elle. Et elle s'imagina dans sa vie d'avant, un lundi cinq octobre: elle aurait enfilé un tailleur The Kooples ou une combinaison Comptoir des Cotonniers. Elle préférait ça aux marques plus luxueuses comme Dior ou Chanel qui lui faisaient penser aux filles vulgaires escortant les oligarques russes. Elle aurait peut-être mis une paire de baskets Balenciaga. Ça lui aurait donné un look un peu déstructuré, un peu rebelle, un peu « punk » (elle utilisait souvent ce mot). Elle aurait pris sa BMW iX3 et elle aurait été jusqu'à son travail en écoutant du France Gall sur la chaîne Harman Kardon de la voiture. Remplie d'une belle énergie victorieuse, elle aurait chanté sur les paroles: « Résiste, Prouve que tu existes, Cherche ton bonheur partout, va, Refuse ce monde égoïste, Résiste, Suis ton cœur qui insiste, Ce monde n'est pas le tien, viens, Bats-toi, signe et persiste, Résiste. » Et puis, elle serait arrivée au bureau. Elle dirigeait le département de « visual marketing » d'une société de consultance en communication. Elle était douée et on la respectait pour ça. Elle gagnait bien sa vie mais elle ne travaillait pas pour l'argent, elle avait toujours eu de l'argent, elle avait grandi là-dedans et avec ce que son mari gagnait, la richesse éclairait sa vie aussi généreusement que le soleil éclairait le monde. Elle travaillait parce qu'elle aimait ça ! Elle travaillait parce qu'elle avait du talent et qu'elle savait que le talent était un « pouvoir mais aussi une responsabilité » (elle avait entendu cette phrase à l'occasion d'un team building animé par un coach en développement personnel). Elle faisait des miracles, elle était par exemple parvenue à transformer l'image vieillotte d'une entreprise fabriquant des espadrilles en une marque branchée. Il avait fallu changer le logo, garder le nom en jouant sur l'idée qu'il n'y avait rien de plus moderne que la tradition, elle avait obtenu une « collab » avec un célèbre mangaka japonais, elle avait décroché un partenariat avec l'équipe de la chanteuse Angèle qui avait fait toute une tournée de concerts en espadrilles et il s'en était vendu des millions. C'était ce genre de miracles dont était capable Hélène. C'était ça qu'elle aurait fait si on avait été un lundi cinq octobre dans ce monde d'avant qui n'aurait jamais dû disparaître.

Hélène regarda son visage dans le miroir de la salle de bain, elle se trouva laide. Elle aurait dû aller chez le coiffeur, il lui aurait fait son carré avec une frange en mode shaggy hair : court devant, dégradé sur les côtés et un peu plus long derrière, comme Sophie Marceau au festival de Cannes. À présent qu'elle devait se les couper elle-même, ses cheveux lui tombaient en masse informe sur les épaules. Pour Fred ou Alexandre, c'était plus simple : quand ils trouvaient que leurs cheveux devenaient trop longs, un coup de tondeuse et c'était réglé mais Hélène ne parvenait pas à se résoudre à la tondeuse. Elle avait l'impression que si elle se rasait les cheveux, ç'aurait été comme renoncer à sa féminité, ç'aurait été comme accepter ce qu'était devenue sa vie : un ensemble de phénomènes chimiques et physiques d'une absolue inutilité. Elle se coiffa grossièrement, passa un jean et un sweat qui traînaient sur le tas de vêtements qui s'accumulaient à côté du lit.

— Je devrais ranger, se dit-elle, et je devrais faire une lessive.

Mais elle savait qu'elle ne le ferait pas parce que chaque fois qu'elle essayait de faire quelque chose d'utile comme une lessive, elle se retrouvait assise sur le lit, les yeux fixés sur le désordre, soudain saisie par une immense fatigue, murmurant pour elle-même : « À quoi bon ? »

En descendant vers la cuisine, elle croisa Alexandre qui rentrait dans sa chambre. Ça faisait des jours qu'elle ne l'avait pas vu. Il vivait de plus en plus souvent à l'écart de la maison, revenant le temps de prendre une douche, des provisions et des affaires de rechange. Hélène le trouvait inquiétant, il parlait à peine et il avait le regard oblique d'un chien des rues dont on ne sait s'il va fuir ou mordre.

— Salut, dit simplement Alexandre.

— Tout va bien ? demanda Hélène mais il avait déjà disparu.

En arrivant dans la cuisine, à travers les fenêtres de la baie vitrée, elle vit Fred assis sur la terrasse, le regard vide. Il ne l'avait pas vue. Tant mieux. Il aurait voulu discuter, elle ne voulait pas, il lui aurait parlé des problèmes liés à la maison, de l'état des stocks de nourriture, de produits d'entretien, de produits de soins, de la météo, il éprouvait toujours le besoin de parler, il ne supportait pas le silence, ça le terrifiait comme si le silence était la fin de tout, elle aurait juste voulu qu'il se taise. Il ne s'était tu qu'une seule fois, quatre ans plus tôt, quand « l'événement » s'était produit. Il s'était tu pendant toute une semaine et puis ça l'avait repris et il s'était remis à parler, encore et encore. Elle mit une capsule Nespresso dans la machine, elle prenait toujours la même : « Ispirazione Firenze Arpeggio ». L'emballage disait : « *Notes aromatiques cacao/intensément grillé, intense et onctueux.* » Elle n'avait jamais compris où se trouvait exactement ce cacao intensément grillé ni en quoi ces quelques millilitres de café acide étaient « intenses et onctueux » mais c'était celui auquel elle s'était habituée. Le liquide coula dans la tasse minuscule, elle le but d'un trait.

Elle se crispa.

Une molaire venait de lui faire mal.

Un élancement pareil à un choc électrique qui avait irradié pendant un instant de la dent à la gencive. Elle ferma les yeux.

Non, pas ça ! Pas les dents ! se dit-elle. La douleur insista pendant un moment, supportable mais bien réelle. Dans son esprit, Hélène passa en revue l'ensemble des fournitures médicales se trouvant sur l'île : toute une collection d'anti-douleurs (paracétamol, aspirine, ibuprofène), des désinfectants sous différentes formes (liquide ou gel), des compresses stériles, des sparadraps de base, une loupe et une pince à épiler, des antihistaminiques, des antidiarrhéiques, des antivomitifs, des laxatifs, un gel pour les brûlures, et bien entendu, des antibiotiques à large spectre (efficaces pour la plupart des infections digestives, urinaires, gynécologiques, pour les otites, les angines, les bronchites, les septicémies, les sinusites ou toutes les autres maladies consécutives à une infection bactérienne), du gel cicatrisant, des garrots (elle ne savait pas exactement comment il fallait s'y prendre), des sirops et des cachets à base de codéine, de la morphine sous différentes formes (voie orale ou intraveineuse, elle avait plusieurs fois tenté d'en prendre « pour essayer »), des patchs de fentanyl (il fallait faire attention, certains drogués les mâchaient comme du chewing-gum et c'était ça qui avait tué le chanteur Prince) et même un défibrillateur (un « défibrillateur automatique externe », elle avait parcouru le mode d'emploi quelques années plus tôt, ça n'avait pas l'air compliqué à utiliser pour autant que l'on reste calme). Bien entendu, en cas de problème vraiment grave, il n'y aurait pas de solution : un cancer les emporterait à coup sûr, un AVC ne pourrait pas être pris en charge, une appendicite serait presque certainement fatale… Dans leur vie d'avant, une dent douloureuse, c'était embêtant mais pas très grave. Avec leur assurance dentaire, ils avaient accès aux meilleurs dentistes, en cas de besoin un implant remplaçait la dent malade. Mais ici, sur cette île, si cette douleur s'aggravait, elle savait qu'il faudrait l'arracher.

Cette idée la terrifiait.

Et surtout, ça l'obligerait à demander de l'aide à Fred.

Et pour Hélène, il ne faisait aucun doute que c'était ça le pire.

Alexandre

Alexandre était parvenu à entrer dans la maison en évitant son père mais la malchance lui avait fait croiser sa mère dans le couloir. Il la trouva plus vieille, plus moche et plus folle que d'habitude. Alexandre détestait son père d'une haine flamboyante qui lui consumait l'âme et le cœur, une haine qui peuplait son imagination de scènes de violents combats au corps-à-corps lors desquels il avait systématiquement le dessus (son père, le visage ensanglanté, d'une piteuse voix gémissante, lui demandait pardon).

Alexandre n'aurait jamais voulu accompagner sa famille sur cette île. Alexandre n'aurait jamais voulu fuir. Il aurait tenté de survivre, comme le reste de l'humanité, il se serait débattu dans les convulsions d'un monde à l'agonie, il serait certainement mort mais la mort valait mieux que la pitoyable existence qu'il menait depuis cinq ans. Une vie de lâche, une vie sans rime ni raison, une vie pire que toutes les morts imaginables. S'il était resté, il aurait pu rejoindre Chloé, ils auraient fui tous les deux, se déplaçant de nuit, se cachant le jour, trouvant de quoi survivre dans les décombres des villes abandonnées, ils se seraient aimés comme on s'aime quand on a quinze ans, qu'on sait qu'on va mourir, que cet amour sera le premier et le dernier, ç'aurait été absolu, ça n'aurait duré que quelques semaines mais ces quelques semaines auraient infiniment mieux valu que toutes les années insipides passées sur cette île. Lorsqu'il était arrivé, il avait cru que ça ne durerait pas longtemps, il se souvenait qu'il avait été presque heureux de découvrir cet endroit, mais ça s'était éternisé et à mesure que le temps passait, le dégoût qu'il éprouvait pour lui et pour sa famille grandissait dans son esprit au point d'en occuper toute la place.

Il arriva dans sa chambre et il réalisa qu'il était épuisé. Les jours passés à boire de la vodka, à mâcher les baies noires et à somnoler plus qu'à dormir l'avaient vidé de son énergie. Il s'assit sur son lit et regarda autour de lui cette chambre qui n'avait presque pas changé depuis son arrivée, cinq ans plus tôt. Il s'en souvenait avec précision.

Il y avait d'abord eu les heures de vol dans le petit avion que son père avait loué pour l'occasion, le pilote et le copilote s'étaient échangé quelques paroles à voix basse, ils parlaient en allemand, Alexandre avait saisi les termes « reicher bastard ». Il avait eu allemand en deuxième langue et il avait compris : « salaud de riche. » Des années plus tard, il se souvenait encore du sentiment de honte qui lui avait serré la gorge et rougi les joues en cet instant. Et puis, il y avait eu le trajet en bateau pendant lequel il avait fait la connaissance de Marco puis, après la traversée, la rencontre avec Ida et Jet, leur chien. Des « gens merveilleux » selon son père. Ida avait la peau et les cheveux sombres, le corps solide de quelqu'un qui a travaillé toute sa vie. Elle avait des dents d'une blancheur de lait, des yeux aussi noirs que du carbone et quand, en un élan maternel, elle avait serré Alexandre contre son ventre, il lui avait trouvé un parfum d'orange. Marco n'était pas très grand mais il dégageait un sentiment de force physique impressionnant : sous son tee-shirt blanc marqué du logo du Real Madrid, son corps ressemblait à celui d'un petit taureau et ses doigts étaient pareils à des tronçons de tuyaux d'arrosage. Il ne parlait presque pas mais en une nuit de traversée, Alexandre avait compris que c'était le genre d'homme qui savait tout faire, monter et démonter une voile, faire démarrer un moteur qui renâcle, sauter avec assurance sur un ponton pour y attacher un cordage. Dans les mois qui allaient suivre, Alexandre verrait Marco changer la pale d'une éolienne, déboucher le filtre de la réserve d'eau de pluie, fixer une gouttière qui s'était détachée de la façade. Aujourd'hui qu'il n'était plus là, c'était son père qui s'occupait de tout. Il y parvenait tant bien que mal, mais c'était plus lent, plus maladroit, il devait parfois s'y prendre à plusieurs reprises pour un résultat souvent approximatif.

Il se déshabilla et prit une douche dans la petite salle de bain qui jouxtait sa chambre. À cause du système de filtration, l'eau avait une légère odeur de chlore et depuis quelques mois, elle n'était plus vraiment chaude. C'était un problème de calcaire dans la vanne thermostatique. Son père ne savait pas réparer ça et il n'y avait pas de pièce de rechange. Cela faisait partie de toutes les petites choses irréparables dont le nombre au fil des années irait en grandissant : la machine à jus d'orange avait rendu l'âme, un tiroir de la cuisine s'était déformé à cause de l'humidité, la porte-fenêtre grinçait quand on l'ouvrait (on avait cherché la cause, on n'avait pas trouvé), ce n'était pas encore grand-chose mais Alexandre se doutait qu'avec le temps cette maison si confortable allait finir par tomber en ruine, tout finit par tomber en ruine, il suffit d'attendre assez longtemps, c'est l'éternelle loi de l'entropie contre laquelle personne ne peut rien. Même les étoiles finissent par tomber en ruine, elles refroidissent lentement, elles gonflent, elles se déforment, elles s'effondrent sur elles-mêmes et perforent l'espace-temps. L'idée que cet endroit allait se déglinguer peu à peu, au fil des années, sous les yeux de son père qui serait de plus en plus vieux et de plus en plus incapable de faire face au naufrage, remplissait Alexandre d'une joie mauvaise. L'idée d'accélérer les choses et de mettre (par exemple) le feu à la maison lui avait déjà traversé l'esprit mais il savait qu'il ne le ferait jamais, les humains avaient été la cause de tant de destructions, il se refusait à continuer dans cette voie, il voulait que chacun de ses actes soit noble, élégant et juste. Ça ne rachèterait pas les millénaires d'égarement de son espèce mais au moins ça ne pèserait pas dans la balance.

Il fallait plus de trois heures pour que le lave-linge termine son cycle et deux heures pour que le séchoir finisse le sien. Il avait donc cinq heures à passer là. Ces heures allaient lui donner l'impression d'être des mois. Alexandre était nu et trempé au milieu de sa salle de bain. De l'eau dégoulinait de ses cheveux jusque sur le carrelage. Il se regarda dans le miroir ; un début de barbe, presque noire, faisait comme une ombre sur son menton et ses joues, elle poussait lentement, de manière désordonnée. Il se rasa puis il passa la tondeuse sur ses cheveux en employant le sabot de vingt-cinq millimètres, courts mais pas ras.

De l'autre côté de la fenêtre, il regardait la mer. Elle était calme, à peine ridée, d'un bleu sombre se marquant çà et là d'un peu d'écume. Parfois, pareille à une flèche d'ivoire, une sterne plongeait vers les vagues et se saisissait d'un poisson. Quelques années plus tôt, Alexandre s'était documenté sur la faune et la flore du coin. Les documents concernant les îles de l'Atlantique étaient nombreux sur le serveur, et il avait appris à reconnaître pas mal d'espèces. Il savait que la sterne de Dougall, connue aussi sous le nom « d'hirondelle de mer », était un oiseau migrateur qui n'était là que le temps de la reproduction et de la nidification. Il aimait observer leur parade nuptiale. En vol, les mâles exécutaient une chorégraphie compliquée, parfois avec un poisson dans le bec, suivis par une nuée de femelles. Alexandre ne connaîtrait jamais l'amour, sous aucune de ses formes. C'était une idée vertigineuse qui le fascinait plus qu'elle ne le déprimait. Quel genre d'homme cela faisait-il de lui ? Une espèce de créature immature, incomplète, ignorante à jamais de ce qui constituait l'essence du vivant. Et comme à la vue des oiseaux cette idée lui revint, son cœur se serra et il ferma les yeux pour tenter de se remémorer le visage de Chloé. C'était un exercice qu'il faisait souvent. Plusieurs fois par semaine. Il était terrifié à l'idée d'oublier l'apparence de la jeune fille et plus encore à l'idée que ce souvenir se déforme, se modifie, qu'avec le temps il subisse des altérations irréversibles de telle sorte que l'image qu'il aurait d'elle et qui ne lui ressemblerait plus, serait comme un mensonge qu'il se ferait à lui-même, ce serait comme si Chloé mourait une fois encore, d'une manière plus définitive que la première car le seul lieu dans lequel il restait une trace de ce qu'elle avait été, c'était dans son esprit. Ce souvenir était ce qu'il avait de plus précieux. Il voulait le garder intact le plus longtemps possible et la réminiscence régulière forgeait en quelque sorte son minutieux et indispensable travail de conservateur.

Il revint dans sa chambre, un espace confortable et impersonnel qui aurait pu être celui d'un enfant, d'un adulte ou d'un vieillard, comme une chambre d'hôtel. L'agence qui s'était occupée de la construction et de l'aménagement de la maison ne s'était pas souciée des goûts d'un adolescent de quatorze ans. Un lit « une personne et demie » d'un mètre soixante sur deux mètres, un bureau dont il ne s'était presque jamais servi, une armoire à vêtements (en cinq ans, il était passé d'un mètre soixante-trois à un mètre quatre-vingt-deux, il mettait à présent les vêtements de son père qui était un peu plus petit que lui mais ça passait…). La décoration originelle était sans imagination : au-dessus du lit, une photo encadrée d'un coucher de soleil sur la mer et sur le mur opposé, une espèce de peinture abstraite faite de taches colorées dans un camaïeu d'ocre, le genre d'image générée par une intelligence artificielle puis produite et vendue en série par des boutiques chinoises en ligne. Quand il eut seize ans, avec un marqueur indélébile, Alexandre avait dessiné une tête de loup sur le paysage marin (il n'était pas très réussi, sa sœur prétendait que ça ressemblait plutôt à une tête de rat) et sur la peinture abstraite, il avait écrit un poème, le seul poème qu'il ait écrit dans sa vie :

Dans mon sang j'ai trempé ma plume,
pour retrouver ton regard un instant,
comme la mort, mon amour pour toi est éternel.

Depuis, plus rien n'avait changé. Alexandre se fichait de cette chambre, il ne la considérait pas comme la sienne, cette maison n'était pas sa maison, cette île n'était pas son île, sa mémoire était le seul endroit où il voulait vivre.

De l'autre côté de la fenêtre, une sterne s'éleva dans les airs, le blanc éclatant de son plumage se détachant sur le bleu du ciel à la manière d'une perle de nacre sur un drap de velours. Puis elle plongea vers l'océan, l'oiseau disparut derrière l'agrégat de rochers d'un gris presque noir marquant l'extrémité ouest de l'île. C'était à cet endroit que, selon les vents et les courants, les vagues venaient s'écraser avec le plus de violence.

C'était à cet endroit que se trouvait le pire souvenir d'Alexandre.

Celui d'une nuit de cauchemar, froide et pluvieuse, qui avait failli, quatre ans plus tôt, l'emporter dans la folie.

Il serra les dents. Il restait encore trois heures d'attente avant que son linge soit propre et sec.

Après ça, il pourrait rejoindre la plage, écouter sa musique et retrouver ses souvenirs.

Jeanne

Parfois Jeanne en avait assez de regarder encore et encore la série *West Sacramento College*. Une étrange sensation l'envahissait, une impression de fatigue, le sentiment d'une tristesse aussi légère qu'un voile de soie qui lui aurait caressé le visage, une pression presque imperceptible au niveau du sternum. À ce moment, l'écoulement du temps semblait altéré, il était comme ralenti. Les minutes semblaient durer des heures et les heures des jours. Jeanne savait qu'il s'agissait des symptômes de l'ennui.

L'ennui…

L'ennui était la plus épouvantable chose qui pouvait arriver sur l'île, il sonnait le rappel de tout ce qu'elle tentait d'oublier : qu'elle était coincée là depuis cinq ans, que les plus belles années de sa vie étaient gâchées, irrécupérables, perdues à jamais, que les journées étaient identiques les unes aux autres, dupliquées à l'infini, qu'un dimanche valait un lundi, qu'un lundi valait un mardi, à tel point qu'elle avait depuis longtemps oublié le jour qu'on était. L'ennui était l'adversaire le plus redoutable, l'ennemi ultime, l'infection diabolique qui débarrassait d'un seul coup la réalité de la couche de rêve et d'espoir permettant à Jeanne de supporter sa situation.

Et qu'ainsi mise à nu, il ne restait de la réalité qu'une image hideuse, un visage horrible exposé en pleine lumière sans décor et sans fard.

Lorsque les premières vagues d'ennui étaient apparues, des années plus tôt, Jeanne n'avait pas compris de quoi il s'agissait, elle n'était pas parvenue à mettre de nom sur les symptômes et, par conséquent, elle n'avait pas su comment réagir. Elle était restée prostrée dans sa chambre, au bord des larmes, le souffle court, les mains jointes, serrées l'une contre l'autre avec tellement de force que cela en devenait douloureux. Et puis, avec le temps, elle avait compris que la douleur physique provoquée par ses mains serrées atténuait la douleur de son esprit. À partir de ce moment, elle avait commencé à griffer la peau de ses avant-bras, à se mordre les doigts jusqu'au sang, un jour elle s'était même enfoncé une épingle dans la paume de la main gauche. Quand sa mère avait vu les marques, elle s'était inquiétée, elle avait dit des choses comme : « Je sais que ce n'est pas facile, surtout à ton âge, mais tu dois être forte, tu dois essayer de trouver quelque chose qui te fasse du bien… » Plus tard, Jeanne avait compris que ce qu'elle éprouvait était une manifestation de l'ennui, de l'ennui absolu, total, de la dimension métaphysique de l'ennui, cette chambre de torture mentale d'où l'esprit ne parvient pas à s'évader, s'y fracassant contre des parois invisibles, comme un oiseau enfermé dans une cage en verre. Elle savait qu'on pouvait devenir fou d'ennui. Elle savait qu'à cause de l'ennui, la nageoire dorsale des orques enfermées dans les bassins ramollissait, qu'elle se mettait à pendre misérablement et que ces animaux étaient pris de crises de rage lors desquelles ils pouvaient tuer un dresseur.

Jeanne réfléchit un peu à ce que lui avait dit sa mère mais elle ne trouva rien qui lui fasse du bien. En tout cas, pas dans le sens où l'entendait sa mère. C'est à ce moment qu'elle avait commencé à aller se baigner dans la mer. Sur l'île, personne ne se baignait jamais, les deux plages, celle de sable jaune ou celle de galets, étaient inconfortables, les agitations de l'eau la rendaient aussi opaque qu'une plaque d'aluminium, en quelques pas on ne voyait plus ses pieds, il n'y avait que la sensation de marcher sur de la matière molle à la composition inconnue. En plus, les vagues y étaient chargées d'algues et de méduses piégées par la forme que prenait la côte à ces endroits. Se baigner là-dedans revenait à entrer dans une infusion de choses répugnantes et potentiellement hostiles. Personne ne se baignait aussi parce que l'eau était froide. En été, elle atteignait péniblement les vingt degrés mais la plupart du temps elle plafonnait plutôt à dix-huit. Personne ne se baignait enfin parce que, à l'exception des eaux semi-stagnantes des plages, la mer était dangereuse. La côte était faite de rochers aux arêtes tranchantes contre lesquelles les lames venaient se fracasser avec violence. Son père avait plusieurs fois mis ses enfants en garde : « Si vous tombez là-dedans, soit vous serez assommés, soit vous serez emportés par les courants, soit ce sera les deux en même temps ! »

Mais malgré ces mises en garde, Jeanne avait trouvé un endroit.

À l'extrémité nord de l'île, cachée par des arbustes, il y avait une pente douce qui la conduisait jusqu'à des rochers plongeant vers la mer. Il fallait faire attention mais Jeanne savait où poser les pieds et où s'agripper pour ne pas tomber. C'était un moment un peu effrayant, ses mains et ses pieds tremblaient en cherchant les points d'équilibre tandis que la mer rugissait en contrebas. Au bout de cette épreuve, elle arrivait au niveau des vagues, sur un gros rocher plat, aussi noir et brillant qu'une poêle huilée. À cet endroit proche de l'eau et des embruns, la température de l'atmosphère était plus basse que sur le reste de l'île. Souvent, Jeanne frissonnait mais ça ne l'empêchait pas de se déshabiller (elle fourrait ses vêtements en boule dans un sac à dos qu'elle coinçait ensuite dans une anfractuosité) avant de s'asseoir sur la pierre froide et de rentrer doucement dans l'eau. Le rocher plat prenait la forme d'un escalier aux larges marches sur lesquelles, se laissant glisser de l'une à l'autre, elle gagnait un endroit où l'eau atteignait sa poitrine. Durant les premiers instants, le froid lui coupait le souffle. Les vagues la soulevaient parfois et tentaient de l'entraîner avec elles, vers le large, mais elle résistait en se tenant des deux mains au rebord de l'escalier de pierre. Puis, peu à peu, la sensation de froid disparaissait pour laisser place à l'absence de sensation. Elle s'était souvent dit que ça devait être comme ça, une anesthésie. Mais ici, c'était seulement une anesthésie du corps qui, immergé dans l'eau salée, n'avait plus de pesanteur et qui, engourdi par le froid, échappait à ses perceptions. L'esprit de Jeanne, lui, débarrassé de son ennui toxique par la grâce des eaux de l'Atlantique Nord, continuait de fonctionner. Il quittait le corps de la jeune fille, s'élevait au-dessus de l'île, se dégageait de la gravité et partait flotter dans les lieux mystérieux et secrets où naissent les rêves. À ce moment, Jeanne dressait la liste de tout ce qu'elle voulait posséder au moins une fois dans sa vie :

— un cheval ;

— un sac Chloé patchwork (le même qu'Ashley dans *West Sacramento College*) ;

— des baskets Buffalo colorées vegan (les mêmes que Cassie) ;

— un vélo (elle en avait eu un avant de partir sur l'île) ;

— un top Chanel, un pantalon taille basse et tout ce qui faisait le style d'Ashley qu'elle adorait (mais elle se disait que la série avait été tournée sept ans plus tôt et la mode avait peut-être changé…) ;

— une voiture, une Fiat 500 couleur crème, sièges blancs (elle avait à présent l'âge d'avoir le permis, en tout cas elle le pensait, et elle se disait que conduire une voiture, la nuit, de la musique jouant très fort, un peu ivre, avec un garçon sur le siège passager, ça devait être une des plus belles choses du monde) ;

— elle voulait aussi, bien entendu, au moins une fois, avoir un amoureux ;

— elle voulait aller chez le coiffeur, elle voulait faire du shopping, elle voulait sortir le soir, dans un club, et commander gravement, avec un soupçon d'arrogance, un gin tonic au bar, elle voulait danser au milieu de la piste, elle voulait marcher dans une ville, elle voulait qu'on la regarde, elle voulait rencontrer des gens, toutes sortes de gens, elle voulait voir d'autres visages et entendre d'autres voix.

Quand elle sortait de l'eau, elle était si engourdie par le froid qu'elle arrivait à peine à bouger. Elle s'essuyait avec la serviette qu'elle avait emportée et c'est à ce moment qu'elle commençait à trembler de tous ses membres. Elle s'habillait en claquant des dents et puis elle escaladait les rochers par lesquels elle était descendue.

La douleur, la proximité de la mort avaient donné à ses idées la clarté du cristal, une joie brûlante embrasait son esprit, l'extase avait pris la place du désespoir.

Généralement, c'est à ce moment qu'elle rentrait à la maison pour regarder un épisode de *West Sacramento College* mais parfois elle se disait qu'elle allait « espionner ».

Si un psychologue s'était penché sur sa manie de l'espionnage, il aurait peut-être noté dans son rapport que c'était un comportement permettant à Jeanne de se donner l'illusion d'avoir le contrôle sur la réalité. Mais il n'y avait personne pour lui poser la question, il n'y avait plus de psychologues, par conséquent Jeanne se livrait à cette pratique sans vraiment comprendre pourquoi.

Et ce jour-là, tremblante sur le chemin du retour, c'est ce qu'elle avait décidé de faire.

Elle n'avait aucune idée de l'heure qu'il était. La position du soleil était celle de l'après-midi, entre quatorze heures et quinze heures. De toute façon, l'heure n'avait aucune importance pour qui avait envie d'espionner. Avec la douce agonie provoquée par l'immersion de son corps dans l'océan, espionner était une des meilleures façons de chasser, pour un moment en tout cas, l'ennui quand il se présentait. L'espionnage présentait en outre un avantage sur l'immersion : il pouvait se pratiquer n'importe quand, le jour, le matin, le soir, la nuit, dès que l'envie la prenait. Il y avait toujours quelque chose à découvrir. Jeanne avait appris quantité de choses en espionnant : elle savait que son frère volait des bouteilles d'alcool dans la réserve et qu'il les emportait avec lui quand il s'isolait sur la petite plage inconfortable, comme un véritable alcoolique. Elle savait qu'il mâchait des baies noires qui poussaient sur certains buissons de l'île. Elle les avait goûtées. Ça lui avait donné la nausée, elle avait presque vomi. Elle n'avait plus jamais essayé. Elle savait aussi qu'une fois seul, il restait des heures et des heures ses écouteurs sur les oreilles, à regarder l'horizon avec des yeux de cinglé. De sa mère, elle savait aussi des choses : elle savait qu'elle prenait des antidépresseurs et des anxiolytiques.

Du Prozac et du Xanax. En espionnant, elle avait lu les notices :

« 1. Qu'est-ce que Xanax et dans quels cas est-il utilisé ?

Xanax comprimés est utilisé chez l'adulte pour le traitement des symptômes d'anxiété sévères, invalidants ou provoquant une grande détresse chez le patient. Ce médicament est destiné uniquement à un usage à court terme. »

Malgré la mise en garde de la notice, sa mère en prenait chaque jour, depuis des années (son père aussi, d'ailleurs). Elle savait que sa mère ne faisait presque plus rien de ses journées. C'était une chose qui ne cessait de surprendre Jeanne : sa mère, contrairement à elle, était capable de s'ennuyer. On aurait dit qu'elle supportait ça, rester des jours entiers dans son lit à regarder des films. Jeanne savait que parfois sa mère se branlait avec le sex-toy qu'elle cachait dans sa table de nuit (quand Jeanne l'avait trouvé en fouillant des années plus tôt, elle ne savait pas de quoi il s'agissait mais elle avait espionné sa mère depuis l'embrasure de la porte et elle avait vu… Elle avait tout vu…). Enfin, Jeanne savait que son père, presque chaque jour, descendait dans la cave et inspectait les réserves comme si ces tonnes de nourriture allaient disparaître pendant la nuit. Dresser cet inventaire quotidien, ça avait l'air de le soulager de quelque chose. Après ça, la plupart du temps, il passait l'après-midi sur la terrasse, un verre de vin dans une main, une tablette dans l'autre, sur l'écran de laquelle il regardait défiler les photos de sa vie d'avant :

— sa voiture de sa vie d'avant, garée devant sa maison de sa vie d'avant ;

— des souvenirs du ski, d'un chalet suisse qu'il louait, toute la famille en vêtements techniques sur fond de sommet alpin ;

— Alexandre, environ sept ans, sourire dans lequel il manque une dent, barbotant dans une piscine. Sans doute dans la villa qu'ils avaient l'habitude de louer à Nice ;

— toute la famille devant Mickey à Disneyland Paris. Jeanne serre la main gantée de blanc de la souris géante ;

— Hélène à Roland-Garros. Un chapeau à large bord protège son visage du soleil ;

— toute la famille devant le Grand Canyon (énorme 4x4 de location juste à gauche de l'image) ;

— Jeanne et Alexandre nageant avec des dauphins dressés en République dominicaine ;

— toute la famille dans la grande salle à manger de la maison : les parents d'Hélène sont là, c'est Noël (sapin décoré de boules et guirlandes dorées, sa base est noyée dans les cadeaux, Alexandre est tout petit, Jeanne encore bébé pleure sur les genoux de la grand-mère) ;

— Jeanne avec Ziggy, le chat de la famille, un mâle roux castré, presque obèse (mort d'un cancer des intestins à l'âge de huit ans).

Jeanne espionnait son père regardant tout ça. Il avait une expression indéchiffrable sur le visage. Ce n'était ni de la tristesse, ni de la joie, ni de la nostalgie. Cela ressemblait plutôt à de la concentration. Comme s'il essayait de rentrer dans l'image, comme s'il essayait de fuir ce qu'était devenue sa vie en regardant les souvenirs des jours heureux, avant que la catastrophe ne transforme l'harmonie de sa famille en un enfer dysfonctionnel. Mais là-dessus, Jeanne avait son avis : la catastrophe n'avait pas transformé la famille, elle n'avait fait qu'en révéler la vérité. La vie facile permise par la richesse, les distractions sans fin des voyages, l'absence de toute forme d'aspérités, de désagréments, de contrariétés ou d'inquiétudes (tout au plus parfois un agacement pour de toutes petites choses, quand l'un d'eux attrapait un rhume, échouait à un examen scolaire, était retardé par une grève des contrôleurs aériens, ce genre de choses…), tout cela n'avait fait qu'empêcher que se révèle la véritable nature de la famille qui était un agrégat de personnalités n'ayant rien à faire les unes avec les autres.

Et voilà Jeanne de retour à la maison. Elle frissonne encore du froid que les vagues de l'océan lui ont injecté dans le corps. Son père est assis sur la terrasse. Elle trouve qu'il vieillit. Quel âge pouvait-il avoir à présent ? Cinquante ans déjà ? Peut-être un peu moins. En tout cas, elle remarque à quel point son visage s'est émacié et comment un peu de graisse enveloppe son ventre, faisant comme un ruban mou sous son pull. Il n'a plus le corps athlétique d'un homme qui s'offre un coach privé trois fois par semaine et qui paye une fortune pour qu'une nutritionniste lui élabore un régime sur-mesure. Cette fois, il ne regarde pas sa tablette. Il boit un verre de vin en observant un petit oiseau. Sa mère arrive derrière lui. Elle tire une tête jusque par terre. Ce n'est pas étonnant dans la mesure où elle tire toujours une tête jusque par terre. Elle dit :

— J'ai besoin de toi.

Jeanne est surprise. Et il faut pourtant beaucoup pour la surprendre. Il doit vraiment se passer quelque chose de grave pour que sa mère adresse la parole à son père. Et quelque chose d'encore plus grave pour qu'elle lui demande de l'aide.

Fred

Fred était encore tout petit quand sa mère fit un AVC.

Il ne gardait presque aucun souvenir de ce qu'avait été sa vie avant cet accident. Il ne connaissait de sa personnalité d'alors que ce qu'on lui en avait raconté (son père, ses oncles et tantes, des amis de la famille), à quel point elle avait été une femme vive, pétillante, active. Comment elle était parvenue à concilier une brillante carrière de médecin (cheffe de clinique en oncologie pédiatrique) et une vie de famille que l'on qualifiait « d'harmonieuse ». On lui racontait à quel point elle était sportive et endurante (elle faisait des trails ; dans le salon, sur un buffet, trônait une photo sur laquelle on la voyait, bras levés, à l'arrivée d'un parcours de quatre-vingts kilomètres autour de Chamonix). On lui avait raconté comment elle aimait les voyages, le don qu'elle avait pour les langues et pour le contact humain, au point qu'il lui suffisait d'entrer dans un bistrot de pêcheurs au fin fond d'une bourgade turque pour immédiatement devenir l'amie et la confidente des clients les plus taciturnes.

L'AVC qui l'avait frappée un matin dans la salle de bain (elle avait perdu connaissance en sortant de la douche, c'est le père de Fred qui l'avait trouvée, elle s'était cassé la mâchoire en tombant sur le coin de l'évier) lui avait fait perdre une bonne partie des fonctions motrices de son côté droit : la moitié de son visage s'était affaissée (lui donnant une expression triste, dégoûtée, presque monstrueuse), le bras droit et la jambe droite n'étaient plus que des excroissances inutiles, des protubérances encombrantes, des appendices maigrichons (qu'il fallait masser pour « stimuler la circulation sanguine et le système lymphatique »). L'AVC avait également eu des conséquences sur les facultés cognitives de sa mère. Sa mémoire, sa capacité d'attention avaient été touchées. Son esprit jadis si vif était devenu comme un gaz, un gaz plus léger que l'air, impalpable, volatile, un de ces gaz que l'on qualifie « d'inertes » dans la mesure où ils ne participent à aucune réaction chimique. En sa présence, on pouvait parfois croire que « quelque chose » était là, qu'elle vous avait vu, qu'elle vous avait reconnu et que de vous avoir reconnu faisait naître des pensées mais, l'instant d'après, le « quelque chose » s'était envolé, parti, disparu, sans un bruit, sans un signe, il ne restait que le gaz inerte, inodore, invisible. Enfin, l'AVC avait provoqué une aphasie. Sa mère ne parlait plus, n'était plus capable d'écrire. Elle était en vie, ses organes fonctionnaient, ses cellules maintenaient leur processus de méiose et de mitose, son corps dégageait de la chaleur mais c'était tout. Sa mère était un corps presque immobile surmonté d'un visage figé.

Pour Fred, elle n'avait été qu'un regard effrayé, pareil à celui d'un cochon d'Inde égaré dans un labyrinthe dont il sait qu'il ne sortira jamais vivant. Son père aurait pu la placer dans un centre spécialisé mais il avait choisi de la garder chez lui. Il avait fait aménager une pièce de la grande maison qu'ils occupaient et avait engagé une infirmière à temps plein. Ça coûtait une fortune mais c'était dans la logique de son sens des responsabilités selon lequel on se devait, corps et âme, à sa famille et à son travail.

La famille.

Le travail.

Dans cet ordre.

Le père de Fred n'était pas sévère. Fred ne se souvenait pas l'avoir un jour vu en colère, il ne perdait jamais le contrôle de lui-même, il n'avait évidemment jamais « levé la main sur lui » (quelle étrange formule), il n'avait jamais tenté de le rabaisser ou de l'humilier comme le font certains parents toxiques avec leurs enfants.

Mais il était exigeant.

Fred ne pouvait se contenter d'être bon à l'école ou dans ce qu'il entreprenait (le tennis, le hockey), il devait être le meilleur. Son père était ingénieur et, à ce titre, il aimait les métaphores scientifiques. Il disait : « Quand on veut envoyer une fusée sur la Lune, un écart de quelques degrés au décollage se traduit, après des millions de kilomètres, par une dérivation gigantesque et la mort de l'équipage. Ta vie, c'est la même chose, c'est une longue trajectoire, si tu es moyen aujourd'hui, tu seras médiocre demain. Si tu es bon aujourd'hui, tu seras excellent demain ! »

L'idée de se rebeller n'effleura jamais l'esprit de Fred. Il admirait son père, c'était un exemple de droiture et d'abnégation et rien ne pouvait le rendre plus heureux, lorsqu'il était bel et bien le meilleur, que de voir la fierté éclairer son visage.

Aussi Fred fut-il le meilleur.

Et son père fut fier de lui et probablement cela allégea-t-il le fardeau de sa vie de sacrifices (du moins, Fred l'espérait, car il n'avait jamais eu de discussions intimes avec son père, ils ne s'étaient jamais livrés l'un à l'autre et cette absence d'intimité leur convenait très bien à tous les deux).

Fred réussit brillamment son bac et il intégra Parcours Sup en mathématiques et informatique. C'est là qu'il rencontra Mohammed et Laura qui allaient devenir, plus tard, ses associés.

Mohammed venait de la petite bourgeoisie de province. C'était un garçon taciturne et travailleur. Laura était suisse et elle avait rompu avec sa famille qu'elle ne supportait plus.

Fred, Mohammed et Laura étaient tous les trois extrêmement brillants et ambitieux, et ils comprirent rapidement que des études en mathématiques ne les aideraient pas à atteindre leur objectif principal : devenir riches. Après Parcours Sup, ils postulèrent au MBA donné à HEC. Avec leurs résultats, ils furent acceptés sans difficultés. Avant même d'avoir terminé, ils décidèrent de lancer leur affaire. Ils en avaient eu l'idée alors qu'ils buvaient un verre à la terrasse d'un café après le cours d'histoire de la monnaie qu'ils détestaient tous les trois (alors qu'ils adoraient le cours de modélisation statistique et celui sur les marchés financiers). C'était le début de l'été, une chaleur infernale calcinait la ville. Ils regardaient le flux ininterrompu des voitures. Les gens avaient terminé le travail et ils étaient des milliers à rentrer chez eux, les autoradios déversaient de la musique par les fenêtres entrouvertes, des voitures freinaient, accéléraient, se faufilaient nerveusement dans le trafic. Laura avait dit : « Les pires conducteurs, c'est ceux qui ont des petites Seat ! » Mohammed avait répondu : « Par contre, ceux qui ont des Toyota conduisent comme des victimes… Ils laissent passer tout le monde. » Et ils s'étaient mis à observer les voitures pour essayer d'en tirer des règles générales liant les comportements aux marques et aux modèles.

À ce moment, quelque chose était apparu dans l'esprit de Fred, une petite bulle venue d'un lieu mystérieux de son cerveau, d'un endroit très profondément enfoui sous des couches et des couches de matière organique, un endroit qui ne connaissait ni le langage ni la civilisation, une zone si primordiale de son psychisme que Fred en ignorait l'existence. La petite bulle dériva vers des niveaux de conscience supérieurs où, au contact des souvenirs de Fred (l'éducation reçue par son père, le visage effrayant de sa mère, un premier désir, un premier baiser…), elle muta sous une forme plus commune que l'on désigne sous le nom « d'idée ». Fred n'avait jamais oublié ce moment, ç'avait été comme si une pluie d'étoiles filantes passait soudain d'un hémisphère de son cerveau à un autre. En une nanoseconde, il avait compris que son idée était bonne et surtout qu'elle était susceptible de les rendre riches. Il expliqua l'idée à Laura et Mohammed : « Aujourd'hui, la plupart des voitures sont équipées de systèmes électroniques en tout genre et d'un ordinateur de bord : pour le freinage, l'accélération, la consommation, la vitesse moyenne et de pointe… Le GPS enregistre toutes les données relatives aux trajets. Les caméras de recul savent si on a tendance à « toucher » ou non. Ça fait une masse d'infos qui ne demande qu'à être traitée. »

C'était à l'époque de la grande ruée vers les données personnelles. La plupart des réseaux sociaux avaient fait leur fortune là-dessus : Facebook, Twitter, Instagram, TikTok étaient capables de profiler de manière très précise leurs utilisateurs qui ne se rendaient pas compte que « si c'est gratuit, c'est que c'est toi le produit ». Mais personne n'avait encore pensé à utiliser les données des conducteurs pour les traiter et les rendre accessibles aux entreprises qui pouvaient y trouver une utilité. Les compagnies d'assurance par exemple qui pourraient, de cette façon, cibler les primes d'une manière infiniment plus précise, ou alors les constructeurs qui allaient pouvoir proposer des « extras » aux conducteurs selon leur profil et donc considérablement augmenter leurs bénéfices. Fred reçut cinquante mille euros de son père sous forme d'une avance sur héritage. Mohammed reçut vingt-cinq mille euros de ses parents. Laura ne reçut rien mais des trois, elle était la meilleure pour programmer des algorithmes, elle gérait à merveille le langage R des data scientists et elle reçut à ce titre et en signe d'amitié quinze pour cent des parts de la société qu'ils baptisèrent « Mnémosyne », du nom de la divinité grecque de la mémoire et du souvenir. Fred qui avait eu l'idée et qui apportait la plus grande partie des fonds en détiendrait soixante-cinq pour cent, les vingt pour cent restants revenant à Mohammed.

La majeure partie des fonds fut utilisée pour lancer la start-up : financer le plan de communication afin de se faire connaître des partenaires éventuels, acquérir le matériel informatique adéquat, capable de stocker les données et doté d'une puissance de calcul suffisante pour les traiter efficacement.

Le logiciel représentait un point essentiel : il fallait transformer les données brutes en données monétisables. Il fallait par exemple être capable d'extraire toutes les données d'accidents de la route par régions et par dates pour les corréler avec les coûts de ces accidents classés par tranches d'âge, sexes et catégories de véhicule. Et il y avait des centaines d'analyses de ce genre qui étaient susceptibles d'intéresser les constructeurs mais aussi les agences de communication et évidemment les compagnies d'assurance.

Dans leur business plan, ils prévoyaient qu'il faudrait minimum cinq ans avant que l'affaire devienne rentable. Elle le devint en trois. Tout le monde voulait les données récoltées et transformées par Mnémosyne. Ils s'agrandirent, ils engagèrent du monde et la start-up devint une vraie boîte avec des outils et du know-how bien solides.

Après deux ans, alors qu'ils n'avaient pas trente ans, ils étaient déjà tous les trois plusieurs fois millionnaires. Quand Fred eut quarante ans, Mnémosyne était la société numéro un en matière de traitement de données automobiles. Ils reçurent une offre de la société Meta, la maison mère de Facebook. Un montant colossal. Ils hésitèrent un peu. Laura et Mohammed étaient d'accord de revendre en échange d'un poste au sein de Meta. Fred préféra se retirer avec un chèque de près de cent millions d'euros. Cent millions d'euros, ça ne faisait pas de Fred un « super riche », il ne figurait pas dans le club des vrais multimilliardaires, mais en gérant ça convenablement, en jouant sur des placements stratégiques (et Fred était doué là-dedans), il se mit à l'abri des dangers menaçant la plupart des humains.

À ce moment, il était marié avec Hélène depuis près de quinze ans. Alexandre avait douze ans, Jeanne en avait dix. Le monde montrait quelques signes inquiétants : pandémies, soubresauts économiques, guerres, anomalies météorologiques…

Ça donnait l'impression de vivre dans un train dont le conducteur aurait sauté en marche. Si les pauvres angoissaient, les plus riches avaient encore un sentiment d'invulnérabilité : le prix des carburants ou du blé pouvait bien flamber, ça ne changeait pas grand-chose pour eux. Il y avait des manifestations de plus en plus violentes mais elles éclataient dans les centres urbains, loin des quartiers où ils vivaient. Si l'été était trop chaud, il suffisait de descendre dans une villa de location d'un hémisphère où c'était l'hiver, et les guerres ne déchiraient encore à ce moment que des pays à l'histoire tourmentée et ne tuaient que ceux qui n'avaient pas les moyens de partir.

Malgré son argent, Fred se distinguait de tous les autres riches. Il savait qu'il fallait tout prévoir, de sa mère il avait appris que la vie pouvait réserver des surprises et qu'elles étaient souvent mauvaises.

Et comme son père, il avait la conviction qu'il fallait, quoi qu'il en coûte, protéger sa famille.

C'est comme ça qu'il avait fait appel aux services de l'agence Safety for Life spécialisée en sanctuaires sécurisés en cas d'apocalypse. « *Ignorer la réalité ne vous en protégera pas* », disait la publicité sur le site web (le texte en anglais ajoutait : « *In a* WSHTF *situation you will need reliable transportation to get to your retreat because you don't have time before a world*

WROL »). Il y avait des astérisques après les abréviations WSHTF et WROL.

– WSHTF : When the Shit Hits The Fan (expression désignant le début de la catastrophe globale) ;

– WROL : Without Rule Of Law (signifiant une société où la loi n'a plus cours).

Assis sur la terrasse de la maison, le regard perdu sur le fond écarlate de son verre de vin, son esprit s'élevant à la faveur de l'alcool, au-dessus des contingences terrestres vers une zone propice aux raisonnements complexes, Fred pensait aux origines de la catastrophe globale qui avait emporté le monde des humains. Il se dit que tout avait commencé bien longtemps avant lui, avant son père, plusieurs millions d'années avant l'AVC de sa mère, quelque part dans les hautes herbes de l'Afrique de l'Est, lorsque la vie, dans sa dynamique évolutive, sous la pression d'un assèchement du climat, donna naissance aux premiers hominidés, et avec eux à ce qu'il convenait d'appeler la « nature humaine ». La « nature humaine », ce n'était pas quelque chose de compliqué, c'était la traduction de l'urgence éternelle de sauver sa peau et, pour y parvenir, entre le choix du long terme et celui du court terme, de toujours préférer le second. La « nature humaine », mère de toutes les brutalités et de toutes les souffrances qu'une espèce aura pu, durant une fraction de temps universel, imposer à elle-même ainsi qu'à l'ensemble du monde vivant. Les premiers hominidés, mus par cette nature humaine, cavalant de choix à court terme en choix à court terme, évoluèrent au milieu de la violence, déversant des torrents de sang, massacrant dès les origines les branches alternatives (pauvre Néandertal) et même ses frères et sœurs d'espèce lorsqu'un différend éclatait. Leurs cerveaux leur donnaient une merveilleuse maîtrise technologique mais le sens moral resterait un horizon théorique. Et puis vint l'apparition des grandes civilisations et les grandes civilisations s'inventèrent des religions pour justifier l'injustifiable. Après ses débuts laborieux de misérable secte martyrisée, la religion chrétienne finit par réussir. Un succès éclatant. Elle régna des siècles durant sur une grande partie du monde. Cette religion connut des évolutions, des confrontations de points de vue, des interprétations des textes et avec elles d'autres massacres, la nature humaine, la peur, l'avidité, le court terme. Du côté du XVIe siècle, apparut ce qu'on appela la Réforme protestante et cette réforme eut pour conséquence inattendue l'apparition d'un système économique que l'on appela le libéralisme. Le libéralisme n'était pas quelque chose de nouveau ni de très complexe. La plus simple et la plus claire traduction de la nature humaine, toujours la même, toujours inchangée depuis l'aube des temps : « Enrichis-toi sans limite. Les autres humains se répartissent en deux catégories : ceux qui sont utiles à ton enrichissement et tes ennemis. » Du côté du XVIIIe siècle, le libéralisme donna naissance à une aventure technologique que l'on appela la « révolution industrielle ». Il y eut l'automatisation des métiers à tisser, l'invention de la machine à vapeur, des chemins de fer, du moteur à explosion, l'apparition de la division du travail, de l'électricité, la maîtrise de l'énergie nucléaire, le développement de l'informatique et des biotechnologies, une faramineuse puissance technique entre les mains des petits hominidés froussards dont la nature profonde n'avait pas évolué d'un pouce depuis les hautes herbes. L'utilisation massive de combustibles fossiles entraîna l'accumulation de gaz à effet de serre dans l'atmosphère qui provoqua un réchauffement climatique global. À ce moment, les petits hominidés auraient encore pu sauver leur peau. Ils auraient pu collaborer, s'entendre, réfléchir, laisser parler leur sens moral. Mais… la force de la vision à court terme l'emportait encore et toujours.

Et puis, enfin, il y eut la Flaque.

La Flaque qui, dans l'esprit de Fred, s'écrivait avec un grand « F » parce que cette Flaque incarnait bel et bien le personnage central de la catastrophe globale.

Que le coup d'envoi de la catastrophe soit donné dans une flaque de boue ne manquait pas d'ironie au niveau du symbole biblique, se disait aussi Fred : « *Tout va dans un même lieu ; tout a été fait de la poussière, et tout retourne à la poussière* », était-il écrit dans l'Ecclésiaste.

La Flaque était une flaque de boue pareille à toutes les flaques de boue : brune, collante, poisseuse. C'était une flaque qui se trouvait au-delà du cercle polaire, dans une région désolée de Russie, à près de trois mille kilomètres au nord-est de Moscou, où ne vivaient que quelques éleveurs de rennes à la peau mate et aux yeux bridés. La flaque était apparue à la faveur de la fonte du permafrost consécutive au réchauffement global, lui-même consécutif à tout le reste, la nature humaine en particulier. C'était le mois de juillet et depuis plusieurs semaines, les températures dépassaient de dix degrés les normales saisonnières. Cette flaque de boue était composée d'une eau restée gelée depuis la période glaciaire du Pléistocène, bien avant les premiers chrétiens, bien avant la révolution industrielle, à une époque où les mammouths y promenaient encore leurs lourdes carcasses duveteuses, inconscients qu'ils seraient bientôt amenés à disparaître. Cette eau contenait un virus. Un virus ancien, un virus d'un autre temps, un virus qui attendait là sa chance de revoir la lumière du jour. Plus tard, des chercheurs parvinrent à isoler ce virus, il était assez proche d'un virus moderne connu sous le nom de VMC pour « virus mosaïque des céréales ». Il était juste plus agressif. Beaucoup plus agressif en réalité. Vraiment beaucoup. Il avait passé des milliers d'années à ronger son frein. Il ne représentait aucune menace pour l'humain ni pour les animaux. C'était pour les céréales qu'il était dangereux.

Pour le blé en particulier.

Un renne qui passait par là but l'eau de cette flaque. Un rat qui passait par là bouffa la crotte du renne et le virus se propagea parmi les populations de rats de la péninsule de Yamal, dans le district autonome russe de Lamalo-Nénétsie. Il suffit ensuite au virus d'attendre, ça ne lui posait aucun problème d'attendre, il était patient, il avait déjà attendu plus de cent cinquante mille ans ; contrairement aux humains, sa vision à lui avait toujours été à long terme, alors quelques années de plus ou de moins n'allaient pas changer grand-chose. Ce virus auquel on donna, plus tard, le nom de « Glacie musaicum » (Mosaïque des glaces) ou encore VMC2 se transmit de population de rats en population de rats et atteignit l'Europe de l'Est et de l'Ouest probablement deux ans après sa résurrection dans la Flaque.

Lorsqu'il commença à ravager les cultures, faisant pourrir sur pied des dizaines de millions d'hectares, il avait déjà atteint l'Amérique du Nord et du Sud qu'il ravagea à leur tour, touchant indifféremment le blé classique et le blé génétiquement modifié d'Argentine et du Brésil.

Avec le recul, Fred se demandait pourquoi, dans un sursaut de clairvoyance, les nations du monde n'avaient pas été prises d'un élan de solidarité pour remplacer, le plus rapidement possible, le blé par autre chose. On pouvait faire de la farine à partir de fécule de maïs, de sorgho, de riz… Mais, comme c'était le cas depuis la nuit des temps, l'avidité avait pris le dessus, aveuglant tout le monde à l'exception de quelques manifestants que personne n'écoutait et de quelques scientifiques à qui on reprocha leur alarmisme. Des fonds de pension étaient propriétaires d'une grande partie du blé et ils spéculèrent à la hausse. Ces fonds de pension préférèrent attendre des mois pour mettre sur le marché le peu de blé qu'il restait et qui était stocké en mer, à bord de gigantesques porte-conteneurs. La famine toucha d'abord les régions les plus dépendantes d'Afrique du Nord et du Moyen-Orient et puis elle frappa la Chine. Malgré le contrôle gouvernemental, des manifestations éclatèrent dans plusieurs grandes villes du pays : Shanghai, Pékin, Canton, Shenzhen, Dongguan.

Comme ce fut le cas lors des manifestations de Tian'anmen, le pouvoir fit rapidement appel à l'armée pour calmer les foules mais, chose totalement inhabituelle, certaines divisions refusèrent d'obéir aux ordres du quartier général. La 542e brigade blindée laissa les manifestants saccager les bureaux du parti, les rédactions d'informations occidentales diffusèrent les images de jeunes Chinoises mettant le feu à des portraits de Xi Jinping. Ce fut l'événement de trop : pour calmer sa population, la Chine décida de s'approprier les super-conteneurs transportant les dernières réserves de blé et elle les fit arraisonner, tous, lors d'une opération militaire baptisée *Nuit calme*, du nom d'un célèbre poème écrit par Li Bai sous la dynastie Tang.

La Russie réagit la première en lançant un ultimatum à la Chine. La Chine se mura dans le silence, ne répondant que par le déploiement de véhicules lanceurs de missiles nucléaires sol-sol le long de la frontière sino-russe.

La Russie répondit le lendemain avec le tir d'un missile hypersonique Zircon sur la ville de Nanchang, provoquant la mort instantanée de près d'un million d'habitants et la destruction du mémorial de la création du Bayi de Nanchang célébrant l'insurrection de Nanchang (celle qui avait donné naissance à l'Armée populaire de libération de Chine en 1927).

La Chine répliqua en moins d'une heure, par l'envoi de ses propres missiles nucléaires : ils partirent un peu dans tous les sens, formant un joli panache orange dans le ciel extrême-oriental et s'abattirent sur la Russie au petit bonheur, l'un sur une petite ville, l'autre dans une forêt, un troisième dans un lac.

C'est à ce moment que les vrais ennuis commencèrent.

Comme si tout le reste n'avait été qu'une innocente entrée en matière.

Le lac dans lequel le missile chinois était tombé était le lac de Ozero Aychenok se trouvant à quelques kilomètres de Gorno-Altaïsk, dans la province de l'Altaï, à l'endroit même où, depuis les années soixante, un laboratoire menait des recherches sur des armes bactériologiques. L'endroit était à la fois secret et extrêmement sécurisé. Mais l'explosion nucléaire libéra de son confinement une petite merveille de biotechnologie étiquetée dans son frigo sous la référence LM33P1 mais que les chercheurs russes de l'endroit avaient baptisé : « Souka sine », le Fils de pute.

Le Fils de pute était un « virus chimère », c'est-à-dire un virus formé en joignant des fragments d'acide nucléique provenant de plusieurs micro-organismes. Dans son cas, le Fils de pute était formé d'un morceau d'ADN de l'encéphalite équine vénézuélienne, d'un morceau de variole et d'un morceau d'Ebola.

Ce que les spécialistes déduisirent, alors qu'il était déjà trop tard, c'est que le Fils de pute s'était retrouvé mêlé à la vapeur dégagée par la fusion des eaux du lac de Ozero Aychenok consécutive à l'explosion nucléaire (trois cent mille degrés au niveau du lac) et il fut soulevé à une altitude de près de douze mille mètres, où il se mêla aux jet-streams du courant polaire. Le Fils de pute fut ainsi emporté sur quelques milliers de kilomètres avant de s'abattre, à la faveur d'une pluie légère, au Canada, sur la ville de Vancouver.

On parvint à remonter au patient zéro : Davidson Burn, un immigré haïtien de quarante-trois ans employé chez Church's Texas Chicken, un fast-food servant du poulet frit situé en plein centre, sur Kingsway Avenue.

Le Fils de pute était un malin : son incubation était longue et ne provoquait aucun symptôme. Aussi, lorsque les premiers cas furent détectés, il était trop tard : le virus s'était baladé par route, par avion, par bateau, aux quatre coins du monde. C'est alors qu'il commença à tuer, massivement. On eut beau essayer de mettre en place des politiques de confinement, de trouver un vaccin dans l'urgence, ce fut simplement trop tard.

C'est à ce moment que Fred avait reçu le message de l'agence Safety for Life.

Tout juste avait-il gagné l'île avec sa famille que le monde sombrait pour de bon dans le chaos.

Et toutes les jolies petites îles tropicales servant d'abri à d'autres riches furent prises d'assaut par des embarcations de survivants paniqués.

Mais son île à lui, trop loin de tout, trop petite, trop insignifiante pour attirer l'attention de qui que ce soit, fut sauvée.

La chance n'est qu'une succession d'improbabilités.

Partout sur terre, ceux qui ne mouraient pas du virus mouraient de l'anarchie causée par la peur.

Et ceux qui ne mouraient pas de l'anarchie mouraient du virus.

Après trois millions d'années d'obstination, la nature humaine avait fini par devenir l'ange de sa propre apocalypse.

Hélène

Hélène était remontée dans la salle de bain et face au miroir, elle avait ouvert la bouche pour tenter de voir la dent qui la faisait souffrir.

Elle ne vit rien.

Elle mit un embout neuf sur la brosse à dents électrique et se nettoya soigneusement les molaires.

Ça lui fit mal.

Et ça lui fit encore plus mal lorsqu'elle se rinça la bouche à l'eau froide.

Hélène n'était pas dentiste mais elle savait qu'une fois qu'une carie était installée, il n'y avait aucune chance pour qu'elle disparaisse d'elle-même. Une carie était une infection de la dent, une putain de bactérie qui allait creuser de plus en plus profond, atteindre la pulpe (la douleur indiquait que ce stade devait déjà avoir été atteint) et puis la racine. À ce moment, ça deviendrait parfaitement infernal : un abcès se formerait, son visage gonflerait à la manière d'un fruit pourri, la douleur la mènerait aux confins de la folie, elle risquerait la septicémie, puis la mort.

Dans le monde d'avant, cette carie n'aurait pas posé de problème. Un rendez-vous chez son dentiste, une demi-heure dans son cabinet parfumé au désinfectant et au menthol, une anesthésie locale, le forage de la carie et le placement de résine pour combler la cavité.

Au revoir et merci.

Mais ici, sur l'île, c'était une autre affaire.

Dans son esprit lui revinrent les images du film *Seul au monde*, dans lequel Tom Hanks s'arrache une dent avec la lame d'un patin à glace.

Elle prit un Xanax et s'assit sur le lit pour réfléchir sereinement.

Puis elle s'allongea.

Et elle ferma les yeux.

Elle inspira longuement par le nez et expira, plus longuement encore, par la bouche.

Elle croyait se souvenir que ce genre de respiration était favorable à la détente.

Et en effet, elle se détendit.

Elle savait exactement ce qu'elle avait à faire.

Elle ne voulait pas faire ce qu'elle avait à faire mais elle devait simplement se mettre dans un état d'esprit lui permettant d'y parvenir.

Elle devait surmonter sa répulsion et demander de l'aide à Fred.

L'idée de demander de l'aide lui était insupportable mais il allait falloir y passer.

Remettre ça à plus tard ne l'aiderait pas.

C'était inéluctable.

Elle essaya de trouver une façon d'accepter cette idée. Peut-être en se souvenant de l'époque (lointaine) où elle l'avait aimé ?

Elle avait vingt-cinq ans, elle sortait avec Evangelos, un garçon d'origine grecque qu'elle avait rencontré pendant sa formation en web marketing et design, il avait une bite incroyable mais un caractère de chien, capricieux, boudeur, possessif. Au début, elle avait pris ça pour la manifestation d'une sensibilité exotique en proie au tourment de l'amour mais avec le temps elle avait conclu que c'était juste un con (avec une bite incroyable). Elle avait du mal à le quitter, elle ne savait pas pourquoi. Il lui faisait des scènes sous n'importe quel prétexte : elle aurait regardé le serveur du restaurant, le boulanger du coin de la rue, le prof de brand marketing, un chauffeur de taxi, un livreur FedEx, un chat, un chien, il était jaloux de tout ce qui était vivant.

C'était toujours le même rituel aussi idiot que douloureux : elle le quittait. Il l'appelait. Il pleurait au téléphone. Il lui disait qu'il souffrait. Qu'il avait fait le con. Qu'il était désolé. Qu'il allait mourir. Elle tenait bon. Un peu. Elle ne répondait pas à ses appels mais elle lisait ses WhatsApp : « *Déso bb je t'm tro #tumemanques (emoji cœur brisé)* », « *Stp réponds #jevaisfaireuneffort #jevaischangerpourtoi #tumedonneslaforce (emoji cœur en feu).* » Après un moment, elle finissait par craquer. Elle ne supportait pas l'idée de causer de la souffrance à un être humain. Peu à peu, dans son esprit, se glissait l'idée qu'elle avait été injuste, qu'elle devait accepter la fragilité d'Evangelos, qu'elle ne comprenait rien aux émotions, que c'était comme ça quand on s'aimait, qu'elle devait essayer de comprendre, être plus souple, se mettre à sa place, il n'avait pas eu les mêmes chances qu'elle, il s'était fait tout seul et finalement, au bout du compte, presque malgré elle, elle le reprenait. Il revenait en pleurnichant, des petites larmes reconnaissantes plein les yeux et puis, après quelques semaines, ça recommençait. C'était épuisant.

Elle avait rencontré Fred chez Laura, une copine suisse qu'elle connaissait de son cours de krav maga. Hélène faisait ça pour gérer ses émotions, surtout celles d'Evangelos. Laura était l'associée de Fred et parce qu'elle avait été agressée une fois, à la Chaux-de-Fonds, quand elle avait quinze ans, par un prof de ski pendant les vacances scolaires et que plus jamais, PLUS JAMAIS (elle haussait toujours la voix lorsqu'elle en parlait), elle ne permettrait à QUICONQUE de la toucher sans son consentement !

Fred était un joli garçon, pas canon mais joli. Brun, soigné, poli, un petit côté Timothée Chalamet (mais quand même pas aussi mignon, un Timothée Chalamet qui aurait étudié la finance et qui se serait coiffé comme un fils à papa). Ce qui lui avait plu, c'était qu'il avait l'air calme.

Calme et équilibré.

Il l'écoutait calmement. Il lui répondait calmement. Il avait les gestes posés d'un homme qui prend soin de bébés animaux et la voix douce d'un courtier en assurance.

Ça changeait d'Evangelos.

À côté d'Evangelos, Fred ressemblait à un week-end en thalasso. Ça lui avait donné envie d'y aller. Et quelques jours plus tard, quand elle avait reçu un message privé de Fred sur son compte Instagram : « *Salut Hélène, on irait prendre un verre un de ces jours (emoji coupe de champagne) ?* », elle avait réfléchi un très court instant, un instant si court que ce n'était même pas vraiment de la réflexion, c'était le stade qui précède tout juste la réflexion, une sorte de réflexe, et elle avait écrit « *À fond (pas d'emoji) !* ».

À partir de ce moment, les choses étaient allées assez vite. Le lendemain au Kumiko, un bar pour étudiants aisés (musique lounge, lumière tamisée), ils avaient commandé deux cocktails signature (le Volver : vermouth rosso Cinzano, Bitter Campari, Ginger Beer Bundaberg et une goutte de liqueur de café), il avait parlé de lui (toujours avec douceur), elle avait parlé d'elle (la tête lui tournait). Il avait dit que ce qu'il voulait, c'était « être capable un jour de mettre sa famille à l'abri ». Elle avait trouvé ça un peu ringard mais charmant. Quelque chose lui plaisait dans cette ringardise. Il l'avait ramenée chez elle (il conduisait une Mercedes classe E, quand il avait vu son regard, il avait dit : « Je sais, c'est une voiture de vieux, c'est celle de mon père ») et quand il s'était arrêté devant la porte de l'immeuble qu'elle occupait, il y avait eu la tension classique du « moment où l'on sait qu'il va se passer quelque chose ». Et il s'était passé quelque chose. Quelque chose de classique. Il l'avait embrassée. Un baiser très doux. Un peu timide. Plus une caresse qu'un baiser. Après quoi il avait éloigné son visage comme pour contrôler l'expression de la jeune femme et s'assurer qu'elle n'était pas fâchée. À ce moment, c'est elle qui l'avait embrassé. Avec plus d'énergie, plus de passion. Parce qu'elle était un peu ivre, parce qu'elle trouvait qu'il ressemblait encore un peu plus à Timothée Chalamet, parce qu'elle se sentait bien dans cette voiture de vieux, parce qu'elle savait que tomber amoureuse de lui la sauverait d'Evangelos.

Elle quitta Evangelos par message, le lendemain matin : « *C'est terminé. Ne me contacte plus STP (pas d'emoji).* » Évidemment, il la contacta. D'abord par message (« *QUOI !!!!!!!!* » et puis « *RÉPONDS TOUT DE SUITE !!!!!* ») et comme elle ne répondait pas, il l'appela, plusieurs fois, un nombre incalculable de fois. Elle ne décrocha pas. Il vint chez elle. Il sonna. Il laissa son doigt sur la sonnette pendant plusieurs minutes. Il hurla dans la rue. Il fut d'abord menaçant (« Tu n'as pas le droit ! J'ai droit à des explications ! Mais pour qui tu te prends ??? Je ne bouge pas d'ici !!!! ») et puis il fondit en larmes (« S'il te plaît, me fais pas ça ! Regarde dans quel état je suis ! Regarde dans quel état tu me mets ! »). Hélène fut surprise par sa propre indifférence à ces cris et à ces larmes. Elle en tira même un certain plaisir, comme si en promenade dans un zoo, elle regardait souffrir un prédateur derrière les grilles d'une cage et qu'elle pouvait frapper contre les barreaux pour l'énerver. À cette sensation agréable vint s'en ajouter une autre, celle d'un malade retrouvant soudain la santé. Son indifférence était le signe qu'elle était guérie. Elle appela la police. Une patrouille arriva. Evangelos prit peur et s'enfuit. Par précaution, elle porta plainte pour harcèlement. Et elle ne le revit jamais.

Évidemment, la bite de Fred n'était pas aussi incroyable que celle d'Evangelos, il lui faisait l'amour avec moins de passion, dans ses gestes elle ne retrouvait pas cette faim ni cette impression de se trouver dans une zone à risque sismique élevé, cette sensation de faire partie d'une réaction thermonucléaire primordiale engendrant un objet stellaire. Avec Fred c'était doux, c'était tendre. Pas désagréable mais un peu ennuyeux. C'était comme faire de la barque sur un étang. De toute façon, Fred n'était pas porté sur le cul. La journée, il passait beaucoup de temps à développer son affaire, le soir il était fatigué, il ouvrait une bouteille de vin qu'il avait mis du temps à choisir chez un marchand du centreville, il parlait de choses et d'autres à Hélène, du travail, de finances, de cépages, de technologie, de projets de vacances et puis, il allumait la télé et regardait un peu n'importe quoi pour « se vider la tête ».

Après la naissance d'Alexandre et Jeanne, ils engagèrent une nounou qui prit sur elle toute la charge mentale de la gestion d'une famille et Hélène put se consacrer à sa propre carrière. Ses amis et ses collègues lui disaient souvent à quel point elle était admirable de concilier vie familiale et vie professionnelle, elle hochait modestement la tête, elle disait que « lorsqu'on est passionné, tout est possible ».

La vie était douce, lisse, sans la moindre aspérité. C'était agréable à mener ce genre d'existence mais il y avait aussi, tapi dans l'ombre de sa tranquillité, quelque chose qui la terrifiait : est-ce que ça allait continuer comme ça jusqu'à la fin ? Jusqu'à la vieillesse ? Jusqu'à la mort ? Est-ce que c'était ça qu'on appelait une existence ? Une conscience tranquille pilotant un corps de chair ne connaissant ni manque d'aucune sorte, ni douleur d'aucune forme. Il lui arrivait de repenser à Evangelos et à sa bite incroyable. Lorsqu'elle se masturbait, il lui réapparaissait, surgissant du fond de sa mémoire, comme le ferait en mer une goutte de pétrole échappée des abysses pour venir flotter à la surface. Elle le stalka, elle tomba sur sa page Facebook. Il était « production planner » dans le secteur de l'agroalimentaire (elle ne savait pas vraiment ce que cela signifiait), il postait rarement : une affiche d'un concert d'adieu de Coldplay, la photo d'un mezze (avec en commentaire « *La vie (emoji visage qui bave, emoji flamme) !* »), un selfie avec une femme (petite brune trapue) tenant une fillette de trois ou quatre ans dans les bras. À l'idée qu'il faisait l'amour avec une autre femme, la jalousie avait poinçonné le cœur d'Hélène. À son travail, certains hommes la courtisaient mais ils ne l'intéressaient pas. Un soir, après avoir bu un peu trop du Château Montrose 2015, Saint-Estèphe, ouvert fièrement par Fred, elle avait failli recontacter Evangelos. Elle avait été à deux doigts de le faire. Elle avait commencé à rédiger un MP (« *Hello…* ») mais terrifiée, elle l'avait effacé. Il y avait trop à perdre : sa situation, son couple, son existence. Elle s'était rendu compte que toutes ces années de confort l'avaient ramollie, elle ne supportait plus l'idée de l'inattendu, du risque, de l'accident. Son esprit ne savait plus comment gérer ce genre de chose et il rejetait avec force tout ce qui risquait de l'y confronter.

C'est à ce moment qu'elle accepta pleinement sa vie et qu'elle se décida à faire tout ce qui était en son pouvoir pour aimer Fred. Elle se força à ne voir que les bons côtés (sa gentillesse, sa douceur, son intelligence, son argent…), à oublier les mauvais (sa façon de manger, sa conversation, sa bite…). Ça fonctionna. Pas complètement, évidemment, mais presque. Elle se mit à éprouver à son égard une sorte de tendresse comme on en éprouve pour un animal de compagnie, un attachement bienveillant, quelque chose d'aussi léger et incorporel qu'un voile de soie, quelque chose, c'était mieux que rien du tout.

Allongée sur son lit, les yeux mi-clos sur ses souvenirs, Hélène invoqua cette tendresse qui n'existait plus en elle que sous une forme fossilisée. Elle se concentra sur elle, elle la manipula mentalement pour la réchauffer, juste un peu, de manière à la ramener à la vie.

Elle sentit que ça fonctionnait. La petite émotion eut quelques mouvements, presque imperceptibles, son électroencéphalogramme réagissait, très faiblement. Ce n'était pas grand-chose. Elle ne savait pas combien de temps ça allait tenir, elle devait en profiter maintenant.

Elle se leva et descendit vers le salon.

Et tout en descendant, Hélène s'accrocha à la petite émotion. Elle était toute fragile, à peine réveillée, n'importe quelle émotion contraire aurait pu l'emporter au loin, comme un coup de vent sur le pollen.

Si cela se produisait, elle renoncerait à demander de l'aide, le dégoût serait le plus fort, si fort qu'elle ferait le choix de la septicémie…

Elle devait rester concentrée.

Fred était toujours à sa place sur la terrasse, la bouteille de vin bien entamée. Il devait être légèrement ivre. Elle imagina sa voix traînante et son haleine chargée.

Stop!

Non!

Reste concentrée!
Tendresse… Bienveillance…

Elle ouvrit la porte-fenêtre. Fred l'avait certainement entendue mais il ne se retourna pas.

Il faisait bon, peut-être dans les vingt degrés, elle portait un jean et un tee-shirt, les rayons d'un soleil doux caressèrent son visage, l'air sentait l'algue et le sel, le bruit des vagues, souffle régulier et puissant, baignait l'atmosphère à la manière d'une tisane ayurvédique.

Elle parla:

— Fred?

Depuis combien de temps ne lui avait-elle pas parlé? Plusieurs jours, peut-être une dizaine, la dernière fois c'était pour signaler que le joint de la douche se décollait. Il avait réglé le problème.

Il se retourna et la regarda. Il avait changé, il n'était plus vraiment le joli brun qui l'avait embrassée dans la voiture des millions d'années plus tôt, Timothée Chalamet était bien loin. Ses cheveux étaient plus fins, ils grisonnaient par paquets. Des rides se dessinaient sur son visage, lui donnant l'expression amère d'un homme qui n'a pas connu le bonheur depuis longtemps.

Elle se concentra.

Elle rassembla ses forces.

C'était le moment critique:

— J'ai besoin de toi, continua-t-elle.

Elle y était parvenue ! Elle était parvenue à surmonter son dégoût. Elle se dit qu'à présent, la suite serait plus simple.

Elle lui expliqua le problème : la dent (en dessous, au fond du côté droit, une molaire, la douleur qui était apparue ce matin, il faudrait quand même vérifier mais elle avait la certitude que c'était ça, une carie), elle lui expliqua pourquoi ça ne servait à rien de nier le problème ou d'attendre.

Fred l'écouta puis dit :

— Tu veux le faire maintenant ?

— Oui.

— Très bien. On va essayer de faire ça convenablement.

Il se leva. Il vit qu'Hélène regardait la bouteille de vin et ajouta :

— T'inquiète. Ça va.

Puis il rentra dans le salon, prit son laptop qui traînait sur la table basse et s'assit sur le divan. Elle s'assit à côté de lui.

— Il doit y avoir quelque chose à ce sujet sur le serveur, dit Fred.

Il fit une recherche parmi les milliers d'articles et de livres numérisés et finit par tomber sur l'ouvrage intitulé *Manuel de dentisterie opératoire en brousse*, Edward C. Kirk, professeur de clinique dentaire à l'université de Pennsylvanie.

— Le livre date de 1910, fit Hélène, y a rien de plus récent ?

— Si. Mais tout le reste parle d'extractions chez des vrais dentistes bien équipés. On n'a pas tout ce matériel ici. Niveau dentisterie, on est plutôt équipés comme en 1910. De toute façon, une dent c'est une dent.

Hélène se sentit agacée. Et elle ne fit rien pour chasser cet agacement. À présent qu'elle était parvenue à demander de l'aide à Fred, elle pouvait laisser mourir une bonne fois le fossile de tendresse qu'elle avait ramené à la vie, elle pouvait permettre aux émotions négatives qu'elle éprouvait à l'égard de son mari (ça la dégoûtait quand, dans sa pensée, surgissait le mot « mari ») de revenir dans son esprit.

Ils passèrent des heures à préparer l'opération. Oh comme il l'agaçait… Tout l'agaçait : son odeur (un peu fade, comme un vieux morceau de viande), la couleur de sa peau (il était bronzé mais d'un vilain brun germanique, celui des Allemands qui se sont exposés trop longtemps au soleil, un brun de cuisson), le son de sa voix (elle n'était pas douce, elle était faible), ses gestes (ils n'étaient pas méticuleux, ils étaient craintifs, les gestes de quelqu'un qui n'est pas à l'aise avec les travaux manuels). Elle ne lui faisait fondamentalement pas confiance pour mener à bien l'opération. Elle craignait qu'il hésite ou qu'il n'ait pas assez de force. En plus, l'idée de ses doigts dans sa bouche lui soulevait le cœur.

Finalement, ils furent prêts. Comme la lumière y était meilleure, ils décidèrent de faire ça dans la salle de bain. Le matériel consistait en une pince et un tournevis. Le tournevis serait l'élément le plus important, il servirait d'élévateur à la dent. Ils utiliseraient la pince pour imprimer à la dent le « léger mouvement de rotation » dont parlait Edward C. Kirk dans son ouvrage. Les outils avaient été bouillis dans l'eau pendant une heure (c'était Hélène qui avait exigé une heure « pour être certaine »), les extrémités de la pince avaient été recouvertes avec du sparadrap (si Fred dérapait, cela protégerait les autres dents d'un contact direct avec l'acier). Pour le placement d'Hélène, ils avaient suivi les conseils du livre: ils avaient monté deux chaises de la terrasse jusqu'à la salle de bain, des chaises simples avec des accoudoirs: « *En plaçant dos à dos deux de ces chaises, celle qui n'est pas utilisée par le patient constitue un bon point d'appui pour le pied gauche de l'opérateur, dont la partie supérieure de la jambe peut former un support pour la tête. On doit conseiller au patient de saisir les bras du fauteuil avec ses mains.* »

Quand tout fut bien en place, Fred se lava soigneusement les mains et insista pour « tester la position ». Il se mit à l'arrière d'Hélène, exactement comme le préconisait le livre. Et il demanda à Hélène de se pencher vers l'arrière. Il positionna une petite lampe sur pied qu'il était allé chercher, et regarda dans sa bouche en s'aidant de ses doigts pour observer la dent.

— Oui oui… Je la vois… C'est bien celle-là.

Les doigts de son mari gigotaient dans sa bouche comme une nichée de rats. Elle eut envie de vomir.

— Ch'est cha, dit-elle en hochant la tête.

— Ok. On va y aller alors !

Durant l'après-midi, ils s'étaient posé la question de l'anesthésie. Fred plaidait pour une aspirine et une bouteille de vin. Hélène refusa. Il fallait quelque chose de plus fort. Elle voulait du fentanyl, il y avait des patchs dans la pharmacie. La notice consistait en une longue mise en garde, mais selon Hélène, « dans les aspirines aussi il y a des mises en garde et de toute façon, c'est mon corps, c'est moi qui décide ce que je prends ou pas ! ».

— Tu sais que c'est avec ça que le chanteur Prince est mort !

— Je préfère mourir d'une overdose de ce truc que d'avoir mal !

Fred n'avait plus discuté.

Maintenant que l'opération allait commencer, elle déballa le patch « *fentanyl 12 microgrammes/heure, dispositif transdermique* », le mit en bouche et le mâcha. Ça n'avait pas de goût. Juste un peu l'amertume de la colle.

Elle attendit.

Après cinq minutes, elle sentit un engourdissement au bout de ses doigts, puis un fourmillement, partant des épaules et remontant jusqu'au sommet de sa tête, une vibration légère, agréable, pareille au souffle d'un ange descendu du paradis pour venir embrasser sa nuque. Comme il était gentil, cet ange, d'être avec elle dans ce moment difficile, c'était peut-être son ange gardien ? Peut-être avait-il toujours été là ? Oui, certainement, il avait toujours été là ! Créature incorporelle, céleste, il veillait sur elle depuis son enfance, il l'avait protégée des plus grands malheurs, des plus grands tourments, des accidents, de la maladie et aujourd'hui, il était encore là, avec ses ailes d'or et d'argent, son regard de rose, son souffle précieux et son amour infini. Oh comme elle l'aimait soudain, cet ami de toujours dont elle ne savait pas le nom.

Elle sentait bien que Fred s'activait dans sa bouche, il lui avait placé des bouchons de liège pour maintenir sa mâchoire ouverte, il travaillait comme le livre le conseillait : avec un tournevis en guise d'élévateur et la pince pour opérer le léger mouvement de rotation. Elle avait conscience de tout cela mais elle s'en fichait. L'ange était là, immense, ses ailes d'une envergure plus grande que le ciel, il la serrait contre lui, la tenant dans ses bras aussi vastes que des continents, avec la tendresse d'une mère berçant un nouveau-né. Elle se sentait aussi bien qu'aux premiers âges de sa vie, lorsqu'elle baignait dans le liquide amniotique, ignorant tout de la douleur, de la peur, de la violence du monde, pur être vivant pour qui l'existence constituait un moment unique, infiniment tiède, éternellement doux.

Elle n'était pas inconsciente, elle voyait le visage concentré de Fred et, protégée par l'étreinte de l'ange, elle le trouvait joli, bien plus joli que Timothée Chalamet finalement. Comme il était joli, tout fripé par l'effort, comme il était joli, tout suant d'angoisse à l'idée de lui casser la mâchoire ou de lui briser la dent sans l'avoir arrachée. Elle aurait voulu lui dire qu'il pouvait se détendre, qu'il pouvait aussi bien lui casser la mâchoire ou lui briser la dent ou même la tuer, ça n'avait plus d'importance, la vie était un continuum joyeux, la mort une simple porte s'ouvrant sur un univers flambant neuf dans lequel se trouvaient toutes les réponses aux grands mystères : qui sommes-nous ? D'où venons-nous ? Avons-nous un rôle à jouer ?

Et puis.

Après ça.

Elle chuta.

Du moins, elle eut l'impression de chuter.

Mais lentement, au ralenti, elle chutait comme on s'enfonce dans les abysses salés de la fosse des Mariannes.

C'était agréable.

Vraiment très agréable.

Elle aurait voulu que cette chute ne s'arrête jamais.

Elle savait que cette chute l'emmenait vers un lieu qui n'appartiendrait qu'à elle, un lieu qui l'attendait depuis toujours, un lieu singulier, hors de l'espace et hors du temps et dans lequel plus rien ne pourrait l'atteindre.

Enfin, elle se réveilla.

L'instant d'avant, elle tombait mollement le long d'un axe magique, profitant de la vue sur la globalité iridescente de l'univers.

L'instant d'après, elle était redressée dans son lit.

Une violente nausée lui serrait le ventre et, sans savoir comment, elle se retrouva la tête dans les toilettes, vomissant de la bile.

Elle se releva. Son crâne était affreusement douloureux, comme si une grande quantité d'acier en fusion se trouvait sous pression à l'intérieur au risque de le faire exploser.

Mais ce n'était rien comparé à la douleur venant de sa mâchoire, c'était la pulsation diabolique d'un marteau-piqueur contre toutes les racines de ses dents.

Elle prit de l'ibuprofène et retourna en chancelant vers la chambre.

À travers la fenêtre, la nuit brillait d'une étrange lueur.

Elle s'approcha pour regarder.

Dans le ciel nocturne flottaient les lambeaux d'une étoffe luminescente, d'immenses draperies aux couleurs changeantes, un vert fantomatique d'abord et puis, sur les bords, des franges rouges et roses.

Hélène repensa à l'ange de son trip et aux profondeurs hallucinées dans lesquelles le fentanyl l'avait fait voyager.

— L'effet est vraiment long, pensa-t-elle.

Elle regagna son lit et s'allongea. L'ibuprofène commençait à faire son travail, la douleur était toujours là mais adoucie par une couche ouateuse.

Elle sombra.

Alexandre

Quand le sèche-linge eut terminé son travail, Alexandre enfourna ses affaires dans son sac et quitta la maison.

C'était la fin de l'après-midi, il faisait tiède, le soleil qui s'approchait de l'horizon prenait une coloration douce et rose.

Son sac pesait lourd sur ses épaules. Il avait pris des réserves pour une semaine : des conserves de thon, de petits pois, de haricots, de pêches, de sardines. Quand la semaine serait écoulée, il faudrait qu'il les passe toutes dans le compacteur avant de les balancer dans un des silos creusés à cet effet derrière la maison.

Il savait qu'il arrivait à ses parents de jeter les déchets à l'eau. Les emballages en plastique, les boîtes en fer et les différents détritus restaient alors coincés dans les rochers et il fallait des jours, parfois des semaines pour qu'ils sombrent enfin ou qu'ils soient emportés par les courants.

Mais Alexandre refusait que les derniers humains sur terre perpétuent des comportements qui avaient fini par avoir raison de l'espèce entière.

En plus de la nourriture, Alexandre avait aussi pris six bouteilles d'alcool. C'étaient d'ailleurs ces bouteilles qui occupaient le plus de place et pesaient le plus lourd. Deux bouteilles de gin japonais, deux bouteilles de vodka haut de gamme Beluga Noble (« *À l'eau artésienne filtrée avec du quartz et des filtres d'argent !* » clamait fièrement l'étiquette), une bouteille de cognac Hennessy XO et une bouteille de whisky écossais Macallan quinze ans d'âge. Des bouteilles qui incarnaient un luxe dont le sens, la nature, le concept même avaient disparu avec le monde.

Avant de se rendre sur la petite plage où était dressée sa tente, il quitta le sentier pour se rendre vers l'est de l'île, là où poussaient les baies noires. À mesure qu'il avançait, il sentait son ventre se nouer, il n'aimait pas aller dans ce coin de l'île. C'était là que se trouvait le petit tumulus de pierres sous lequel Jeanne et lui, quatre ans plus tôt, avaient enterré le cadavre de Jet, le chien d'Ida et Marco, que leur père avait massacré à coups de pelle à la fin d'une nuit de folie.

Le souvenir de ces heures brutales le torturait comme une écharde d'acier plantée dans son esprit. Chaque jour, il sentait sa présence. Chaque jour, il sentait sa douleur. Il aurait donné n'importe quoi pour qu'on le lui arrache de la tête. Il espérait qu'à force, l'alcool et les baies noires finiraient par brûler suffisamment de neurones pour atteindre ces zones maudites de sa mémoire. Il serra les poings, il ne voulait pas se souvenir.

Il ne voulait pas.

Il ne voulait pas.

Mais il se souvint.

Il venait d'avoir quinze ans, Jeanne en avait treize. C'était une petite fille maigre comme un jonc, avec dans les yeux quelque chose qui avait l'air de supplier ; elle ne s'habituait pas à l'île, des crises de larmes et de rage la secouaient quand on lui expliquait qu'on ne pourrait pas « rentrer à la maison, jamais ».

Quand ça avait commencé, au beau milieu de la nuit, que le bruit venu du salon les avait réveillés et qu'ils étaient descendus, Alexandre avait compris qu'il devait la protéger. Il avait pris sa sœur par la main et l'avait entraînée dans sa chambre. Il ne voulait pas qu'elle voie ce qui était en train de se passer. Il ne voulait pas qu'elle entende les cris.

Des cris qui n'avaient plus rien d'humain.

Des cris qui ressemblaient à des cris d'animaux qu'on égorge.

Dans sa chambre, Alexandre avait posé des écouteurs sur les oreilles de Jeanne et il avait lancé le premier épisode d'une série débile : *West Sacramento College*. Jeanne avait regardé toute la première saison et puis s'était endormie, le casque toujours sur les oreilles. Malgré la peur, malgré le dégoût, une fois que les cris s'étaient tus, Alexandre avait fini par s'endormir à son tour, les bras autour des épaules de Jeanne.

Il s'était réveillé à l'aube. La maison était plongée dans un inquiétant silence post-opératoire, rompu à intervalles réguliers par les aboiements de Jet.

Il avait été enfermé dans l'aile ouest, celle qui était occupée par Ida et Marco.

Ce n'étaient pas des aboiements normaux, ils étaient chargés de colère, de terreur et de rage. Ce chien avait entendu les mêmes choses qu'Alexandre, il en avait même peut-être vu davantage, avant qu'on ne l'enferme dans l'aile ouest. Et son intelligence doublée de son instinct lui avait fait comprendre ce qui s'était passé.

Alexandre avait attendu un moment. À côté de lui, Jeanne dormait, le casque toujours sur les oreilles. Elle s'était mise sur le lit, elle avait ramené sur elle la couverture. Elle devait avoir trop chaud. Ses cheveux collaient à son front humide de transpiration. Alexandre avait enlevé la couverture, ne laissant que le drap et il avait quitté la chambre en silence.

Il était descendu vers le salon. Pieds nus sur les marches en bois de l'escalier, il essayait de ne pas faire de bruit, il ne savait pas pourquoi, peut-être qu'il redoutait de réveiller la folie qui avait éclaté durant la nuit, ou était-ce la honte de ne rien avoir su faire pour l'arrêter, ou celle d'y avoir été mêlé, d'une manière ou d'une autre ? En descendant les escaliers, Alexandre avait pour la première fois éprouvé l'expérience absolue de la solitude : il n'y avait plus rien en ce monde pour le protéger de ce genre de chose, personne à qui en parler, plus aucun lieu où se réfugier, plus aucune loi, plus aucune morale, aucun code d'aucune sorte pour venir dire que ce qui avait été commis était mauvais, fondamentalement mauvais. Il n'y avait plus aucun humain pour juger ce qui se passait sur cette île, plus aucune assemblée pour en débattre, plus aucun pouvoir pour l'arrêter.

Il arriva au bas des escaliers. Dans le salon régnait un silence bizarre, le silence qui succède aux drames, celui qui prolonge toujours les cris et la mort. Des meubles avaient été renversés, le buffet avait été défoncé, les assiettes et les verres qu'il contenait s'étaient répandus sur le carrelage en s'y brisant, leurs éclats tranchants y gisaient comme des pièges tendus.

Alexandre ne voulait pas regarder ce qui se trouvait un peu plus loin, dans la cuisine. Il ne tourna pas la tête, il ne voulait pas voir. Il en avait déjà trop vu la veille, lorsqu'il était monté avec Jeanne pour se réfugier dans la chambre.

Les aboiements déchirants de Jet étaient plus proches. L'aile ouest n'était plus très loin. Pour l'atteindre, il suffisait de sortir et de traverser le patio. Il ouvrit la porte, l'air frais du matin lui fit du bien, il se demanda où étaient ses parents, s'ils avaient fini par s'endormir, s'ils avaient été capables de s'endormir, il se demanda à quoi ressemblerait désormais leur vie à tous les quatre, sur cette île. En quelques pas, il fut devant la porte de l'aile ouest, là où Ida et Marco avaient vécu. Un petit cochon à trois pattes en céramique pendait le long d'une cordelette fixée au chambranle, Ida lui avait expliqué que dans la ville du Chili d'où elle était originaire, ces cochons s'appelaient des « chanchitos » et portaient bonheur, ils apportaient amitié et fortune.

Les aboiements étaient tout proches à présent, ils venaient de l'autre côté de la porte, comme si le chien avait senti la présence d'Alexandre, il aboyait de plus belle, ses aboiements devenaient hystériques, montant dans les aigus, s'étranglant dans la gorge de l'animal qui grattait frénétiquement à la porte. Alexandre ouvrit, Jet fit un bond en arrière, manifestement terrifié, et recula jusque dans les profondeurs de l'appartement d'Ida et Marco. Alexandre entra.

Les volets étaient fermés. Le rai de lumière qui s'étirait faiblement depuis la porte ouverte peinait à éclairer l'endroit plongé dans la pénombre. Ça sentait le tabac à rouler, les épices à tacos, l'eau de Cologne et le chien. Un mélange d'odeurs qui constituait celle d'Ida et Marco. Des odeurs, il s'en rendait compte à présent, qu'il avait toujours aimées, qui le rassuraient, qui étaient liées aux quelques souvenirs agréables qu'il avait de cette île : les après-midi qu'il avait passés là à écouter les histoires d'Ida et Marco, comment ils avaient quitté le Chili pour échapper à la crise économique, comment ils avaient dû tout recommencer à un âge où la plupart des gens cessent de travailler pour partir à la retraite, comment ils avaient trouvé ce travail pour l'agence Safety for Life, leur fille adorée qu'ils avaient dû laisser derrière eux, la certitude qu'elle s'en était sortie. Alexandre se souvenait de la manière dont, avec sa sœur, la première année, ils jouaient avec Jet. Ce chien avait une intelligence extraordinaire, ils lui avaient appris des « circuits », sauter au-dessus d'un obstacle bricolé (un manche à balai posé à l'horizontale sur deux chaises), ramper sous un autre obstacle (un autre manche à balai), slalomer entre une série de bouteilles vides.

Il y eut un bruit, un frottement, venu de la cuisine.

— Jet ? Jet ? appela doucement Alexandre en mettant dans sa voix toute la douceur possible. Jet ? Viens, mon chien ! Tout va bien…

Le chien apparut dans l'embrasure de la porte. Son regard bleu clair était rempli d'effroi. Alexandre s'accroupit.

— Tout va bien, dit-il encore.

Et il tendit la main.

Jet grogna en retroussant les babines. C'était la première fois qu'il se montrait menaçant. Ce qui s'était passé durant la nuit l'avait transformé en un animal qui craignait les humains.

— C'est fini, ajouta-t-il en approchant doucement sa main du chien.

D'un geste vif, Jet fit mine de la mordre. Alexandre eut le réflexe de retirer sa main. Les mâchoires claquèrent dans le vide. Alexandre comprit qu'il lui faudrait du temps mais il était résolu à être patient pour retrouver la confiance du chien.

C'est à ce moment que son père était arrivé.

Sa silhouette se dessinait dans l'encadrement de la porte, il se tenait un peu voûté, comme quelqu'un d'épuisé par une longue nuit de travail. À ce moment, il était encore un peu plus grand qu'Alexandre et il avait plus de force aussi. Ça, ça allait changer dans les années qui allaient suivre.

Plus tard, Alexandre avait compris que cette différence de taille et de force avait été un élément important. Dans un monde sans morale, la force fait loi. Dans la main, il tenait une pelle. Alexandre se souvenait avoir été surpris : c'était la première fois qu'il voyait son père avec une pelle, son père ne jardinait jamais, pas plus qu'il ne bricolait. Il détestait tout ce qui relevait de ce qu'il appelait les « travaux manuels ». Sur son visage à contre-jour, Alexandre devinait une expression dans laquelle se mêlaient la colère et le dégoût d'un homme contraint d'accomplir une besogne à contrecœur.

— Écarte-toi ! avait-il ordonné à son fils.

Alexandre s'était écarté.

En deux pas, son père fut à côté de lui. Il leva la pelle et l'abattit de toutes ses forces sur la tête du chien.

Le premier coup ne tua pas Jet.

Mais il le blessa.

Le chien recula, se recroquevilla à côté de la cuisinière, dans un coin crasseux où la poussière se mélangeait aux taches de graisse.

Son père s'approcha, le chien aplatit ses oreilles en gémissant.

— Papa ! avait essayé d'intervenir Alexandre.

Son père avait encore frappé le chien. Alexandre n'oublierait jamais le bruit métallique de la pelle contre les os de Jet. Un bruit mat, sans écho. Le bruit du petit bois qui se brise.

Cela prit du temps. Le chien ne voulait pas mourir. Il s'accrochait à la vie parce que c'était la seule chose qui lui restait, la nuit lui avait déjà pris ses maîtres.

Et puis, à un moment, il n'y eut plus de bruit. Le chien ne bougeait plus, allongé sur le flanc. Il n'y avait presque pas de sang, juste un mince filet qui lui coulait de la truffe et un de ses beaux yeux qui lui sortait à moitié du crâne.

Son père avait fait couler de l'eau au robinet de la cuisine, il s'était rincé les mains, s'était penché pour boire de l'eau, en avait passé sur son visage en soupirant. Juste avant de quitter l'aile ouest, il avait dit :

— Il fallait le faire. Il était devenu dangereux.

Alexandre se souvenait être resté un long moment à regarder le cadavre de Jet, son esprit vide de toute pensée, il avait espéré pleurer, il s'était dit que ça lui ferait du bien mais rien n'était venu. À la place de la tristesse, il n'y avait qu'une émotion obscure, démesurée, semblant occuper tout l'espace à l'intérieur de sa cage thoracique, là où aurait dû se trouver son cœur. Une émotion dont il ne connaissait pas le nom, peut-être parce qu'elle n'en avait pas, mais qui, il le découvrirait, ne ferait que grandir encore durant des années.

Il avait trouvé une grande valise au-dessus de l'armoire de la chambre à coucher d'Ida et

Marco. À l'intérieur, un manteau d'homme, souvenir d'une autre vie, d'un autre temps, d'un autre monde. Sur le col s'agrippait un cheveu noir. Il avait jeté le manteau sur le lit et avait posé le chien dans la valise. Quand il avait quitté l'aile ouest, la valise dans une main, la pelle dans l'autre, Jeanne l'attendait dans le patio.

Elle venait de se réveiller.

— Qu'est-ce que tu fais ? elle lui avait demandé.

Alexandre avait hésité. Il ne savait pas ce qu'elle comprenait de la situation ni ce qu'elle avait pu voir ou entendre la veille, avant qu'il ne l'entraîne dans sa chambre pour lui mettre le casque sur les oreilles.

— Jet, il a eu un accident.

Jeanne avait regardé la valise.

— Je l'ai mis dedans. Comme un cercueil. Tu veux l'enterrer avec moi ?

Ils avaient un peu marché pour s'éloigner de la maison, à la recherche d'un bon endroit. En chemin, Jeanne avait pleuré. Beaucoup. Bruyamment. Alexandre avait envié sa capacité à éprouver quelque chose, à être triste et laisser s'échapper son malheur. Et puis, entre deux sanglots, elle avait désigné une zone plate, recouverte d'herbe, entourée de buissons sur lesquels poussaient des baies noires.

C'est là qu'ils avaient enterré Jet.

Comme à chaque fois, Alexandre n'avait pas été capable d'empêcher ces souvenirs de remonter à la surface. C'était le prix à payer pour récolter quelques poignées de baies noires. Il les fourra dans son sac et se dirigea vers la plage où se trouvait sa tente.

Il déposa ses affaires, s'installa sur le matelas gonflable qui se trouvait à l'intérieur et avala une demi-poignée de baies. Il grimaça et fit passer le goût avec une première gorgée de cognac.

Dans quelques minutes, l'alcool s'additionnant aux substances actives des baies noires lui brouillerait l'esprit et la réalité lui apparaîtrait comme le rivage d'un pays sans intérêt dont on s'éloigne avec indifférence.

Il sortit son casque audio, l'alluma, et sur l'iPhone il chercha le morceau : « I Still Haven't Found What I'm Looking For » de U2, une version live avec des chœurs qui accompagnaient Bono.

Alexandre ne le trouva pas.

Alexandre ne trouva aucun morceau.

Il eut beau chercher, il n'y avait plus une seule note de musique sur l'iPhone.

— Bordel, fait chier ! jura-t-il.

Le téléphone avait dû lâcher ; après tout, c'était un modèle qui avait déjà près de sept ans, dont il se servait quotidiennement. C'était logique que cela finisse par arriver.

Heureusement, Alexandre s'était préparé à cette situation : il y avait, dans sa chambre, deux autres iPhone quasi neufs. Il suffisait d'y remettre la musique depuis le serveur. C'était lent, c'était fastidieux mais ce n'était pas très compliqué.

En soupirant, il se leva et retourna vers la maison.

Jeanne

Jeanne avait espionné ses parents. Elle avait eu de la chance, ça en avait valu la peine. Une journée extraordinaire pour ceux qui aiment l'espionnage.

Sa mère était venue demander de l'aide à son père pour une histoire de dent.

Ah comme ça avait été intéressant, leurs discussions, leurs chamailleries, la manière dont ils avaient préparé l'opération d'extraction de la dent. Ah comme elle avait été impatiente que ça commence. Elle espérait que quelque chose, à un moment, tournerait mal ! Une hémorragie, le tournevis qui irait transpercer le palais de sa mère, clac ! Comme la pointe d'un canif dans un morceau de viande fraîche ! La pince qui glisse et qui brise une dent ou deux ! Une mauvaise réaction au fentanyl ! Ça aurait fait des histoires pendant des jours ! Des jours à ne pas s'ennuyer ! Et puis, le moment était arrivé. Elle s'était postée devant la salle de bain, à travers la porte entrebâillée, elle pouvait tout voir et tout entendre. Sa mère avait mâché le patch de fentanyl, ça avait agi rapidement, en quelques minutes elle avait eu l'air complètement défoncée. Son père s'était activé avec une pince et un tournevis, de là où elle se trouvait, elle ne voyait pas bien. Elle voyait juste son père de dos et les mouvements de ses bras. Finalement, il avait sorti la dent et l'avait déposée dans un verre vide. Pourquoi ne l'avait-il pas jetée ? Peut-être voulait-il la montrer à sa mère quand elle se réveillerait ? Comme la preuve qu'il avait bien fait le travail. Peut-être parce qu'il avait l'impression que cette dent ne lui appartenait pas et qu'il ne pouvait pas la jeter sans autorisation ? En tombant dans le verre, la dent avait fait un bruit sec et cristallin, puis son père s'était tourné de trois quarts pour imbiber une serviette d'eau tiède. À ce moment, Jeanne avait vu le visage de sa mère, elle avait les yeux mi-clos, les traits relâchés comme si on avait coupé les connexions nerveuses responsables des muscles de la face. Ça lui donnait l'air complètement idiote. Sa bouche était maintenue ouverte par des bouchons de liège placés de part et d'autre, du sang mêlé de salive coulait de la commissure des lèvres jusqu'à son menton et puis son cou, ça laissait des zébrures roses que Jeanne trouvait dégoûtantes. Une idée absurde lui avait traversé l'esprit : peut-être que son père en avait profité pour tuer sa mère ? Pourquoi il aurait fait ça, elle n'en savait rien mais c'était possible ! C'étaient des choses qui arrivaient ! Dans la série *Black Bee*, un homme d'affaires en faillite préférait tuer sa femme plutôt que de devoir supporter d'être devenu un « loser » à ses yeux. Et puis son frère lui avait un jour raconté que ses parents étaient capables de commettre des actes… terribles. Elle ne savait pas si c'était vrai. Peu lui importait, elle s'en foutait. À quoi bon s'inquiéter pour les affaires du passé ? La seule chose qui comptait était de trouver le moyen de se tirer de cette île, y laissant les membres de sa famille – si c'était ce qu'ils voulaient – se planquer là, comme des rats, pendant qu'elle, elle rentrerait dans sa vraie maison du vrai monde. Elle prenait énormément de plaisir à les imaginer quand elle les appellerait depuis un bar rempli de gens ! Ils en seraient malades quand ils verraient toutes leurs petites certitudes s'effondrer en un instant ! En pensant à cela, elle ne put s'empêcher de laisser échapper un rire que son père, heureusement, n'entendit pas.

Son père se rinça les mains puis essuya sur le visage de sa femme les traces de sang et de salive et enfin, il l'aida à se relever. Elle chancelait, à demi-consciente, marmonnait des propos incohérents. Tout en la soutenant, il la conduisit jusqu'à la chambre et l'allongea sur le lit. Il commença à la déshabiller, lui enlevant ses chaussettes, faisant glisser la fermeture éclair de son jean mais il s'arrêta soudain, comme s'il s'était souvenu de quelque chose le mettant mal à l'aise et il se contenta de la couvrir avec un plaid en laine au motif pied-de-poule sur le liseré duquel se lisait le nom de Christian Dior.

Après ça, il ne se passa plus rien.

Et l'ennui, dense, rance, aussi insidieux qu'une fuite de gaz, s'immisça une nouvelle fois dans l'esprit de Jeanne. Assise sur son lit, elle regardait la nuit qui enveloppait l'île. L'univers entier semblait disparaître, absorbé par une poche de néant et de ténèbres. Elle eut mal, unc douleur venue de l'index de la main droite, elle regarda et vit qu'elle avait recommencé à ronger la peau entourant l'ongle. Elle s'arrêta. Elle ne voulait pas qu'on remarque qu'elle n'allait pas bien, ce qui se passait dans sa tête ne regardait qu'elle. Si la nuit n'était pas tombée, elle serait retournée sur ses rochers, s'offrir à l'eau glacée. Mais dans le noir, c'était du suicide. Et elle n'était pas suicidaire.

Au contraire.

Elle voulait vivre. Elle voulait vivre avec intensité. Elle voulait vivre pour rattraper le temps qu'on lui avait volé sur cette île.

Les plus belles années de sa vie.

Après l'ennui vint la tristesse.

Elle détestait la tristesse presque autant que l'ennui.

Elle se releva, épouvantée. La tristesse avait la même dynamique qu'un feu de broussaille : si on ne prenait pas au sérieux les premières petites flammes, c'était toute la forêt qui pouvait disparaître.

Elle descendit jusqu'à la salle de sport, alluma la télévision, sélectionna son profil dans le menu du serveur : l'icône de la série *West Sacramento College* apparaissait tout en haut de son historique.

Elle en avait besoin. Elle avait besoin de retrouver Cassie, Kayla, Ashley, Jason, Kyle et Shean, ils étaient ses amis, ses compagnons, ses confidents. Chaque fois, avec leurs regards, leurs gestes, leurs histoires, ils lui arrachaient la tristesse du corps comme on arrache un parasite.

Elle fit défiler la liste des saisons et des épisodes et finit par s'arrêter sur l'épisode 4 de la saison 2. Elle aimait bien cet épisode, intitulé : « Nuit sans lune », il racontait le crush lesbien entre Kayla et Ashley pendant la soirée que Kyle organisait chez ses parents partis en voyage à Paris. Alors que la soirée bat son plein, qu'autour de la table du salon une dizaine d'invités jouent au beer pong, que des couples flirtent dans la piscine donnant à celle-ci les allures d'un grand potage hormonal, que Kyle qui ne se doute de rien prépare torse nu de la sangria dans un grand saladier en verre, Kayla rejoint Ashley dans la chambre parentale. Elle la retrouve allongée sur le lit, elle se sent mal parce que parmi les garçons présents à la fête, elle a reconnu Ethan, le fils du maire, qui a abusé d'elle des années plutôt après la finale de la coupe inter-collèges de basket. Kayla comprend le désarroi d'Ashley, elle lui explique qu'il vaut mieux ne rien faire car une histoire pareille lui ferait une réputation de « bitch ». En parlant, elle caresse ses longs cheveux sombres, si lisses et brillants qu'ils évoquent le bitume frais d'une route californienne. Tout en parlant, Kayla approche son visage de celui d'Ashley. Ashley, les yeux pleins de larmes, entrouvre ses lèvres pour accueillir le baiser qui s'avance.

Soudain, l'image se figea.

Ashley et Kayla, face à face, immobiles sur l'écran de la télévision.

— Merde! dit Jeanne.

Elle prit la télécommande, appuya sur « Play ».

Rien ne se passa.

Elle quitta l'application et la relança.

Plutôt, elle tenta de la relancer. Cela ne fonctionna pas.

À la place de l'écran d'accueil habituel (les prénoms des membres de la famille accompagnés d'une icône personnalisée, celle de Jeanne était une rose noire stylisée), il n'y avait plus qu'un écran gris où s'écrivaient en lettres noires les mots « last login » suivis d'une série de chiffres incompréhensibles.

Jeanne tapa du pied et relança le serveur encore une fois. Le résultat fut le même : « last login » suivi par des chiffres.

Elle resta un moment à se mordiller rageusement l'intérieur de la joue. Le serveur plantait, elle ne savait pas comment régler ce problème technique, son père, lui, devait savoir. Elle allait lui demander d'arranger ça, maintenant ! Elle s'en fichait que ce soit le milieu de la nuit ! C'est pas comme s'il devait se lever tôt demain pour aller bosser ! Et puis, arranger les trucs qui ne fonctionnaient plus, c'était son rôle !

Elle se leva et alla le chercher, bien décidée à le réveiller.

Quand elle arriva au niveau du salon, elle remarqua qu'il se passait quelque chose d'inhabituel. Malgré la nuit, le salon baignait dans une lumière verdâtre, ondulante, sous-marine. Jeanne s'approcha de la porte-fenêtre.

Le ciel n'était plus le ciel, il avait été remplacé par un étrange théâtre dans lequel flottaient, comme posés sur une flaque de mazout, des voiles opalescents, des étoffes vertes, luisantes, dont les franges passaient lentement du rose au bleu.

Jeanne se demanda si elle devenait folle. Si à force de s'ennuyer, de se laisser geler dans l'eau de l'océan, quelque chose s'était détraqué dans son cerveau. Elle se souvint de l'expression : « Se pincer pour y croire. »

Elle se pinça.

Elle eut mal.

Elle en déduisit qu'elle n'était pas folle. Ou d'une folie si profonde que l'on n'en sort pas même lorsqu'on se pince.

Elle alla jusqu'à la chambre de son père et entra sans frapper.

Fred était allongé sur le ventre, son visage endormi tourné vers elle. En règle générale, elle trouvait qu'il était vieux et laid. Là, avec la bouche entrouverte, les traits flasques, il avait en plus l'air idiot. Une partie du drap qui recouvrait son corps était tombée sur le sol et comme il dormait nu, Jeanne vit les fesses de son père. Aussi blanches et molles que de la pâte à pain. Ça lui souleva le cœur. Elle s'approcha et l'appela en lui secouant l'épaule :

— Papa !

Son père ne bougea pas. Les Xanax et autres trucs qu'il prenait à longueur de journée le maintenaient avec des câbles en acier dans le fond d'un sommeil chimique. Elle parla plus fort et secoua plus fermement.

— PAPA !

Son père gémit. Grogna. Des bruits d'enfant qu'on force à manger de la soupe. Un œil s'entrouvrit. Un regard vide d'animal captif qui ne sait pas où il se trouve. Puis, voyant sa fille debout à côté de lui, ça sembla lui revenir. Il se redressa, ramenant les draps sur son corps d'un geste embarrassé.

— Papa ! Y se passe un truc ! Le serveur a planté. Et dehors, y a un truc bizarre.

— Quoi ?

— Quoi ? Je sais pas quoi ! Mais c'est bizarre ! Des couleurs dans le ciel !

Il se gratta la tête.

— J'arrive.

Jeanne sortit de la chambre, elle ne voulait en aucun cas voir la bite de son père pendant qu'il s'habillait. Il la rejoignit devant la porte. Il s'était passé de l'eau sur le visage mais il n'avait pas l'air mieux réveillé. Il la suivit jusqu'à la fenêtre du salon. L'étrange spectacle céleste se poursuivait. Des voiles phosphorescents de plusieurs dizaines de kilomètres de haut et de long ondulaient au rythme de leurs couleurs changeantes.

— Oh ! C'est fou ! C'est la première fois que je vois ça ! dit son père.

— C'est quoi ?

— Une aurore polaire. Normalement ça ne s'observe que du côté des pôles magnétiques de la Terre. Ça se produit quand des particules chargées du vent solaire rentrent dans la haute atmosphère. Je savais que ça pouvait s'observer plus au sud quand les éruptions solaires sont particulièrement fortes mais ça, c'est exceptionnel ! C'est beau, non ?

Jeanne haussa les épaules. Elle ne voyait pas ce qu'il y avait de beau là-dedans ! C'était bizarre. C'était un peu effrayant. Mais ce n'était pas beau ! Kyle, c'était beau. Shean, c'était beau, mais ces trucs colorés dans le ciel, c'était plutôt flippant.

— Et pour le serveur ?

Son père l'accompagna jusqu'à la petite salle de sport et il vit le message d'erreur sur l'écran : « last login… » Il éteignit et redémarra le système.

— Je l'ai déjà fait ! dit Jeanne.

Un instant plus tard, « last login » apparut une nouvelle fois à l'écran. Son père fronça les sourcils.

— Je vais redémarrer le serveur principal, dit-il en se levant.

Jeanne le suivit.

Le serveur principal se trouvait à la cave. Les ingénieurs l'avaient mis là parce que c'était le lieu le plus frais et le plus sécurisé de la maison. C'était un monolithe sombre de la taille d'un petit frigo, il s'agissait du modèle baptisé

« Bunker » fabriqué par la firme Naumad. Des années plus tôt, lorsque son père avait fait visiter l'île à toute la famille, il avait expliqué que c'était un modèle ignifugé et hydrofugé, capable de résister à une température de huit cent quarante degrés pendant trente minutes ou bien de rester immergé dans l'eau à trois mètres de profondeur pendant une semaine. En plus de ça, il était équipé d'un système de synchronisation/réplication relié à deux autres serveurs de modèle identique mais placés, pour l'un, dans le local technique jouxtant l'éolienne et, pour l'autre, à cinquante mètres de la maison, dans une petite construction en béton adossée aux rochers. De cette façon, même si le serveur principal venait à tomber irrémédiablement en panne, il en resterait toujours un deuxième et même un troisième, répliques exactes du premier, pour prendre la relève. Son père n'avait pas calculé la probabilité que se produise une panne simultanée des trois serveurs mais il avait dit, toujours à l'époque, qu'il y avait plus de chances de voir débarquer un raton-laveur jouant de la guitare et cette image s'était inscrite dans l'esprit de Jeanne.

Elle observa son père qui essayait d'interpréter le clignotement des différentes petites lumières se trouvant sur le panneau de contrôle, elle le vit hausser les épaules puis appuyer sur l'interrupteur de mise hors tension. Toutes les petites lumières s'éteignirent. Il attendit un instant et il ralluma. Ils remontèrent dans la salle de sport où son père relança le système. À l'écran, le même message apparut encore une fois : « last login. »

— Ok. Je vais brancher le système sur le serveur de secours.

Ce n'était pas très compliqué, il fallait simplement relier un câble ethernet de catégorie 6 sur le routeur. En un instant, l'opération fut réalisée et son père relança encore une fois le système.

« Last login. »

Cette fois, son père jura.

— Putain ! C'est pas vrai !

— Quoi ? Qu'est-ce qui n'est pas vrai ?

— Le serveur de secours, il merde aussi ! C'est comme s'il n'y avait plus rien dessus !

— Et le dernier ? Essaye avec le dernier ! fit Jeanne qui sentait la panique monter en elle.

Son père répéta encore une fois l'opération avec le dernier serveur.

Sans succès.

Ils remontèrent dans le salon.

Le jour se levait. Les voiles fantomatiques de l'aurore polaire semblaient se dissoudre dans un ciel de lait.

— C'est à cause de ça ! dit soudain son père. Si une éruption solaire a été assez puissante pour provoquer une aurore boréale sous cette latitude, elle a dû provoquer d'énormes perturbations du champ magnétique. Les données stockées sur les disques durs sont des données magnétiques. C'est pour ça que ça ne fonctionne plus.

— Et tu vas arranger ça quand ?

Son père réfléchit un moment.

— Je vais essayer avec un programme de récupération de données. Normalement ça devrait fonctionner. Mais ça va être long.

— Long comment ?

— Genre un jour ou deux. Minimum.

— Un jour ????

— Ou deux…

— Mais… Qu'est-ce qu'on va faire en attendant ???

— Je ne sais pas… Trouve quelque chose !

« Je ne sais pas… Trouve quelque chose ! » *QU'EST-CE QUE C'ÉTAIT QUE CETTE RÉPONSE DE MERDE ??*

Brusquement, Jeanne eut la nausée. Une longue et profonde nausée, une nausée bien dégueulasse, pareille à un long tentacule qui aurait grandi en elle au point de s'étendre de la glotte au côlon. Elle crut qu'elle allait vomir. Elle sentit le goût de la bile dans sa bouche. Le tentacule serra, il s'enroula autour de sa gorge, de ses poumons, et bientôt Jeanne ne parvint plus à inspirer autrement que par toutes petites bouffées. Elle étouffait. Son front se couvrit de transpiration. Ses membres furent parcourus de fourmillements, son champ de vision se réduisit à une tête d'épingle.

— Qu'est-ce qu'il m'arrive, putain, qu'est-ce qu'il m'arrive ?

La réponse lui arriva sous forme d'un souvenir : l'épisode 15 de la saison 4 de *West Sacramento College* lui revint soudain en mémoire. Dans cet épisode, Ashley n'est plus capable de suivre les cours. Chaque fois qu'elle arrive à l'école, avant même d'avoir passé la grande porte d'entrée rouge et bleu surmontée des lettres WSC, elle semble prise de vertiges et de tremblements incontrôlables. Le docteur Silberman, l'amant de sa mère, diagnostique une crise d'angoisse liée à un trauma ancien et refoulé : des années plus tôt, l'école maternelle dans laquelle se trouvait la petite Ashley avait été la cible d'un « mass killer », un adolescent gothique qui avait surgi un mardi matin, armé d'un M16, et qui avait tué dix-sept enfants et quatre professeurs (elle ne devait sa survie qu'au fait d'avoir été piégée sous le cadavre de Madame Pereira, l'institutrice). Un mécanisme de protection avait refoulé ce souvenir dans les caves obscures de son subconscient mais il avait resurgi à l'occasion du spectacle de fin d'année dans lequel un cosplay de Marilyn Manson avait fait une reprise de la chanson « The Beautiful People ».

Une putain de crise d'angoisse! Comme Ashley! pensa Jeanne en regagnant péniblement sa chambre, rampant dans les escaliers, titubant dans le couloir.

Elle se jeta sur son lit. Haletante. Le front et le dos trempés de sueur, il lui semblait qu'une barre en acier lui perforait la poitrine.

Alors, elle eut la certitude qu'elle allait mourir.

C'est ainsi que sa vie arriverait à son terme. En étouffant sur son lit.

Adieu la vie.

Adieu les espoirs.

Adieu son destin.

Adieu ciel bleu, nuit étoilée, océan à l'odeur salée.

Bonjour l'au-delà, j'espère que ta dimension est plus funky que celle d'où je viens!

Mais alors qu'elle agonisait, il se passa quelque chose de vraiment bizarre: venus du fond de son esprit, elle entendit très clairement les cris des héros de *West Sacramento College.* Ils étaient comme des damnés, suppliant qu'on les libère des enfers numériques dans lesquels les avait plongés la tempête solaire.

« Jeannnnne... Jeannnnnne... Pleasssssse... Don't leeeeave us here, don't abandon us », hurlaient de concert les voix de Cassie, Kayla, Ashley, Jason, Kyle et Shean ! « Doooooon't let us disappeaaaaaar, we neeeeeeed you !!!! »

Les doigts de la mort éteignaient un à un les neurones dans le cerveau de Jeanne. Elle ne pouvait plus rien faire. C'était ainsi que son histoire se terminait. Morte seule dans sa chambre, emportée par une crise de panique massive. Dans un spasme désespéré, son instinct de survie lui injecta brutalement un autre souvenir dans l'esprit : dans l'épisode 15 de la saison 4, pour calmer l'hyperventilation, le docteur Silberman recommande à Ashley de respirer dans un sac en papier. En mimant le geste avec ses mains de joueur de golf, il explique longuement à la jeune fille que cela permet de rétablir les niveaux de gaz carbonique et d'oxygène dans le sang.

— Un-sac-en-papier-un-sac-en-papier-un-sac-en-papier ?

Jeanne regardait autour d'elle à la recherche d'un sac en papier. La docte figure du docteur Silberman flottait sur l'horizon de son champ de vision. Évidemment, dans cette maudite chambre, il n'y en avait pas. Il n'y avait d'ailleurs pas de papier du tout ! Une armoire à vêtements, ses produits de soins alignés sur l'évier de sa salle de bain, un bureau, une chaise (comme si elle allait se mettre à travailler… Quelle connerie ! Pourquoi elle travaillerait alors qu'elle était coincée là avec ces connards ?). À deux doigts de la syncope, elle se traîna jusqu'à l'armoire à vêtements et s'empara du parka Helly Hansen rouge « spécial voile » qui s'y trouvait depuis toujours. Jamais elle ne s'en était servi. Il y avait encore l'étiquette qui pendouillait sur le col.

— Et pourquoi je ne m'en suis jamais servi ? Parce qu'on ne fait jamais rien ! Parce qu'on se planque comme des merdes !

Elle enfouit sa bouche et son nez dans une manche du parka et elle inspira plusieurs fois profondément. Ça sentait le synthétique, le polyamide, les matières produites à partir du pétrole. Ça sentait la civilisation industrielle. La meilleure de toutes les odeurs du monde. L'odeur de sa vie d'avant, de la réalité à laquelle elle n'aurait jamais dû être arrachée. Les yeux clos, le nez dans la manche du parka, Jeanne laissa les parfums de plastique invoquer les souvenirs de son enfance heureuse. Elle se souvint de ses sept ans, riant dans la chambre rose bonbon du Disneyland Hotel de Disneyland Paris, elle porte la robe de Cendrillon, elle chante « L'Air du vent » de Pocahontas, la vie est une fête. Elle se souvint de ses neuf ans, c'est son anniversaire dans le grand jardin de la villa. Ses copines Mélanie, Julie, Camille, Lauralie et Lily sont là. C'est le mois de juillet, elles jouent dans la piscine avec un flamant rose gonflable. Dans dix minutes, elle recevra une tenue d'équitation et tout le monde l'applaudira. Elle se souvint de ses onze ans, elle est dans un coin discret de la cour de récréation avec Léo, Louis, Lucien, Loïc et Laurenzo. Ils jouent à « bise ou vérité ». Elle sent la nervosité des garçons, elle sent que, depuis quelque temps, ils la regardent différemment et elle sent qu'elle aime cette manière d'être regardée. Elle ne veut pas dire la vérité à Laurenzo. Elle le fait exprès. Elle veut sentir ses lèvres contre les siennes. Et voilà que le baiser a lieu. Le premier. Aussi furtif qu'un faon, aussi doux qu'un ventre de lièvre. Sa tête tourne. Son cœur s'enflamme. La cloche sonne. Il est l'heure de retourner en classe.

Assise dans sa chambre, le nez dans la manche du parka, la Jeanne d'aujourd'hui a l'impression de voir toutes les petites Jeanne d'hier poser leur regard sur elle. Elles lui demandent des comptes, veulent savoir ce que la Jeanne d'aujourd'hui a fait de leurs rêves, de leurs espoirs et de la vie qui leur avait été promise. Elle se voit telle qu'elle est: adolescente de dix-sept ans, maigre comme un clou, vierge comme une nonne, passant son temps à tromper l'ennui en jouant à l'hypothermie ou en espionnant ses parents. Vivant par procuration dans l'univers de *West Sacramento College*. Est-ce que c'est ça qu'elle veut? Est-ce qu'elle va rester comme une victime, accepter sans réagir le scénario lamentable que lui écrit le destin?

Elle lâcha le parka, se releva. Elle alla jusqu'à son bureau. Elle ouvrit un tiroir rempli des vieilleries qu'elle avait en arrivant, des jeux qui n'étaient déjà plus de son âge mais que ses parents avaient embarqués à la va-vite : des Lego Friends, des Funko Pop Stranger Things, toute une ménagerie d'animaux de la marque Schleich, des jeux de société auxquels personne n'avait jamais joué, une vieille Nintendo Switch avec une vingtaine de cartouches de jeu (*Zelda*, *Super Mario Kart*, *Animal Crossing*, *Pokemon Legends*...).

Elle finit par trouver ce qu'elle cherchait.

Un vieux cahier dont la couverture reproduisait un champ de tournesols.

Elle y avait pris des notes, quelques années plus tôt.

Pas grand-chose.

Juste quelques pages.

Elle avait même, de son écriture maladroite, écrit un titre qu'elle avait souligné au feutre rouge : *COMMENT PILOTER UN VOILIER.*

Fred

Des années plus tôt, avant que tout se casse la figure pour de bon, c'est Fred qui s'était occupé d'expliquer à la société Safety for Life ce qu'il voulait comme système de sauvegarde des données. Il était ingénieur. Il avait travaillé de près dans les systèmes informatiques d'entreprise. Il connaissait son affaire et il n'avait pas voulu laisser à des employés moins qualifiés que lui le soin de s'occuper d'une chose aussi importante. Il avait d'ailleurs pris plaisir à imaginer, puis à mettre en œuvre la solution idéale pour son refuge. La base du système était une architecture de serveur en RAID 5. Le RAID 5 était un système constitué de quatre disques durs minimum (cinquante dans le cas du système qu'il avait imaginé, il fallait bien ça pour contenir les immenses filmothèque, bibliothèque et sonothèque) se partageant les données de manière redondante. Cela signifiait que si un disque venait à lâcher pour une raison ou pour une autre, il n'y avait aucune perte de données : il suffisait de remplacer le disque défectueux par un disque neuf qui se reconstruirait sur base des sauvegardes présentes sur les disques restants. C'était simple, c'était clair, c'était sûr à cent pour cent ! Comme modèle de disque, il avait un peu hésité. Il avait d'abord imaginé organiser les fichiers sur des bandes magnétiques, la technologie LTO pour Linear Tape-Open était fiable mais il ne l'avait jamais utilisée. Il avait préféré rester en terrain connu avec des disques durs classiques. Il avait donc opté pour le tout dernier modèle de chez Seagate. Baptisé « IronWolf » (il aimait ce nom, le marketing avait bien fait son boulot). Ce disque avait la capacité record de cinquante téraoctets et était censé être suffisamment fiable pour conserver, sur sa surface magnétique, les données pour une durée de trente ans sans altération. Il y avait vingt-cinq disques sources, et vingt-cinq disques miroirs, l'espace de stockage dépassait donc le pétaoctet, largement de quoi héberger les milliers de films, même ceux en haute définition 4K, Dolby Atmos, les ebooks en tout genre et les millions d'albums musicaux.

Pour faire tourner tout le système, Fred s'était tourné vers un Mac Pro en configuration haut de gamme (Processeur Intel Xeon W 28 cœurs à 2,5 GHZ, mémoire DDR4 ECC de 1,5 To, deux cartes Radeon Pro W6800X Duo avec 64 Go de mémoire GDDR6 chacune), une machine qui lui avait coûté près de soixante mille euros et qui était ce qui se faisait de plus puissant, de plus stable et de plus fiable en matière d'informatique personnelle. De plus, il connaissait bien les Mac. Il se débrouillait avec les machines tournant sous Windows, mais il leur faisait moins confiance.

Son Mac Pro se trouvait dans son « bureau », une pièce dans laquelle il ne se rendait presque jamais parce qu'il n'avait rien à y faire. L'île et la maison étaient assez grandes pour qu'il puisse s'isoler sans devoir s'enfermer dans cet endroit exigu dont la seule fenêtre donnait sur le patio. Quand il voulait être seul, il préférait de loin marcher jusqu'à la colline, là où il se rendait lorsqu'il était en colère ou lorsqu'il voulait se masturber en regardant un des milliers de films pornographiques qu'il chargeait sur son iPad depuis le serveur. Avec le temps, son bureau était devenu une sorte de débarras dans lequel s'entassaient les disques durs de rechange, les choses à réparer (un robinet, une prise électrique, un moulin à café qu'il devait démonter depuis deux ans), les vêtements que les enfants ayant grandi ne portaient plus mais qu'il ne pouvait se résoudre à jeter.

Fred s'installa devant l'écran du Mac et il le mit sous tension. Dans sa tête, il repassa les détails techniques de son opération. Il avait bon espoir de récupérer les données perdues des disques durs. Du temps de Mnémosyne, il s'était souvent demandé quelle était la technique d'effacement la plus sécurisée lorsqu'une machine était mise au rebut. Il ne voulait pas que les données présentes sur les disques durs tombent entre de mauvaises mains. Le formatage ne suffisait pas, la réécriture des secteurs magnétiques à l'aide d'algorithmes du genre « Blum Blum Shub » créant des nombres pseudo-aléatoires non plus. Il y avait bien la méthode de démagnétisation complète en passant par un « dégausseur » qui créait un champ magnétique si puissant qu'il réorganisait purement et simplement la polarité des particules. Mais il n'avait pas totalement confiance non plus en cette méthode-là, il se disait qu'il y avait probablement des techniques mises au point par les services secrets permettant de récolter les données malgré tout. Finalement, la seule méthode en laquelle il croyait et qu'il imposait à tous ses employés était la méthode du « marteau » : mettre les plateaux du disque dur dans un sac en plastique et frapper dessus avec un marteau jusqu'à ce qu'il n'en reste que de la poudre de verre. Il se disait la même chose aujourd'hui, les disques du serveur étaient physiquement intacts, il devait certainement encore s'y trouver de l'information.

Le tout était de remettre la main dessus.

Au moment de la mise sous tension du Mac Pro, il serra les dents, espérant que les perturbations électromagnétiques de la tempête solaire n'avaient pas fait griller l'alimentation. Ça aurait été embêtant mais pas insurmontable, il avait les pièces de rechange dans la réserve : carte mère, carte graphique, alimentation, tout ce qu'il fallait. Remplacer l'une de ces pièces n'avait rien de compliqué.

L'ordinateur émit son « dong » caractéristique.

C'était bon signe.

Cela voulait dire que la mémoire ROM n'avait pas été touchée, le BIOS était toujours là, le système fondamental gravé à même la carte mère n'était pas mort.

Il y eut comme un moment d'hésitation durant lequel l'écran resta gris, manifestement le petit programme interne du Mac cherchait à localiser le dossier système. Quelques secondes passèrent avant qu'apparaisse un message blanc sur fond noir, en anglais, français, allemand et chinois : « *Veuillez redémarrer votre ordinateur.*

Maintenez la touche de démarrage enfoncée pendant plusieurs secondes ou bien appuyez sur le bouton de réinitialisation. » Fred ne céda pas à la panique. Cela voulait simplement dire que l'os 13 Ventura avait été emporté par l'orage magnétique. C'était embêtant, très embêtant. Mais pas insurmontable. Si le BIOS fonctionnait, il pouvait toujours essayer de démarrer en mode « utilisateur unique » qui lui donnerait accès aux commandes UNIX. Il éteignit l'ordinateur et le ralluma en appuyant simultanément sur les touches « Commande » et « S », la combinaison de touches qui lançait cette procédure. Un instant plus tard, il se retrouvait dans l'environnement UNIX, aussi austère et dépouillé qu'un bloc opératoire, bien loin de l'environnement graphique coloré propre à macOS.

Une série d'informations apparut à l'écran, se terminant par la ligne : « *localhost:/ root#.* »

Fred connaissait suffisamment UNIX pour savoir ce qu'il avait à faire, il écrivit la commande : « */sbin/fsck -fy* ». Cela signifiait « File System Consistency Check » qui ordonnait la vérification de la cohérence des fichiers. L'ordinateur moulina quelques instants, des lignes d'informations critiques s'écrivirent à toute allure jusqu'à ce qu'apparaisse : « ****** FILE SYSTEM WAS MODIFIED *****.* » Le BIOS rencontrait effectivement un problème avec les fichiers du système. Il répéta plusieurs fois l'opération, espérant que cela change quelque chose.

Mais cela ne changea rien.

Macos semblait définitivement dans les choux.

C'était un problème dans la mesure où, pour utiliser le logiciel Disk Drill destiné à restaurer les données effacées, il avait besoin de démarrer macos.

Fred appuya les paumes de ses mains contre ses yeux. Il inspira profondément, conscient qu'il ne servait à rien de céder à la panique. S'il restait des informations sur ces disques durs, il y avait forcément un moyen de les récupérer. L'espace d'un instant, il se demanda si, en démontant les disques les uns après les autres et en examinant leurs plateaux au microscope électronique, il parviendrait à retrouver les successions de I et de O qu'il recopierait ensuite à la main sur un disque vierge à l'aide d'un aimant.

Mais il n'avait pas de microscope électronique.

Et surtout, ce travail lui demanderait des millions d'années.

Soudain, il se souvint : il existait une autre solution. Il pouvait lancer une routine UNIX pour tenter de localiser les fichiers effacés. Il le savait. Un jour, lorsqu'un serveur de Mnémosyne avait planté, Laura lui avait montré ça pour l'épater. En passant par une commande UNIX, il n'avait plus besoin de l'application Disk Drill et donc plus besoin de macos.

Mais cette commande, c'était quoi déjà ?

Un truc simple…

Quelques caractères à peine.

Il essaya de se rappeler…

Comme il peut être difficile d'explorer sa propre mémoire. Les souvenirs sont des oiseaux de brume, des images fugaces, insaisissables et immatérielles.

Comment les faire revenir ? Peut-être en se souvenant des lieux qui les ont vus naître.

Il garda les yeux fermés, il lui fallait du calme, il lui fallait du silence.

Par la pensée, il voyagea dans le temps d'avant la fin du monde, lorsqu'il était encore un homme riche et important, lorsqu'il régnait sur sa société comme on règne sur une armée en campagne. Des images lui revinrent, incertaines, quelques traits gris clair flottant dans un univers blanc. Il vit des mains, les mains de Laura. Les doigts de la jeune femme parcouraient le clavier, aussi légers qu'une harde de biches galopant vers un point d'eau. C'était un matin, dans les bureaux de Mnémosyne. Oh comme il les aimait, ces bureaux. Ce vaste open space rappelant, aux yeux des visiteurs, la réussite des start-up de la Silicon Valley. Ces bureaux dont il était si fier car ils étaient l'incarnation architecturale de sa réussite sociale et professionnelle, des matériaux bruts, solides, virils : du bois, du béton, de l'acier. Dans l'entrée, au milieu d'une surface rectangulaire de pierre bleue, protégé par une douve de quelques centimètres d'eau, un magnifique Ginkgo biloba, l'arbre oriental symbolisant l'éternité et la richesse, dont la présence dans cet endroit était le signe de la puissance et de la domination de l'intelligence humaine sur l'ensemble du vivant, à plus forte raison de la puissance et de l'intelligence de Fred. Son intelligence lui avait donné sa fortune et sa fortune lui donnait tous les droits ! Planter un Ginkgo biloba au milieu de ses bureaux, prendre des jets privés pour des trajets minuscules, posséder des voitures spectaculaires, chauffer sa piscine en permanence, jeter de la nourriture. Il savait que si tout le monde faisait comme lui, le monde s'effondrerait encore plus rapidement, le changement climatique serait encore plus brutal… mais tout le monde ne faisait pas comme lui. Tout le monde n'était pas aussi riche qu'il l'était, alors il pouvait s'en foutre, l'argent lui donnait aussi ce droit-là, le plus merveilleux, le plus absolu de tous les droits : s'en foutre.

Dans son souvenir, les doigts de Laura écrivaient « *foremost -w…* ». Il y avait quelque chose après… Les caractères étaient presque lisibles sur la surface tremblante de sa mémoire. Lettres sombres se détachant sur un écran de pixels blancs.

Il se concentra.

L'image devint plus nette.

Au moment où Fred commençait à les distinguer, une voix toute proche lui parla :

— Je n'ai plus rien sur le téléphone, toute la musique a disparu. Et plus rien sur mon ordi non plus !

Fred leva la tête. Son fils était devant lui. Il resta un instant sans pouvoir répondre, figé par la surprise, Alexandre ne lui avait plus parlé depuis plusieurs semaines, peut-être même plus longtemps. Finalement, il répondit :

— Euh oui… Tout a planté. Il y a eu… une éruption solaire… Une aurore boréale… Et ça a effacé tous les disques durs… Enfin non, pas effacé… Je veux dire… Je suis justement occupé à essayer de…

— Combien de temps ?

Alexandre avait une voix dure, elle tranchait comme un sabre, il l'abattait sur le crâne de son père comme s'il avait été un guerrier celte donnant la mort à un esclave.

— Je ne sais pas… Je dois lancer un programme de récupération de données et…

Alexandre le regardait avec hostilité.

Alors, il se passa quelque chose d'étrange. L'oiseau des souvenirs, qui planait toujours dans son esprit, depuis le moment où il s'était mis à la recherche de la commande UNIX, prit de l'altitude et fit un arc de cercle autour d'un cirrus sombre qui déployait ses filaments dans la haute atmosphère.

C'étaient des souvenirs plus lointains, plus profonds, plus fondamentaux que les doigts de Laura courant sur un clavier.

Fred se souvint de la naissance de son fils.

Il se revit dix-neuf ans plus tôt, le quatorze décembre, sept heures quarante du matin. Derrière la fenêtre de la salle d'accouchement, la ville est encore plongée dans une obscurité de caveau. La lumière électrique des réverbères éclaire des voitures garées dont les pare-brise sont aussi givrés que des réfrigérateurs. Sous un abri, des silhouettes blafardes attendent un bus qui n'arrive pas. Fred se souvint avoir pensé que jamais ses enfants n'auraient à attendre comme ça dans le froid. Que pour eux, il y aurait toujours une voiture chauffée et confortable pour les déposer là où ils devaient aller.

Que c'était pour ça qu'il avait tellement travaillé : mettre sa famille à l'abri.

Comme il avait été fier, ce jour-là : son premier enfant, son premier fils, un petit bébé aux yeux d'ardoise et à l'odeur de blanc d'œuf frais. Il l'avait vu sortir du ventre d'Hélène, la gynécologue lui avait tendu une paire de ciseaux en l'invitant à couper le cordon ombilical. Il avait hésité, effrayé à l'idée de faire mal à sa femme ou à son fils car ce cordon faisait partie d'eux. Mais il s'était exécuté. Il n'avait jamais oublié cette sensation étrange, comme de couper dans un morceau de viande crue. D'un côté, c'était simplement ça, de la viande, d'un autre côté, c'était beaucoup plus, c'était un geste tellement chargé de symboles et d'émotions que lui, Fred, homme de chiffres et de labeur, avait fondu en larmes. L'amour lui était venu comme une déferlante. On lui avait beaucoup parlé de l'amour que l'on éprouvait pour ses enfants mais avant de tenir Alexandre dans ses bras, trois kilos six cents, cinquante-deux centimètres, il n'en avait jamais pris la véritable mesure. C'était un amour sauvage, absolu, il aurait pu tuer sans hésiter pour défendre cet enfant, il aurait pu sacrifier son business, sa femme, ses propres yeux, sa propre vie s'il l'avait fallu. C'était une émotion inattendue, grisante, à laquelle, sachant qu'il était inutile de résister, il s'était abandonné. Son esprit d'ingénieur avait compris qu'un processus très puissant était apparu dans sa conscience, qu'une mise à jour majeure et instantanée de son système d'exploitation avait eu lieu, un programme qui avait définitivement changé son rapport au monde.

Aujourd'hui, ce bébé aux poings serrés, à la peau de soie, aux pieds pas plus grands que des dés à coudre, était encore là mais la vie, le temps, les événements, lui avaient donné la forme de cet adolescent taciturne dont absolument tout dans le maintien, dans le regard et dans la voix, traduisait à son égard une haine aussi sombre et profonde qu'un puits de mine.

Fred avait tellement de choses à lui dire, à commencer par le fait que tout ce qu'il avait réalisé, toutes les décisions, même celles qu'il regrettait aujourd'hui, avaient été prises pour protéger ses enfants et sa famille. Mais il n'y parviendrait pas, il le savait, il avait déjà essayé, plusieurs fois, les mots avaient été mal choisis, ils avaient sonné faux, ils avaient été interprétés dans le mauvais sens.

Et ça s'était toujours mal terminé.

Aujourd'hui, en cet instant, dans ce bureau, il aurait voulu se lever, prendre son fils dans ses bras, sentir son odeur, pleurer sur les erreurs du passé, verser avec lui des larmes qui laveraient tout, une bonne fois, et dans lesquelles ils se retrouveraient, des sanglots identiques à ceux qu'il avait versés dans cette salle d'accouchement, dix-neuf ans plus tôt.

Alexandre avait quitté le bureau sans rien dire, laissant Fred seul face à l'écran du Mac Pro.

Un écrasant sentiment de solitude avait vidé la pièce de son oxygène.

Les doigts tremblants, il prit un Xanax dans la petite boîte qu'il gardait toujours sur lui. Il se sentait immensément triste. Il aurait voulu pleurer. Il savait que ça lui aurait fait du bien de laisser sortir cette grande masse de tristesse rance qui pesait si lourd et qui prenait tant de place au milieu de sa poitrine. Mais rien ne vint. Ses yeux restèrent aussi secs que du papier de verre. Il se demanda ce qu'était devenu le brillant ingénieur, le père de famille responsable, il se demanda s'il existait une espèce de Dieu ou de conscience supérieure qui aurait décidé de les faire survivre, lui et sa famille, sur cette île, il se demanda s'il avait un rôle à jouer, une quête à poursuivre ou bien si c'était simplement une épreuve, une punition pour quelque chose qu'il aurait fait.

Il n'avait pas de réponse. Au fond de lui, il se doutait que sa présence sur cette île était à l'image de toute l'histoire de l'humanité, le fruit du hasard, que ça ne signifiait rien du tout, que ça n'avait aucun sens.

« sudo foremost -w -i /dev/sda1 -o /Recup »

La commande UNIX que Laura lui avait montrée une dizaine d'années plus tôt apparut à ce moment dans son esprit. Elle s'y inscrivit aussi clairement qu'un laser gravant une plaque d'acier.

Il la tapota fébrilement sur le clavier et poussa sur « enter ».

Ça fonctionna.

En un instant, des lignes et des lignes commencèrent à défiler à l'écran, traductions des coordonnées des secteurs des disques durs dans lesquels farfouillait l'ordinateur, cherchant des éléments cohérents au milieu du désordre magnétique des plateaux.

Malgré ses processeurs ultra-performants à 28 cœurs, il faudrait plusieurs heures à l'ordinateur pour scanner, secteur par secteur, l'entièreté des fichiers récupérables et les placer, les uns après les autres, dans le dossier baptisé « Récup » qu'il venait de créer.

Durant deux jours, il régna un calme malsain, tendu, inquiet. Personne ne demandait de nouvelles mais tout le monde en attendait. Jeanne et Alexandre ne quittaient leur chambre que pour prendre un plat préparé dans le frigo et le réchauffer au micro-ondes. Hélène, assommée par les antidouleurs, restait sur la terrasse, les yeux sur l'horizon comme si celui-ci était sur le point de lui révéler les insondables secrets du sens de la vie. Fred gardait un œil sur l'écran du Mac Pro qui moulinait imperturbablement ses recherches.

Puis, après plus de cinquante-cinq heures de travail, une ligne annonça que le Mac Pro avait terminé son travail :

« FINISHED#. »

L'ensemble des fichiers récupérés avait été placé dans le dossier « Récup ».

C'était le début de l'après-midi, Fred ouvrit le dossier.

Il était vide.

Presque vide.

Là où auraient dû se trouver plusieurs dizaines de milliers de films, d'épisodes de séries télévisées, d'albums de musique et d'ebooks, il n'y avait plus qu'un seul fichier.

Un seul et unique fichier, un unique survivant du cataclysme audiovisuel et littéraire provoqué par les particules de l'éruption solaire.

Ce fichier, c'était un film.

Un film en version originale sous-titrée au format vidéo .mkv/h265 1080p et dont le format audio était le Dolby Stereo.

Ce film, c'était *Rocky*.

La dernière œuvre d'art disponible pour les derniers humains vivants, c'était *Rocky*.

Fred resta un long moment dans son bureau, cherchant les mots qu'il utiliserait pour expliquer ça à sa famille.

Il ne trouva pas.

Deuxième partie
(Cinq ans plus tôt)

Hélène

Les choses auraient-elles pu se passer autrement ? Hélène n'était pas philosophe. Elle nourrissait même, à l'égard de la philosophie, un certain mépris. Elle avait toujours préféré l'action à la réflexion, l'intuition et l'instinct à la rumination. Pour elle, les choses n'étaient pas compliquées : il y avait les bonnes idées (celles qui fonctionnaient, c'est-à-dire qui permettaient d'atteindre ses objectifs) et les mauvaises idées (celles qui vous éloignaient de vos objectifs). Le secret d'une vie réussie, c'était une vie où l'on avait identifié des objectifs et élaboré des stratégies pour les atteindre. Pour y parvenir, il fallait établir des « to do lists » et s'y tenir. Il fallait fixer des priorités et ne pas laisser le secondaire (l'amour par exemple) venir parasiter l'essentiel (la réussite professionnelle et l'assurance d'un niveau de revenu afin de vous prémunir de la pauvreté). Elle avait souvent assisté au spectacle désolant de copines belles, brillantes et travailleuses ruinant leur destin à cause d'une relation amoureuse aux conséquences mal calculées. Par exemple sa copine d'enfance Ambre Lemarchand.

Ambre Lemarchand : première de classe, aussi belle qu'une princesse de la Renaissance peinte par un maître italien, des yeux bleu nuit, des cheveux qui semblaient faits de paillettes d'or. Elle est en deuxième année de droit, elle a dix neuf ans et elle rencontre Mathis Garnier, un slammeur aux textes âpres, chargés de colère antisociale consécutive à une enfance malheureuse. Ils se tournent autour, ils se reniflent, se jaugent, se draguent et finalement les voilà faisant l'amour dans le petit appartement de Mathis, seize mètres carrés en tout et pour tout. Mathis va « un peu vite » : entre un baiser, un doigtage tremblant, une pénétration fébrile et l'éjaculation, il n'y a pas plus de quatre-vingts secondes. Mathis, manifestement satisfait, s'endort illico. Ambre, elle, reste éveillée, rêveuse et attendrie. Malgré la pénombre de l'endroit, elle devine sur un mur une reproduction du *Christ de saint Jean de la Croix* de Salvador Dalí et elle se sent bouleversée par la sensibilité qu'elle croit deviner chez Mathis qui ronfle à côté d'elle. Même si cela dépasse l'entendement, Ambre est amoureuse. Elle sera sa maîtresse, sa femme, sa sœur, sa mère, sa muse, la compagne de ses bons et de ses mauvais jours jusqu'à ce que la reconnaissance et la gloire viennent frapper à la porte de ce garçon tourmenté. Elle qui vient d'un milieu bourgeois sent confusément qu'elle se doit de partager la chance avec quelqu'un qui n'en a pas eu. Et cet amour vient foutre un bordel dingue dans l'ordre des priorités de l'existence de la jeune fille. Au lieu de terminer ses études de droit et afin de permettre à Mathis de créer paisiblement, Ambre trouve un job de secrétaire dans une société de livraison de repas à domicile. Sans réelles qualifications, son salaire est médiocre, il suffit tout juste à payer le loyer, les maigres repas du jeune couple et le cannabis nécessaire à Mathis pour calmer ce qu'il appelle « sa difficulté d'être au monde ». Après trois ans, il y a Salvador, leur premier enfant ainsi nommé en hommage au peintre espagnol, et juste après Maria, comme Maria Youdina, la pianiste soviétique qui avait tenu tête au pouvoir. Le temps passe, Ambre fête ses trente ans dans un appartement niché au cœur d'une tour HLM. Salvador a des problèmes d'attention à l'école, Maria est allergique au lactose, au gluten, aux fruits de mer, aux noisettes et au safran. Tout ça demande une fameuse organisation et coûte de l'argent qu'ils n'ont pas. Les dettes s'accumulent. Pareils à des loups dans une forêt enneigée, les huissiers rôdent à la lisière de leur vie.

Le temps passe encore. Ambre est toujours secrétaire et Mathis continue de slammer. Il ne se produit que rarement, la plupart du temps dans des lieux minuscules, à l'occasion de scènes ouvertes pour lesquelles il n'est pas payé. Peu importe, ce manque de reconnaissance représente pour lui la preuve « qu'il dérange » et qu'il est sur la bonne voie, qu'il ne faut jamais et sous aucun prétexte faire des concessions pour se « vendre au système ».

À trente-cinq ans, alors qu'elle brillait au firmament du département de « visual marketing », Hélène avait croisé Ambre par hasard dans la file d'un grand magasin. Elle lui avait trouvé l'air pâle, épuisée, presque morte. Ambre lui avait surtout parlé de Mathis, de son talent, de ses textes « forts » et d'une « période difficile parce que c'est la crise pour tout le monde ».

Hélène avait écouté parler son amie, affichant des expressions tantôt admiratives (pour son abnégation au service de l'Art) tantôt compatissantes (pour ce qui relevait des difficultés financières ou des allergies). Mais au fond d'elle,

Hélène s'était sentie emportée par la joie profonde de voir confirmer sa règle de vie : « faire des to do lists et établir des priorités. »

Dans les années qui suivirent, Hélène avait souvent repensé à Ambre ; peu de temps après être arrivée sur l'île, se demandant comment elle était morte, si elle avait choisi au milieu du chaos de protéger Mathis ou plutôt ses enfants. Plus tard, c'est d'ailleurs en pensant au destin d'Ambre, à la nécessité de faire des to do lists et d'établir des priorités, que les choses se passèrent comme elles se passèrent avec Ida et Marco.

Ida et Marco avaient été engagés par la société Safety for Life. Le « service conciergerie » faisait partie du package comprenant l'achat de l'île, la construction de la maison, le système d'alerte et le cas échéant la garantie pour la clientèle d'un transport disponible (« en moins de huit heures » précisait une note de bas de page du contrat). L'entretien de chaque abri de l'agence était confié à une ou deux personnes selon les dimensions de l'endroit et les désirs de la clientèle. Dans la plupart des cas, il s'agissait de couples acceptant de vivre isolés durant la majeure partie de l'année. C'était une bonne place pour ceux qui n'avaient pas besoin de beaucoup de relations sociales, qui aimaient le calme, les environnements préservés ou qui, pour n'importe quelle raison, préféraient passer leur temps sur une île déserte plutôt que n'importe où ailleurs. Il s'agissait souvent de personnes venant de pays que l'on appelait « défavorisés », dotés d'une certaine expérience dans tout ce qui touchait à l'hôtellerie (cuisine, ménage, services divers), ainsi que d'un solide savoir-faire en mécanique (entretien et réparation de moteurs électriques et à explosion, connaissance des systèmes solaires ou éoliens etc.). Les candidats devaient remplir une lettre de motivation, fournir un CV et bien entendu des lettres de recommandation des employeurs précédents.

Ida et Marco présentaient le profil idéal. Ida avait travaillé une dizaine d'années au Ritz-Carlton de Santiago comme femme de chambre mais elle était aussi passée par un restaurant pour touristes à Valparaíso. De son côté, Marco était titulaire d'un diplôme en mécanique et il avait passé plusieurs années sur le site de la mine de cuivre d'El Teniente à une centaine de kilomètres de la capitale chilienne où il avait veillé au bon fonctionnement des machines-outils. Il possédait aussi (et cela avait pesé au moment de la signature du contrat) d'excellentes connaissances en navigation acquises durant son enfance, lorsque son père l'emmenait pêcher le merlu au large de Puerto Aguirre, son village natal en Patagonie.

Dès leur première rencontre, Hélène les avait adorés. Elle avait trouvé chez eux cette chaleur qu'elle attribuait aux « gens du Sud » et ils parlaient avec un accent espagnol qui les rendait immédiatement charmants (ils lui rappelaient de sympathiques personnages de dessins animés : Pépé le Putois, le Chat Potté, Speedy Gonzales et le crabe Sébastien de *La Petite Sirène*). Ida était ce qu'Hélène appelait pour elle-même (car l'expression était devenue politiquement incorrecte) une « petite grosse » et Marco un « petit gros ». Hélène aimait bien les gros (enfin, dans certaines limites, pas les gens souffrant d'obésité morbide qu'elle méprisait pour leur faiblesse de caractère), les gros avaient cette jovialité de bons vivants, cette douceur de doudou, cette nonchalance optimiste, ils inspiraient confiance comme auraient pu le faire de sympathiques Barbapapa et surtout, ils lui permettaient de faire valoir que son corps à elle avait la minceur et la musculature propres à ceux capables d'établir des to do lists et de se fixer des priorités.

Dès le début, elle avait senti qu'entre eux, les choses se passeraient bien. Ida, avec sa spontanéité typiquement latine, distribuait sans compter étreintes et baisers. Elle semblait bouleversée par Jeanne et Alexandre dont l'enfance leur conférait, à ses yeux, un caractère quasi sacré (elle répéterait souvent, dans les mois qui suivraient :

« Chez nous, les enfants sont rois ! »). Et puis Marco, crâne chauve aussi lisse que du linoléum, yeux noirs comme des pneus, et, dépassant d'un singlet, les épaules larges et velues d'un animal de trait. Il avait des membres courts, des doigts durs comme des boulons, la parole rare mais compétente, il inspirait confiance comme aurait pu le faire un abri anti-aérien.

Ils étaient arrivés en début d'après-midi, après plus de cinquante heures d'une traversée inconfortable passée dans l'exiguïté du voilier, Marco barrant en silence, rassurant, impassible. Ida les attendait sur l'embarcadère, vêtue d'une tenue de femme de chambre comme l'exigeait le règlement de l'agence. À côté d'elle, il y avait le chien du couple, Jet, qui battait joyeusement de la queue car il comprenait que cette arrivée signifiait de nouveaux amis, de nouvelles balades et, qui sait, de nouveaux jeux. En voyant le chien, Jeanne avait crié de joie, même Alex qui boudait depuis le départ sembla se détendre. Ida avait insisté pour qu'ils laissent leurs valises à bord. Elle s'en occuperait plus tard avec son époux. Elle avait préparé les chambres. Les lits étaient tendus de draps frais, parfumés à la lavande et sur chacun de leurs oreillers, dans un emballage en papier doré, les attendait un petit chocolat.

Debout dans leur grande chambre, devant la porte-fenêtre donnant sur la terrasse, face à la vue spectaculaire sur l'océan, Fred l'avait embrassée. Un baiser qui semblait dire : « On est sauvés, il ne peut plus rien nous arriver à présent, nous sommes à l'abri. » Hélène avait aimé ce baiser et elle s'était serrée contre Fred avec la conviction qu'en le choisissant comme « partenaire » (elle aimait ce terme) et comme père pour ses enfants, elle avait fait le bon choix. Surgi d'une zone grise de sa mémoire, le magnifique visage d'Ambre Lemarchand lui était apparu. Elle l'avait contemplé avec un mélange de pitié et de satisfaction. Ambre avait choisi l'amour. Elle, elle avait choisi la raison. C'était moins exaltant. C'était carrément plus chiant mais au moins aujourd'hui, elle était en vie.

Établir l'ordre des priorités.

Faire des to do lists.

Encore une fois.

Ce premier jour sur l'île s'était passé comme dans un rêve. Elle ne connaissait pas l'endroit, elle n'y était jamais venue. C'est à peine si elle s'y était intéressée lorsque, les années précédentes, Fred lui en avait parlé. Elle avait pris ça pour une espèce de lubie un peu originale. Un passe-temps qui coûtait de l'argent mais après tout, Fred était devenu riche et il avait bien le droit de dépenser sa fortune comme il l'entendait (pour autant que cela n'impacte pas leur « niveau de vie »). Il lui avait parlé de la localisation de l'île, il lui avait expliqué pourquoi il ne voulait pas aller sous les tropiques (« Tout le monde ira chercher des abris de ce côté », « Le climat peut y être dangereux »), pourquoi il ne voulait pas plus grand (pour être plus discret, il était même parvenu à faire flouter l'endroit par Google Maps). Il lui avait montré les plans que proposait l'agence, il lui avait parlé des modifications qu'il voulait y apporter (plutôt le style hacienda que le style colonial), il lui avait demandé son avis sur différents points techniques comme sur des choix relatifs à l'aménagement intérieur. Elle lui avait fait comprendre qu'il pouvait faire comme il voulait.

À présent qu'ils étaient là pour de bon, elle prenait la mesure du soin que son mari avait apporté à la conception de la maison. Tout était bien pensé. Durant leur vie de couple, Fred et elle avaient habité dans deux maisons différentes, toujours des lieux qu'ils avaient fait construire. Pour leurs deux premières maisons, ils avaient passé un temps considérable à discuter ensemble de ce qu'ils voulaient comme terrain, comme orientation, comme disposition, comme matières pour les murs, les sols, les châssis, les rideaux, comme cuisine, comme salle de bain, quel genre d'éclairage, de portes, de poignées et aujourd'hui, elle retrouvait tout ça. L'endroit où elle se trouvait semblait être le parfait résumé de leurs discussions passées, c'était la synthèse de l'expérience acquise dans les chantiers qu'ils avaient déjà menés ensemble sans les erreurs qu'ils y avaient commises. Ainsi, chez eux, dans la maison qu'ils avaient quittée (elle n'utilisait pas encore le terme « abandonnée »), elle avait regretté que la douche soit une cabine à porte coulissante. Ici, Fred avait fait installer une douche à l'italienne Villeroy et Boch « à fleur de sol » en céramique bleu kasbah (une couleur qu'elle adorait), séparée du reste de la salle de bain par une paroi en verre cristallin (donnant une sensation de volume à l'ensemble de la pièce), avec un ciel de pluie associé à des jets latéraux pour « une expérience de douche tout à fait spéciale » (c'étaient les termes utilisés dans le catalogue). Fred semblait avoir été attentif à tous les détails, ainsi, sur une tablette porte-savon couleur bronze, étaient disposés des flacons de gel douche *Eau d'orange verte* d'Hermès, celui qu'elle préférait.

Au moment de leur arrivée et de sa découverte de la maison, Hélène n'avait pas encore pris toute la mesure de la catastrophe qui embrasait le monde. Elle savait que c'était grave. Très grave. Elle savait que des gouvernements étaient tombés, que d'autres tomberaient. Que des pays sombraient dans le chaos. Qu'il y avait déjà des millions de morts et qu'il y en aurait des millions d'autres. Mais quelque chose en elle continuait de croire que ça allait s'arranger, elle ne savait pas de quelle manière ni en combien de temps, mais depuis l'aube des temps, les choses s'arrangeaient toujours. Pour l'instant elle en était certaine, l'OTAN ou l'ONU ou Dieu sait quelle institution allait trouver une solution, prendre des mesures et finalement sortir l'humanité de la merde dans laquelle elle s'était mise. Des gens importants s'abritaient certainement dans des refuges, des bunkers géants aménagés sous la terre ou creusés dans les montagnes, comme dans le film *2012*. Des « élites », parmi lesquelles les meilleurs scientifiques et ingénieurs du monde, chapeautés par l'armée américaine, avaient certainement déjà élaboré un plan. Il y avait toujours un plan, ces gens détenaient toujours plusieurs coups d'avance !

En attendant, elle était sauve, dans le plus merveilleux de tous les abris et ses merveilleux enfants aussi, tout ça grâce à son merveilleux mari qu'elle avait choisi parce que, contrairement à Ambre, elle savait où se trouvaient les priorités.

Enveloppée dans la douceur parfumée d'une serviette de bain (elle aussi bleu kasbah), elle s'était sentie prise d'un élan d'amour pour Fred. Quel homme formidable ! Quelle force de caractère ! Quelle détermination ! Il ne s'était pas fait avoir par les ordres de couvre-feu qui avaient inondé les téléphones de toute la population. Il avait bravé les interdits pour embarquer dans cet avion. Quel courage ! Quel rebelle ! Et l'élan d'amour s'était mué en élan de désir : elle avait eu envie de lui faire l'amour, immédiatement, sauvagement, passionnément.

Mais venue de la salle à manger, elle avait entendu la voix aiguë de Jeanne qui l'appelait « Mamannnn, mamannn » et son désir s'était éteint, comme une bougie dans un courant d'air.

Elle s'était habillée, le dressing s'étendait sur une dizaine de mètres carrés, capitonné de velours couleur beige taupe, et éclairé par des rubans LED intégrés. Une fois de plus, Fred avait été merveilleux ! C'était une réplique exacte du dressing qu'elle possédait dans leur maison ! Tous ses vêtements étaient là : robes, blouses, cardigans, chemisiers, sous-vêtements, chaussures. Il s'était débrouillé pour tout acheter à l'identique ! Évidemment, ici, la plupart des choses ne lui serviraient à rien, que ferait-elle sur cette île de l'Atlantique d'une paire d'escarpins Louboutin Jenlove montés sur un talon fin de dix centimètres ou d'une robe Valentino en soie naturelle ?

Mais l'attention était délicieuse, charmante, exquise, et voilà que l'amour et le désir s'emparaient d'elle encore une fois, lui faisant tourner la tête, chauffant son ventre, humidifiant son sexe. Elle avait inspiré avec, au seuil de ses pensées, l'idée que la catastrophe globale n'avait pas que des mauvais côtés.

Elle avait passé un simple jean, un cardigan par-dessus un tee-shirt et une paire de baskets New Balance. Elle avait observé son reflet dans la glace du dressing ; grande, mince, des seins encore aussi fermes que des mandarines, un cul à la musculature de triathlonienne. Avec ce look « sportif mais élégant de réfugiée prenant son mal en patience », elle s'était trouvée canon.

La salle à manger se situait dans le prolongement du living. Sol en chêne huilé, mur peint « mix and match » alliant le rose tonique et le vert amande, une carte des courants et des fonds marins encadrée et fixée entre deux appliques en laiton design, grandes baies vitrées donnant d'un côté sur le patio ombragé et de l'autre sur la terrasse qui se prolongeait par un jardin semblant se précipiter vers l'océan. Hélène avait immédiatement aimé l'endroit. Ses enfants, douchés, changés, frais comme des petits lords anglais, étaient déjà à table, assis devant des hamburgers frites et une belle portion de coleslaw.

Fred s'était changé, lui aussi, un simple tee-shirt Tommy Hilfiger bleu sur un pantalon cargo clair. Il avait encore dans les mains les tournevis dont il s'était servi pour mettre en route le serveur (elle ne savait pas pourquoi il fallait des tournevis, elle s'en fichait). Il rayonnait de la fierté virile du mâle alpha parvenu à protéger sa meute. Il s'était approché d'une valise, il l'avait portée jusqu'à la table et il en avait sorti plusieurs iPads.

— Voilà, tout est installé. Il y a tout ce qu'il faut sur le serveur, films, séries, musique. Les télés sont raccordées, les iPads sont réglés sur le réseau wifi. Tout le monde a un compte perso dans lequel vous allez pouvoir mettre vos favoris. Il y a aussi deux consoles PS5, pour vous les enfants, avec tout ce qu'il faut. Demain, quand on sera tous reposés, on fera le tour de l'île, je vous ferai visiter !

Jeanne avait hurlé de joie, « Wééééé », Alex avait esquissé un sourire et tous les deux avaient quitté la table avec leurs iPads. Ida avait débarrassé les assiettes en hochant la tête d'un air attendri puis elle avait servi aux parents un ceviche de thon et des patates douces (Hélène apprit plus tard que les préférences alimentaires de chacun se trouvaient dans un dossier que lui avait fourni l'agence).

Le soir était arrivé, précédé par un crépuscule spectaculaire. Fred avait été chercher une bouteille de vin dans la cuisine. Il l'avait ouverte, humé le bouchon de liège en fermant les yeux et servi Hélène.

— Un Clos des Lambrays 2010, il est magique. J'ai cinquante de ces bouteilles dans la cave. Laisse-le respirer un instant avant de goûter.

Hélène avait attendu docilement que respire le vin et puis l'avait goûté. Il était vraiment bon.

— Tu sens… des notes de mûre, de myrtille, de framboise. Des nuances de sous-bois, de la truffe, de la réglisse et puis un peu de violette.

Hélène ne sentait pas tout ça mais elle avait hoché la tête et bu une autre gorgée.

— Regarde, avait dit Fred en s'emparant d'une télécommande et en appuyant sur un bouton. La lumière de la salle à manger avait diminué et l'atmosphère s'était faite plus intime. Il avait appuyé sur un autre bouton et un quatuor de Mozart s'était mis à jouer, des envolées joyeuses donnant l'impression d'être à la cour de Joseph II, empereur du Saint-Empire romain germanique.

Fred fit un geste à Ida (Hélène avait complètement oublié sa présence) qui obéit en leur servant une salade de fruits rouges parsemée de feuilles de menthe fraîche.

Avec le vin, avec la lumière tamisée, avec Mozart, une agréable chaleur s'était diffusée le long des membres d'Hélène, lui chauffant le front, la nuque et l'âme. Son envie de baiser qui ne l'avait pas quittée tout au long du repas avait grandi en elle, semblait l'envahir tout entière.

Le stress de ces derniers jours, l'angoisse de ce départ précipité s'étaient évaporés, la quittant comme une fièvre passagère.

— Je suis épuisée, avait-elle déclaré en se levant.

Elle avait fait le tour de la table, essayant malgré l'ivresse d'adopter une démarche sexy copiée sur celle de Scarlett Johansson dans *Black Widow*. Elle avait pris la main de Fred puis, avec une certaine autorité, avait ajouté :

— Viens.

Les enfants dans leur chambre, probablement les yeux rivés sur leurs tablettes, elle savait qu'ils ne les dérangeraient pas. Fred avait obéi, s'était levé. Lui tenant toujours la main, Hélène l'avait entraîné vers la chambre, apercevant furtivement la silhouette d'Ida qui commençait la vaisselle.

Ils avaient fait l'amour. Comme toujours avec Fred, ça s'était passé vite mais Hélène avait l'habitude, dans une certaine mesure, ça lui convenait. Elle ne savait pas pourquoi elle n'aimait pas la tête que faisait Fred quand il faisait l'amour. Il avait toujours le visage crispé, comme s'il chargeait le coffre d'une voiture avec des valises trop lourdes.

Après, elle était restée un long moment éveillée, allongée nue sur le lit à côté de son mari profondément endormi. Elle avait contemplé le ciel nocturne à travers la fenêtre. C'était la première fois qu'elle voyait aussi bien les étoiles. L'espace d'un instant, elle avait éprouvé physiquement la sensation de faire partie d'un univers infini.

Un vertige l'avait saisie.

Entre Cassiopée et la Grande Ourse, aussi majestueuse qu'un objet galactique, elle crut alors deviner l'image de la bite d'Evangelos.

Une sensation trouble lui avait noué le ventre.

La nostalgie d'une chose aimée mais disparue à jamais.

Et la terrifiante intuition que la modeste bite de Fred était la dernière bite du monde.

Elle s'était laissé gagner par le sommeil.

Le lendemain, Fred les avait emmenés faire le tour de l'île après qu'Ida leur eut servi un petit déjeuner composé de céréales, de toasts, de fruits frais. Hélène lui avait demandé un latte macchiato à la place du cappuccino, elle l'avait reçu. Il était parfait.

En avalant une bouchée de granola myrtilles et açaï, elle avait surfé sur les sites d'informations via le réseau satellite. Les nouvelles du monde étaient terrifiantes, ça craquait de toutes parts, des pays entiers sombraient dans l'anarchie (images d'émeutes, de charniers, de massacres), l'armée américaine avait évacué le président, le gouvernement et le Congrès vers une base stratégique située à Saint-Thomas dans l'archipel des îles Vierges américaines, mais une rumeur circulait, alléguant qu'un sénateur, qui avait trafiqué un test sanitaire, avait infecté les deux mille personnes présentes dont le président et la Première dame.

Hélène avait éteint son iPad.

Toutes ces nouvelles l'angoissaient.

Ça s'arrangerait.

Ça s'était toujours arrangé.

Le tour de l'île avait duré une heure à peine. Les enfants couraient, Jeanne riait d'allégresse accompagnée dans sa joie par Alex qui se déridait pour de bon. Jet les accompagnait en faisant des bonds. Ces enfants, ce chien, ce paysage marin, c'était une parfaite image du bonheur. Avec la fierté d'un bâtisseur d'empire, Fred avait expliqué des histoires de latitude, de longitude, de courant marin, de climat, de superficie. Il était accompagné par Marco qui en profitait pour faire son examen quotidien des installations. Hélène était fascinée par ce petit homme qui ne semblait éprouver aucune émotion, comme si, à force d'avoir côtoyé les machines, il avait fini par en devenir une lui-même. Fred n'arrêtait pas de parler : il montrait l'éolienne, la citerne, le compost, les panneaux solaires et, d'un geste en direction d'un promontoire sur lequel se brisaient les vagues, il avait indiqué l'endroit où se trouvait l'hydrolienne. Puis, il avait conduit tout le monde vers les caves, les réserves et les chambres froides. Fred parlait, parlait sans s'arrêter :

— Évidemment, disait-il à Hélène, tu vas me demander : « Et si un jour y a plus de vent ou plus de soleil et que l'hydrolienne est en panne, comment on va alimenter tout ça en électricité ? » Et là je te réponds que c'est presque impossible… La probabilité est proche de zéro mais j'ai aussi prévu ça ! Il y a un groupe électrogène prêt à prendre le relais et…

— Quand votre jacuzzi est en route, il n'y a pas assez de courant chez nous, était intervenu Marco.

Fred s'était tourné vers lui.

— Pardon ?

— Quand votre jacuzzi est en route, il n'y a pas assez de courant chez nous. On n'a plus d'eau chaude et plus de lumière. On ne peut plus cuisiner. Y a plus de courant.

— Bon eh bien c'est comme ça. On ne va pas passer notre temps dans le jacuzzi non plus. Ça détend les enfants, ils adorent les bulles.

— Oui mais s'ils pouvaient éviter de l'utiliser le soir ou bien le matin.

Fred avait regardé Hélène, il avait regardé ses enfants puis il avait regardé Marco et il avait parlé comme un amiral s'adresse à un vulgaire matelot :

— Je pense que mes enfants sont ici chez eux, tu ne crois pas ?

— Oui, évidemment. Mais il faudrait quand même leur dire de ne pas…

— Qui te paye ? l'avait coupé Fred.

Marco s'était tu. Il avait réfléchi un instant avant de répondre :

— C'est vous.

— Exactement ! C'est moi qui paye. C'est moi qui décide. C'est compris ?

Marco avait hoché la tête. Fred avait encore ajouté :

— Et en ce qui concerne mes enfants, je suis leur père, c'est moi qui sais ce qui est bon ou pas pour eux, ce que je dois leur interdire ou leur autoriser ! Compris ?

Marco n'avait rien dit, il s'était contenté de baisser les yeux. Cette marque de soumission à l'autorité avait semblé satisfaire Fred qui avait continué la visite.

Même si Ida et Marco avaient été recrutés par l'agence Safety for Life, le contrat d'emploi était directement passé avec Fred. De cette façon, si le montant de leurs salaires avait été fixé par l'agence, ils étaient payés par Fred et c'est Fred qui avait élaboré les modalités de leur travail. Le salaire était généreux et le fait que les employés soient logés et nourris le rendait d'autant plus intéressant. Le contrat stipulait qu'Ida et Marco pouvaient occuper gratuitement l'appartement meublé de l'aile ouest composé (tout cela était précisé dans le point XI, « Annexes ») « d'un salon, d'une cuisine salle à manger, d'une salle de bain et d'une chambre à coucher ». (Les annexes contenaient les détails du mobilier ainsi que du nombre de draps, housses, couettes, oreillers, couverts, vaisselle, etc.) Il était précisé qu'ils pouvaient bien entendu apporter à l'endroit tous les aménagements qu'ils souhaitaient en matière de décoration. Un avenant avait été signé en ce qui concernait la présence d'un animal de compagnie, Jet, leur chien (autorisée à condition que celle-ci ne soit pas « la cause de nuisance que le propriétaire de l'île serait le seul à pouvoir évaluer »). Contractuellement, Ida et Marco devaient être disponibles six jours sur sept, le matin pour préparer le petit déjeuner, puis à midi pour le repas du midi et puis le soir pour le repas du soir. En dehors de ça, ils pouvaient gérer leur temps comme ils le voulaient tout en veillant à l'intendance générale de la maison et à satisfaire les besoins de la famille de Fred. Ils devaient s'occuper du ménage quotidien (le contrat précisait que les salles de bain de la famille et les sanitaires devaient être nettoyés « au minimum » une fois par jour). Les lits devaient être faits tous les jours (et refaits si l'un des membres de la famille faisait une sieste) et le linge de lit changé chaque semaine. Un ménage complet de la maison devait être effectué deux fois par semaine (aspirateur sur les moquettes, canapés, fauteuils, passages des planchers et parquet à l'huile de lin). L'entretien de la terrasse, des baies vitrées et de tout le reste, et sans demande expresse de Fred ou Hélène, était laissé à l'initiative des employés.

Pour ce qui était du repas, les employés avaient l'autorisation de se servir dans les réserves mais, d'une part, ils étaient tenus de noter dans un carnet prévu à cet effet ce qu'ils avaient pris et, d'autre part, ils ne pouvaient pas se servir de tout ce qu'ils voulaient. Ils ne pouvaient pas se servir dans les produits de luxe (pour Fred, c'était une évidence, le luxe était réservé à la famille) : le bœuf Wagyu ou de Kobe, les homards, crabes, écrevisses, caviar, les dindes, le thon rouge, les truffes, les charcuteries italiennes, corses ou espagnoles conservées sous vide, leur étaient interdits. Bien entendu, l'alcool était également interdit aux employés. Fred ne voulait pas que des gens qu'il considérait comme ignorants de l'art subtil du vin aillent se servir dans sa cave, pas plus qu'il ne voulait qu'on lui prenne des bouteilles de whisky, vodka, rhum ou de n'importe quelle liqueur, d'ailleurs. Fred avait expliqué à Hélène que les employés venaient de « pays pauvres » dans lesquels l'alcool faisait souvent des ravages, le lien entre « alcool et misère » n'était selon lui plus à démontrer et il devait donc, en quelque sorte, protéger Ida et Marco d'eux-mêmes. De toute façon, il était important que les employés gardent à l'esprit qu'ils étaient des employés, que leur présence sur l'île, dans la maison, était un travail et pas une fête. Leur permettre de consommer de l'alcool aurait été ce qu'il appelait un « mauvais signal ».

Le temps passa.

Les jours, puis les semaines, et Hélène sentit que l'enchantement qui avait été le sien au cours des jours qui avaient suivi leur arrivée connaissait une légère altération. L'atmosphère restait bonne mais à mesure que les nouvelles du monde se faisaient plus rares, un doute s'installait peu à peu au fond de son cœur, pareil à l'ombre menaçante d'un oiseau de proie planant dans un ciel de printemps.

Et si finalement ça ne s'arrangeait pas? lui chuchotait ce doute. Et si le monde s'abîmait pour de bon dans les ténèbres et que cette île, ce refuge temporaire, devenait définitif? Et si c'était ici, loin de tout, que grandiront tes enfants, sans avenir, sans perspective, sans espérance, englués dans une succession de jours identiques les uns aux autres, pareils au reflet infini de miroirs se faisant face? Et si c'était sur ces quelques kilomètres carrés que tu vieilliras, lentement, cheveu gris après cheveu gris, ride après ride, avec ton mari pour dernier compagnon, son corps comme dernier corps, sa bite comme dernière bite et qu'il n'y avait plus le moindre espoir ? semblait lui demander l'oiseau de proie. Elle y pensait souvent quand la nuit était tombée. Dans ces moments-là, la conscience en équilibre entre la veille et le sommeil, tandis que l'angoisse lui serrait le ventre, elle peinait à endiguer le flux incessant de ces questions. Allongée dans l'obscurité, avec le souffle malodorant de Fred pour seule compagnie, elle se tournait et se tournait encore, essayant de se convaincre que cette chose qui lui perforait le cerveau n'était rien d'autre que le symptôme d'une panique irrationnelle. Elle essayait de respirer profondément, inspirer par le nez, expirer par la bouche, comme le lui avait appris son coach de méditation pleine conscience. Quand la fatigue et les exercices respiratoires ne suffisaient pas, elle se relevait pour aller jusqu'à l'armoire à pharmacie y prendre un Xanax. Elle avait commencé avec ça quelques semaines après leur arrivée. L'angoisse allait et venait, elle se faisait presque oublier pendant la journée mais elle la sentait à l'affût, pareille à un insecte attendant le bon moment et sortant la nuit des anfractuosités de sa conscience. Au début, elle avait eu du mal à l'identifier. Elle avait pris ça pour du stress lié au changement, à l'inquiétude pour ses parents. Mais c'était plus profond. Ça insistait. Ça creusait son trou. Elle qui avait toujours bien dormi s'éveillait à des heures bizarres, le cœur battant, de la transpiration plein le dos et la poitrine, et la fatigue de ces nuits déchirées la suivait durant la journée pareille à une maladie invalidante. Finalement, un soir, elle avait pris un des petits cachets blancs.

Elle n'avait jamais utilisé d'anxiolytique, elle méprisait même ceux qui y avaient recours, elle avait toujours considéré que la « force de caractère » pouvait venir à bout de toutes les souffrances morales, de toutes les anxiétés, que le burn-out ou la dépression ça restait un « truc de faible ». Quand elle avait pris ce cachet pour la première fois, elle avait pensé qu'il n'y en aurait pas d'autres, que c'était juste pour passer une bonne nuit, être en forme le lendemain. Le quart de gramme d'alprazolam, principe actif du Xanax, avait bien fonctionné. Quelques minutes après l'avoir avalé avec une gorgée d'eau, tous les nœuds qui lui serraient le ventre relâchèrent leur emprise et les idées ténébreuses qui rebondissaient follement dans sa tête semblèrent se dissoudre comme une pincée de sel dans une baignoire d'eau tiède. Elle s'était dit que « ça y était », que le problème était réglé. Mais la nuit suivante, ça avait recommencé et cette fois elle avait mis moins de temps à se décider à prendre un Xanax. Et la nuit d'après, elle en avait pris un juste avant de se coucher. L'habitude s'installa : dès qu'elle sentait qu'elle perdait le contrôle de ses idées, que les insectes sortaient et commençaient à lui grouiller dans la tête, elle prenait un cachet. Elle ne considérait pas ça comme de la faiblesse, c'était simplement pour être en forme, une façon de gérer le bien-être général de la maison.

Et puis elle prit un Xanax le matin. Juste après s'être levée. Parce que de cette manière, les journées seraient plus tranquilles, la tristesse moins profonde, la colère moins brûlante, la frustration plus discrète.

Et puis elle en prenait un autre pendant la journée, juste pour prolonger l'effet du Xanax du matin qui lui-même prolongeait celui du soir. Tout cela faisait comme une ronde d'enfants, un médicament après un autre, chacun donnant sa petite main chimique à celui qui le suivait, pour que la joie, ou son simulacre, ne cesse jamais.

Et puis, un jour, il n'y eut plus d'actualités du tout. Les chaînes de télévision ou de radio cessèrent d'émettre et le fil d'informations des journaux ne fut plus alimenté. Les pages d'accueil restèrent présentes quelque temps, *Le Figaro*, *Libération*, *Le*

Monde, *Le Point*, *L'Express*, *Le Nouvel Observateur*, *Le Parisien*, *Le Soir*, figés dans le temps, affichant une actualité de plus en plus obsolète, comme si l'ensemble des rédactions avaient été désertées par ceux qui y travaillaient.

Puis ces pages disparurent, il ne fut tout simplement plus possible d'y accéder, les écrans affichaient l'erreur 404 signifiant un lien mort. ChatGPT resta muet et les serveurs des principaux réseaux sociaux cessèrent eux aussi de fonctionner. Facebook, Instagram, Twitter, TikTok, les milliards de profils, de blagues à deux sous, de photos de chaton, de photos de vacances, de selfies, de statuts en tout genre, de prises de position, de déclarations d'amour publiques, d'injures de toutes sortes, de théories conspirationnistes, de dick pics, de menaces et de suppliques disparurent à jamais dans le vide absolu du néant numérique. Évaporation soudaine du grand nuage binaire consécutive à l'extinction des microprocesseurs faute d'alimentation électrique.

Certains blogueurs et blogueuses réfugiés dans des zones plus ou moins épargnées publiaient encore du contenu sur des serveurs locaux dont ils avaient partagé l'adresse sur les réseaux sociaux juste avant que ceux-ci cessent de fonctionner.

Il y avait par exemple Kalutika (prénom emprunté au manga *Rebirth*) qui se présentait comme une Coréenne, artiste digitale de vingt-cinq ans, vivant à Jinju (province du Gyeongsang du Sud). Dans son blog en anglais et coréen intitulé *Journal du crépuscule* (*Twilight Diary / hwanghon-ui ilgi*), elle racontait dans un style personnel et poétique la manière dont sa ville avait été soumise à un confinement impitoyable mais malheureusement inutile. Interdite de sortie, cloîtrée dans son appartement de vingt mètres carrés situé au trente et unième étage d'une tour d'habitations, elle réalisait des autoportraits éphémères dans la buée de l'unique fenêtre. Elle en prenait des photographies avec un Fuji X100V et elle les retouchait ensuite sur Photoshop en y intégrant des motifs chamaniques propres aux traditions mortuaires coréennes. Les textes accompagnant ses créations étaient des « sijo », poèmes à forme fixe proches du haïku japonais.

Jour
Après Jour
Les rues
Où seule rôde la mort

La pluie
Tombe
Indifférente
Comme un Adieu

Noir
C'est l'œil d'un oiseau
Noir
Ce qu'il reste
Après la fin.

Et puis il y eut un texte plus long :

« Je ne sais pas ce qu'il se passe. L'armée a quitté la ville. Cette nuit j'ai entendu des bruits d'explosions et le ciel est devenu orange de l'autre côté du fleuve. Je me suis dit que c'étaient des incendies. Et puis vers le milieu de la nuit, on a frappé à ma porte, c'était Seo-joon mon voisin, un étudiant en informatique à l'université. On ne s'était jamais parlé jusque-là, il ressemble à Hwang In-yeop de la série True Beauty. *Quand j'ai ouvert, il a fondu en larmes. Il tremblait. Son pantalon de training était déchiré. Ses chaussures étaient pleines de cendres.*

— Ils brûlent les gens. Même ceux qui ne sont pas morts. Ils brûlent les malades ! Ils les rassemblent dans le stade. Des hélicoptères les arrosent d'essence et on leur met le feu ! Je l'ai vu ! Je l'ai vu !

— Ce n'est pas vrai ! je lui ai dit. Ce n'est pas possible ! Au Nord, ils feraient ça mais pas en Corée du Sud !

— Si ! Je l'ai vu. C'est la folie ! Tout le monde est devenu fou !

Après m'avoir dit ça, il est reparti. Le lendemain matin, j'ai été voir comment il allait mais il n'était plus là. À présent, je suis toute seule dans l'immeuble. Ça fait plusieurs jours que les rations alimentaires ne sont plus distribuées. J'ai encore un peu de riz. Après ce sera tout. Je serai comme ces ombres qui sortent la nuit, qui se glissent le long des murs, comme des animaux. Je chercherai dans les poubelles. Je me sens tellement seule. »

Il y avait aussi W@lter#Hirsh, une Néo-Zélandaise non binaire militant pour les droits des minorités de genre. Avant la disparition de Twitter, iel avait près d'un million et demi de followers qu'iel avait gagné.e.s en luttant contre des hordes de TERFS au moment de sa transition homme -> femme. Dans le monde d'avant, iel était aussi à la tête d'un compte Instagram de plus de sept millions d'abonnés (qu'iel avait gagné.e.s au moment où Nicki Minaj et Dwayne Johnson avaient relayé certains de ses postes dans leurs stories). Sur son site intitulé « Documenting the apocalypse », W@lter#Hirsh postait des photos prises au smartphone à Auckland et aux alentours. Les images étaient accompagnées d'un texte minimal : le lieu, l'heure, une brève description de la scène.

Photo d'une rue d'Albany. 07:15 am.

La rue est vide. Sur les trottoirs, devant les portes des immeubles, se trouvent des corps enveloppés dans des sacs en plastique noir. Sur la portion de rue visible, il doit y en avoir une centaine mais comme la rue continue au-delà de l'image, il y en a en réalité beaucoup plus. Sur la droite, au fond de l'image, on distingue un camion-poubelle. Des silhouettes en combinaison blanche et masque à gaz jettent un cadavre dans la benne.

W@lter#Hirsh note: « *Probablement des habitants décédés durant la nuit (?) et déposés là par des proches (?). Ils seront conduits à la fosse commune pour y être incinérés (?).* »

Série de photos d'un centre commercial à Mont Eden. 03:00 PM.

Vue depuis le parking vide. Les grilles des portes d'entrée ont été baissées mais elles ont été défoncées par endroits, peut-être avec des pieds de biche ou alors à l'aide de voitures-béliers.

Vue d'une allée centrale. Il n'y a personne. La plupart des vitrines ont été brisées. Des objets en tout genre jonchent le sol, comme s'ils avaient été abandonnés lors d'une fuite précipitée: des téléviseurs à écran plat, des vêtements, des baskets, des paquets de pâtes et de sucre éventrés. Au fond de l'image, un petit chien blanc au poil frisé, portant autour du cou un collier rouge, pose sur l'objectif un regard effrayé.

Note de W@lter#Hirsh : « *Après un mois de confinement, les pillages sont devenus réguliers. Les forces de l'ordre n'interviennent plus voire participent aux pillages. Le chien était blessé au ventre. Peut-être une morsure d'un autre chien (?). Il m'a suivi.e quelques jours mais il est mort d'infection (?) ou autre chose.* »

Photo d'une avenue de Riverhead. 04:00PM.

Une substance d'un blanc éclatant recouvre tout. Trottoirs et voitures. Des congères de quelques dizaines de centimètres se sont formées contre les façades. On dirait qu'il a neigé.

Note de W@lter#Hirsh : « *Des avions et des hélicoptères ont déversé cette poudre dans tous les centres urbains. Des gens ont dit que c'était de la lessive désinfectante (?). Des oiseaux qui en ont été couverts sont tombés des arbres. Morts. Les gens ont paniqué. La rumeur a circulé que c'était à base de Zyklon B. Des milliers de gens sont partis à pied vers l'intérieur du pays (carburant introuvable, confisqué par l'armée). Aucune idée de ce qu'ils sont devenus.* »

Il y avait aussi le blog de RTNews, tenu par une équipe de journalistes russes. À vrai dire, il s'agissait plutôt d'anciens trolls d'extrême droite qui avaient pourri les réseaux pendant des années. Ils détournaient de vieilles interviews de médecins, d'élus, d'ex-militaires, de soi-disant anciens employés d'agences gouvernementales secrètes ayant décidé de « briser le silence », ils prétendaient « débunker » des photos d'actualité pour mettre au jour de pseudo-mensonges et révéler de « terrifiantes » vérités. Ils parlaient de « fêtes du chaos » organisées par des chefs d'État dans des châteaux de Bavière durant lesquelles on violait des enfants (témoignages d'enfants miraculeusement rescapés, témoignages de domestiques dont la vie était menacée, témoignage d'un naturopathe ayant pratiqué des autopsies indépendantes sur le cadavre d'une fillette de onze ans, mise en évidence de liens occultes entre le président du Crédit Suisse Ulrich Körner et le président de la Commission européenne Salvatore Ricci, photographies de différentes personnalités politiques, journalistiques, sportives et artistiques faisant avec les doigts un geste prouvant leur appartenance à une secte satanique). Ils parlaient d'un mystérieux vaccin développé par les Chinois (sur base du vaccin Sinovac-CoronaVac, ils prétendaient que le Covid avait été une répétition générale savamment orchestrée par la Chine) mais qu'il avait été administré aux seuls membres du Comité central du Parti communiste chinois (deux cents membres) et à deux mille jeunes Chinoises sélectionnées sur base de critères génétiques afin de « repeupler le monde ». Régulièrement, le site était alimenté en nouvelles rumeurs, en nouvelles révélations, en nouvelles preuves, en nouvelles mises en relation d'événements ou de personnes prouvant l'existence d'une énorme machination.

Fred disait que tout ça n'était qu'un ramassis de fake news, Hélène le savait mais elle ne pouvait s'empêcher d'aller visiter le site RTNews, il y avait là-bas quelque chose de rassurant, l'idée d'un complot aussi angoissante soit-elle n'était jamais aussi terrifiante que l'idée selon laquelle tout ce qui se passait n'avait aucun sens. Le complot laissait entendre que derrière le chaos qui s'installait, il y avait un programme, une organisation, un schéma global pouvant être mis en évidence, une planification susceptible d'être démontrée, qu'il y avait des gens aux commandes, que ce qui paraissait être incontrôlable était en réalité subtilement contrôlé, prévu, anticipé depuis longtemps. Quand la petite portion de l'esprit d'Hélène qui croyait au complot prenait le dessus sur son esprit critique, elle se sentait mieux, ça lui faisait comme un Xanax léger, elle imaginait que la destruction du monde n'était qu'une étape intermédiaire avant une réorganisation dans laquelle, peut-être, elle pourrait avoir sa place. Hélas, rapidement la réalité s'imposa à elle : il n'y avait pas de complot, il n'y avait pas de plan, pas d'organisation, il n'y avait qu'un incommensurable bordel, un foutoir qui engloutissait tout ce que les humains avaient construit avec tellement de sérieux et de ténacité depuis des millénaires, à commencer par les structures politiques et l'économie en général.

Un soir, en attendant que le Xanax fasse son effet, Hélène avait pensé à la famille royale anglaise et à sa longue histoire : toutes ces guerres de conquêtes et de successions, toutes ces intrigues, ces mariages arrangés, ces pactes, ces traités de guerre ou d'alliance. Elle avait essayé de visualiser la quantité d'énergie que l'élaboration de la monarchie britannique avait nécessitée : les textes qu'il avait fallu imaginer et écrire, les légendes qu'il avait fallu entretenir, les lois, les règles, les traditions qu'il avait fallu faire accepter à la population, l'usage de la force alternant avec celui de la séduction et de la douceur, tous ces châteaux qu'il avait fallu bâtir, ces renards qu'il avait fallu tuer pendant des chasses à courre qui étaient autant de « team building » pour l'aristocratie, ces matchs de cricket, ces courses de chevaux, cet empire colonial sanglant, cette « étiquette », ces héritiers à former à coups de bâton dans les grandes écoles, ces résidences secondaires construites en détruisant des morceaux de récifs coralliens, ces fortunes colossales édifiées sur de la spoliation et de la rapine... Tout ça avait disparu ou était occupé à disparaître. L'éternité de tous ces accomplissements n'avait été qu'une illusion. Les lois de la thermodynamique gouvernaient aussi bien à l'échelle universelle qu'à l'échelle humaine. L'entropie, l'inéluctable évolution de toute chose vers le désordre, n'oubliait personne.

Jamais.

Nulle part.

Au début, Fred était parvenu à garder le contact avec ses associés, Mohammed et Laura. Mohammed était parti se réfugier dans une propriété qu'il possédait, nichée dans les collines toscanes, un magnifique hameau médiéval restauré à grands frais. Il avait conservé l'ensemble du bâti, quelques maisonnettes, un corps de ferme, une petite chapelle, il avait préservé les façades faites d'énormes pierres du pays mais il avait fait ajouter tout le « confort moderne ». Une isolation parfaite fut installée, un chauffage par le sol pour les mois d'hiver, l'air conditionné pour ne pas étouffer durant les étés caniculaires, des salles de bain luxueuses et tout ce qu'il fallait pour se sentir comme un roitelet régnant sur un domaine fait de collines et de forêts de châtaigniers plusieurs fois centenaires. De son côté, Laura n'avait pas voulu quitter son appartement.

Elle disait qu'elle ne trouvait la sérénité que dans ces soixante mètres carrés, au vingtième étage de cette tour élevée en plein quartier chic pour y loger de jeunes seigneurs de la finance, des enfants gâtés d'industriels régnant sur des empires d'énergie fossile, des vieux rentiers enrichis par la spéculation immobilière. Elle disait que, nichée là-haut, comme un oisillon dans son nid, elle ne risquait rien, qu'elle avait fait quelques provisions, qu'elle était certaine que le gouvernement trouverait rapidement une solution, qu'il fallait juste être un peu patient.

Quelques jours après leur arrivée sur l'île, Fred avait reçu un mail de Laura expliquant que l'armée avait imposé un confinement total. Interdiction de sortir de chez soi. Des provisions étaient distribuées par des hommes en combinaison de protection. Après quelques semaines, Laura écrivit que les provisions étaient de plus en plus maigres et que leur distribution était irrégulière. Puis, un peu plus tard, elle raconta les coupures d'eau et d'électricité. Elle parla des gens rendus à moitié fous par la faim et l'isolement, les jeunes seigneurs, les enfants gâtés, les vieux rentiers avaient perdu le vernis de leur bonne éducation, elle raconta comment leurs manières délicates s'étaient dissoutes dans la peur, comment elle devait se barricader dans son appartement, glissant devant la porte chaises, tables et buffets, comment certains affamés sortaient de chez eux dans l'espoir de trouver quelque chose à manger et comment ils étaient abattus, sans sommation, par les patrouilles de l'armée dont les ordres étaient sans équivoque.

Le dernier message de Laura disait :

« *Plus d'eau depuis une semaine... Plus rien... Je crois que c'est la fin. L.* »

Mohammed cessa brusquement de donner des nouvelles. Fred ne sut jamais ce qui avait pu se passer. Les hypothèses étaient nombreuses mais aucune n'était optimiste. Dans ce contexte, « pas de nouvelle » ne voulait certainement pas dire « bonne nouvelle ».

Hélène était restée en contact avec ses parents durant un mois et demi. Au début, elle avait essayé par tous les moyens de les faire venir sur l'île mais le trafic aérien avait été interrompu au lendemain de leur arrivée, les contrôles étaient brusquement devenus d'une rigueur absolue ; même en essayant de soudoyer des pilotes (Fred avait proposé une somme ahurissante à une compagnie de location de jets privés), ça ne fonctionnait pas, un avion civil surpris à violer l'embargo était purement et simplement abattu. Comme la plupart des gens, les parents d'Hélène avaient choisi de faire ce que le gouvernement leur ordonnait de faire, docilement, convaincus que le civisme et l'obéissance étaient les clés en ces temps troublés. Ils étaient d'abord restés chez eux, plusieurs semaines, dans leur petit pavillon de province, aveuglément confiants en un retour à la normale à moyen terme. Ils étaient nés au vingtième siècle, dans un monde ravagé par une guerre mondiale, ils avaient connu les Golden Sixties, des révolutions culturelles, des crashs financiers, des chocs pétroliers, des canicules, des pandémies, des attentats et ils avaient acquis la certitude que tout finissait toujours par s'arranger. Ils incarnaient à la perfection cette foi absurde en la solidité des institutions et l'éternité de la civilisation humaine.

Plus tard, après un sévère contrôle sanitaire, ils avaient été évacués en autobus vers ce qu'ils appelaient un camp de réfugiés et que l'armée appelait par euphémisme une « zone sanctuarisée » (ou encore « ZPS » pour « Zone de Protection Sanitaire »).

C'est à ce moment qu'elle avait reçu leur dernier message.

Ida et Marco avaient gardé le contact avec leur fille durant un mois et demi, elle avait essayé de fuir les émeutes provoquées par la panique lorsque la maladie avait frappé le Chili. Elle avait tenté de se rendre en Argentine en passant par les Andes. Elle avait écrit (Ida s'était confiée à Hélène) : « *Rester à Santiago, c'est trop dangereux. Il paraît que l'Argentine organise des ponts aériens humanitaires vers les États-Unis.* » Ida et Marco avaient essayé de lui dire que ce n'était qu'une rumeur absurde, qu'il n'y avait pas de pont humanitaire, que les États-Unis étaient probablement dans la même situation désespérée que le reste du monde, ça n'avait servi à rien. Elle était partie. Promettant à ses parents de leur donner des nouvelles dès qu'elle le pourrait. Ils attendirent donc, rongés par une inquiétude dont ils ne parlaient pas, allant consulter régulièrement leur boîte mail, vérifiant via le service iCloud si le téléphone de leur fille était en ligne ou hors ligne.

En vain. Il n'y eut simplement plus rien.

Un soir du deuxième mois, Hélène était à table avec Fred et les enfants. Jeanne, écouteurs sur les oreilles, regardait *Harry Potter et la Chambre des secrets* sur l'iPad en picorant dans son assiette. Alexandre avait l'air sombre. Il ne disait rien, prenant soin de donner à son silence une qualité hostile, soupirant ostensiblement pour attirer l'attention. C'était le genre d'attitude qui avait le don d'agacer Hélène au plus haut point. Quand il était comme ça, elle avait envie de le gifler. Et comme il était comme ça de plus en plus souvent, elle avait envie de le gifler de plus en plus souvent. Elle en avait parlé à Fred, il avait dit que c'était normal, que « pour un adolescent, cette situation était probablement encore plus perturbante que pour les adultes » et qu'il ne fallait pas lui donner trop d'importance quand il « essayait d'attirer l'attention ». Hélène avait serré le manche de son couteau en pensant qu'elle ne voulait pas lui donner de l'importance mais le gifler, le gifler de toutes ses forces, en plein visage. Mais elle n'avait rien dit. Elle n'avait pas l'énergie de discuter. Elle avait ravalé sa rage, elle l'avait fait descendre jusque dans son ventre où elle avait irradié d'une chaleur aussi brûlante qu'une soupière de lave.

Ida était arrivée de la cuisine pour débarrasser la table de la famille, Hélène avait remarqué qu'elle avait une drôle de tête, l'expression de quelqu'un qui a très mal quelque part mais qui ne veut pas le montrer. Au moment où Fred lui avait demandé de lui apporter un café dans le salon, elle avait fondu en larmes. Fred l'avait regardée pleurer, il avait eu l'air surpris, une scène pathétique : Ida debout, des assiettes dans les bras et, posés dessus, les couverts qui faisaient « cling-cling-cling » en rythme avec les hoquets de chagrin, des larmes grosses comme des haricots lui coulant le long des joues.

— Mais enfin Ida, qu'est-ce qui se passe ? avait demandé Hélène qui commençait à en avoir marre de cette soirée avec son fils qui boudait, sa fille qui ne disait rien et son mari qui ne serait jamais jamais jamais – quoi qu'il fasse et aussi riche qu'il soit – aussi sexy qu'Evangelos !

Ida avait essayé de se calmer. Elle avait pris deux grandes inspirations, elle avait essuyé son nez avec sa manche et ça, ça avait dégoûté Hélène pour qui la première qualité des gens de maison devait être une hygiène personnelle impeccable. Comme elle le disait souvent, « si on ne sait pas s'occuper de soi, comment peut-on s'occuper des autres ? ».

— C'est Antonia, avait fini par dire Ida entre deux reniflements, je crois qu'elle est morte. Il paraît que tous ceux qui ont voulu passer la frontière sont morts. L'armée argentine a bombardé pour éviter les contaminations… C'est ce que j'ai lu.

Et Ida s'était remise à pleurer. Son chagrin était comme un éboulement de larmes, les plus petites entraînant les plus grosses. Et les couverts s'étaient remis à s'entrechoquer.

Hélène avait soupiré.

— Oui, Ida, avait-elle dit en parlant sur le ton qu'on utilise pour parler à un petit enfant à qui il faut répéter sans arrêt les mêmes choses, oui, Ida, c'est possible, oui, Ida, ce n'est facile pour personne mais si on devait tous se mettre dans des états pareils, ce serait encore pire. Nous devons tous faire des efforts, vous comprenez ? C'est ce que j'appelle « la bonne éducation de base » ! Alors si vous ne savez pas vous maîtriser un tant soit peu et que vous devez pleurer comme ça, s'il vous plaît, faites-le ailleurs, dans votre salle de bain ou je ne sais pas, parce que là, pitié, c'est pas pour ce genre de spectacle qu'on vous paye !

Ida avait cessé de pleurer. D'un seul coup. Comme un robinet qu'on coupe.

Et elle était devenue blanche comme une nappe.

Elle s'était un peu voûtée, ce qui donna l'impression qu'elle avait vieilli d'un seul coup, sous l'effet d'une malédiction jetée par Hélène.

Et elle avait continué à débarrasser, en silence cette fois.

C'est à ce moment-là que sur l'île, les choses commencèrent à aller de travers. Des années plus tard, il était arrivé à Hélène d'essayer d'établir une chronologie des événements. Après coup, elle se reprochait de ne pas avoir été assez attentive aux détails. Peut-être, se disait-elle, qu'elle n'avait pas voulu les voir, qu'elle avait préféré « être dans le déni », comme si ne rien voir allait permettre que rien ne se produise. Avec le recul, il lui arrivait de penser qu'à sa petite échelle individuelle, elle agissait exactement comme l'humanité avait agi face aux menaces globales : tous les signes de l'imminence du danger étaient là et elle avait préféré regarder ailleurs.

Après cette soirée, Hélène avait senti un changement dans l'attitude d'Ida et Marco. Eux qui avaient été si joyeux, si chaleureux, si cordiaux durant les premières semaines, étaient soudain devenus plus taciturnes. Quand Hélène les croisait, ils disaient à peine bonjour, du bout des lèvres, manifestement à contrecœur. Elle était d'ailleurs certaine qu'ils essayaient de les éviter, Fred et elle. Même avec les enfants, ils étaient moins sympathiques, fini les grandes embrassades du matin, terminé les « bébé, pichoncito, mi amor, mi amorcito, corazón, bombón, bomboncito… » qui fleurissaient au début les paroles d'Ida quand elle parlait à Jeanne ou Alexandre. Un vent froid, coupant, presque hostile, s'était levé et soufflait désormais entre les employés et la famille d'Hélène.

Elle savait que la mort probable de leur fille les affectait. Pour elle, c'étaient des personnes simples et donc émotives. Comme ils avaient du mal à surmonter les épreuves que leur envoyait la vie, ils devaient extérioriser sans retenue tout ce qui leur passait par le cœur, c'était un « fait culturel ». Hélène avait perdu ses parents et tous ses amis mais elle gardait la tête froide. Elle était fière de ce maintien, de sa capacité à souffrir en silence, sans rien montrer, comme une martyre chrétienne chuchotant une prière tandis qu'on lui brûlait les tétons, comme Bernard Tapie, affaibli mais toujours droit, donnant dignement une interview quelques semaines avant sa mort (depuis qu'elle était adolescente, elle admirait Bernard Tapie). Elle avait conclu qu'il lui appartenait de faire le premier pas vers la réconciliation montrant de cette manière que son statut social consistait entre autres à savoir dominer ses émotions, que la maîtrise de soi était un accomplissement culturel mais aussi une nécessité pour la vie en temps de crise.

Un jour où Ida faisait du repassage dans la buanderie, Hélène la rejoignit. Elle avait répété plusieurs fois le scénario dans sa tête : elle saurait trouver les mots pour apaiser le cœur d'Ida qui lui en serait reconnaissante. Elle se sentirait flattée qu'une femme comme Hélène prenne le temps de parler, d'écouter et de pardonner à une femme comme elle et finalement, elle s'approcherait de sa patronne, comme un animal blessé demande une caresse, Hélène la prendrait contre elle, accueillerait ses larmes avec des formules réconfortantes : « Là… Là… Ça va aller à présent… »

C'était comme ça que ça allait se passer.

Dans la buanderie, Hélène s'était approchée d'Ida qui n'avait pas levé les yeux. Hélène s'était préparée à cette attitude, elle dit :

— Écoute, je voulais te dire que j'étais désolée pour ta fille. Je sais que ça doit être très difficile. Il ne se passe pas une journée sans que je pense à mes parents. Ils sont certainement morts. En tout cas, je n'ai pas de nouvelles, alors j'essaye de me faire à cette idée. Et les collègues de Fred. Et nos amis… Avec Fred, avec les enfants, nous essayons de nous habituer à ça… Tu sais, à un moment dans ma vie j'étais dans une situation difficile et je me suis intéressée au principe du « lâcher-prise », il y a différentes étapes : 1. Prendre conscience de la réalité, 2. Accepter la réalité, 3. Respecter son corps – Regarde, tu as pris du poids, je suis certaine que tu manges n'importe comment ! – et enfin, dernier point, le plus important : 4. Symboliser les obstacles ! Visualise ce qui t'empêche d'avancer : un cadenas, des chaînes, un pont brisé ! Qu'est-ce que tu en penses ?

Ida n'avait pas réagi aux paroles d'Hélène, elle avait continué son repassage comme si elle n'avait rien entendu. Hélène serra les dents, elle ne voulait surtout pas se mettre en colère, elle devait rester empathique et chaleureuse, comme le faisait le coach qui venait une fois par an animer un team building dans son entreprise. Elle changea l'angle de la conversation :

— C'est dommage que tu n'aies pas connu ma mère, dit-elle, elle t'aurait certainement adorée.

Elle adorait la culture espagnole. Elle voulait d'ailleurs s'installer en Espagne.

Il n'y eut toujours pas de réaction d'Ida. Hélène réfléchit un moment et elle finit par ajouter :

— La famille, c'est nous à présent ! dit-elle en traçant du doigt un cercle dans les airs, symbolisant à ses yeux une famille inclusive. Notre famille, ce sont les enfants et Fred et moi, mais aussi Marco et toi !

Ida prit un tee-shirt de Fred dans un tas de linge propre. Un Lacoste jaune poussin. Hélène attendit une réponse, elle regardait les bras nus et gras d'Ida, ils avaient l'apparence du poulet fumé. Ida faisait mine de ne pas l'avoir entendue. *Bon sang, comme elle est bornée*, se dit-elle. Elle soupira, agacée, se disant qu'elle avait essayé, qu'à présent la « balle était dans le camp d'Ida » et que si elle voulait continuer comme ça, c'était finalement « tant pis pour elle ».

Elle quitta la pièce.

Un événement survint une dizaine de jours plus tard. C'était l'après-midi, Hélène émergeait mollement de sa sieste. Elle avait pris l'habitude de dormir après le déjeuner. Elle dormait d'ailleurs de plus en plus, peut-être était-ce un effet des Xanax, peut-être était-ce tout simplement pour échapper au mélange d'ennui et de mauvaises nouvelles venues du reste du monde.

Elle s'était levée et en entrant dans les toilettes, elle avait remarqué une trace brunâtre sur la céramique. Ça l'agaça : les consignes données à Ida étaient claires, elle devait passer vérifier l'état des toilettes plusieurs fois par jour pour qu'elles soient toujours impeccables (Hélène avait même souligné le mot « impeccables » sur la feuille où se trouvaient les consignes). En colère, se répétant pour elle-même que ce n'était « tout de même pas sorcier », elle descendit vers le rez-de-chaussée. Elle trouva Ida dans la cuisine, préparant le repas du soir. Ça sentait la grillade, les épices. Hélène reconnut le poulet au citron qu'Ida faisait souvent et que les enfants adoraient.

— Excuse-moi, il y a eu un problème avec les toilettes ?

— Avec les toilettes ? Non, aucun problème.

Ida ne s'était pas retournée. Elle gardait les yeux fixés sur des oignons brunissant dans une poêle.

— Les toilettes sont sales, avait dit Hélène.

— Ah oui ?

— Il faudrait que tu t'en occupes maintenant.

— Maintenant je cuisine, madame.

Hélène avait senti quelque chose d'hostile dans la voix d'Ida, la froideur d'un poisson mort. Elle s'était demandé si elle devait se fâcher, taper du poing sur la table mais elle avait préféré lui opposer un ton ferme et déterminé, celui qu'elle employait avec les jeunes stagiaires, celui qu'elle avait mis au point quand elle était petite avec Bumpy, le cocker de la maison, quand il tirait sur sa laisse pendant la promenade. « Suffit Bumpy ! » disait-elle d'une voix claire.

Et Bumpy ne tirait plus sur sa laisse.

Et les jeunes stagiaires savaient à qui ils avaient affaire.

— Je voudrais que tu fasses ça maintenant ! ordonna-t-elle.

Ida ne répondit pas. Un moment passa durant lequel Hélène se demanda s'il s'agissait d'une espèce de provocation.

— Tu m'as entendue ?

Maintenant elle était énervée, comme si Bumpy avait encore tiré sur sa laisse. Finalement, Ida répondit, presque distraitement :

— Oui. Je ferai ça après.

Hélène sentit que son agacement était brusquement remplacé par de la frustration. En décidant à quel moment les choses devaient être faites ou pas, Ida venait de remettre en cause son autorité. Hélène avait hésité, elle avait été tentée d'ordonner à Ida d'aller récurer « immédiatement ces toilettes dégueulasses », mais quelque chose en elle avait renoncé : quelque chose qui avait peur de se confronter à un refus d'obtempérer qu'elle n'aurait pas su comment gérer. Alors elle sauva la face en jouant la magnanimité.

— Bien. Je compte sur toi.

Plus tard, après le repas, Hélène vérifia l'état des toilettes. Elles étaient immaculées.

Durant les jours qui suivirent, Hélène eut l'impression qu'Ida avait fini par se soumettre à son autorité. Elle n'était pas plus chaleureuse mais le ménage était fait comme il devait l'être et les repas étaient servis. Cependant, un matin, Jeanne vint la réveiller.

— Maman ! Maman !

Hélène avait eu du mal à ouvrir les yeux. Le Xanax mélangé à l'alcool la maintenait fermement enchaînée dans un lieu plus proche de l'inconscience que du sommeil.

— Quoi ?

— Le petit déjeuner n'est pas prêt. On a faim !

En temps normal, Ida se levait tôt, avant les enfants, pour leur préparer un plateau avec les céréales, le lait, les œufs brouillés, les toasts et la confiture (sur la note, Hélène avait précisé que les enfants prenaient un « petit déjeuner continental avec des suppléments protéinés, des œufs par ex. »). Le radio-réveil indiquait huit heures trente. Pourquoi Ida n'avait-elle pas préparé le petit déjeuner des enfants ? Peut-être qu'elle était malade ? Elle n'était jamais malade ! Hélène se tourna vers Fred, il dormait encore. Elle eut envie de le frapper. Même si elle ne comprenait pas pourquoi, elle avait de plus en plus de mal à le supporter. Elle se dit qu'elle allait vraiment devoir travailler là-dessus.

— J'arrive ! dit-elle à Jeanne.

Elle se leva, passa un training et jeta un œil par la fenêtre. Il faisait couvert, un temps d'un gris mat. Ciel gris éclairant une mer grise. Un dégradé fade qui ressemblait à une peinture abstraite. Au-delà du jardin, le vent agitait les branches des buissons secs qui poussaient par groupes de trois ou quatre, on aurait dit des créatures conspirant contre les intrus. Hélène se demanda si, un jour, cette île les mettrait dehors, obéissant aux ordres d'une nature ayant décidé qu'il fallait en finir avec l'humanité. Une angoisse monta en elle, comme une grande marée, mais reflua aussitôt.

Elle avala un Xanax et descendit.

Dans la cuisine, pas de trace d'Ida. Elle n'avait même pas fait la vaisselle de la veille. Des assiettes sales s'empilaient à côté de l'évier et le plat qui avait contenu les lasagnes du dîner traînait au milieu de la table, deux grosses mouches noires allaient et venaient sur ses parois graisseuses.

Hélène sentit que cette fois, c'était assez. Elle se dit que ça faisait trop longtemps qu'elle acceptait le relâchement dans l'attitude d'Ida, le moment était venu de faire une sérieuse mise au point.

— On a faim ! lui lança Jeanne depuis le canapé.

À côté d'elle, Alexandre avait les yeux rivés sur sa Nintendo Switch.

— Je reviens !

Portée par la colère, Hélène sortit pieds nus dans le patio, les dalles ocre étaient encore fraîches de la nuit ; pendant la journée, elles tiédiraient sous l'action du soleil. En quelques pas, elle était devant la porte de l'aile ouest et elle y frappait trois coups sonores.

Rien ne se passa.

Elle frappa encore, plus fort, le poing serré sur la porte en bois. De l'autre côté de la cloison, Jet commença à aboyer.

Au moment où elle se préparait à frapper une nouvelle fois, on lui ouvrit brusquement.

C'était Marco.

Il était torse nu.

Un torse énorme couvert d'une toison dense et grisonnante. Hélène était plus grande que lui mais elle était certaine qu'il aurait pu la briser en deux aussi facilement qu'un os de poulet. Il la regardait sans rien dire, une expression indéchiffrable sur le visage.

Elle garda son sang-froid et dit :

— Où est Ida ? La cuisine est dans un état épouvantable et… Les enfants ont faim, ils attendent leur petit déjeuner !

Tout en parlant, elle regardait par-dessus l'épaule de Marco, vers l'intérieur de l'appartement.

— Ils ne savent pas se débrouiller ? demanda Marco.

— Pardon ?

— À leur âge ? Ils ne savent pas se débrouiller ? Prendre du pain, du beurre, des céréales ? À leur âge, j'allais pêcher seul dans l'océan et…

— Ils savent parfaitement se débrouiller, l'interrompit-elle, mais la question n'est pas là ! Ida est payée pour faire un travail et j'attends que ce travail soit fait en temps et en heure ! C'est aussi simple que ça !

— Elle dort. Elle viendra plus tard, dit Marco.

— Plus tard ? Mais enfin…

Hélène n'eut pas le temps de terminer sa phrase que Marco lui fermait la porte au nez. Elle resta un instant, stupéfaite, décontenancée. Elle remarqua que ses mains tremblaient. Elle s'apprêtait à frapper une nouvelle fois mais elle retint son geste. Ça risquait bien de ne servir à rien, Marco avait l'air totalement indifférent à son autorité.

— C'est typique de la misogynie sud-américaine, ces gens ne supportent pas de recevoir un ordre d'une femme, pensa-t-elle.

Elle fit demi-tour, remonta dans la chambre, Fred dormait encore, bon sang qu'il l'énervait, il était toujours si tranquille, si insupportablement raisonnable, elle eut envie de lui donner un coup de pied mais elle se retint. Elle lui secoua l'épaule. Il grogna. Ouvrit un œil mou.

— Faut que tu viennes parler à Marco !

Fred se redressa et se frotta le visage.

— Quoi ? Pourquoi ?

— Parce qu'ils font une espèce de grève ou je ne sais pas quoi. J'ai essayé de parler à Marco mais il ne m'écoute pas. Il faut que ce soit un homme qui lui parle, c'est culturel !

Fred se leva lentement, soupirant de l'air blasé du général devant régler tous les problèmes de la troupe, même les plus insignifiants. Tandis qu'il enfilait un pantalon et un tee-shirt, il dit :

— C'est pas culturel, il sait que c'est moi le patron et que s'il veut une augmentation, c'est à moi qu'il faut la demander. C'est le syndrome du « développeur junior » qui veut plus d'avantages après un an passé dans la boîte. Je connais ça par cœur.

— Il y a autre chose, dit Hélène.

— Quoi ?

— Pendant que je parlais avec Marco, j'ai pu voir l'intérieur de l'appartement. Sur la table de leur salle à manger, il y avait des bouteilles de vin !

Fred se figea.

— Des bouteilles de vin ? Mais comment ça, des bouteilles de vin ? Ils ne peuvent pas boire d'alcool ! C'est dans leur règlement ! C'était quoi, comme bouteilles de vin ? demanda-t-il en perdant son calme.

— J'en sais rien ! Une étiquette avec un château… Comme toutes les bouteilles de vin.

Hélène suivit son mari qui traversait le patio d'un air martial en direction de l'aile ouest. Il frappa trois grands coups sur la porte et tandis qu'il attendait qu'on vienne lui ouvrir, l'image du torse de Marco surgit dans l'esprit d'Hélène. Fred était un peu sportif, il avait fait du hockey, de la voile et surtout du tennis. Dans le passé, il lui arrivait de jouer deux à trois fois par semaine. Il rentrait trempé de sueur et racontait fièrement à Hélène comment il avait battu untel ou untel ou comment, à cause d'une épaule, d'un coude ou d'un genou douloureux, il n'avait pu « jouer à son meilleur niveau ». Elle avait une certitude, en cas de combat au corps-à-corps contre Marco, elle n'aurait pas parié un sou sur son mari. Il n'aurait jamais la force nécessaire pour avoir le dessus sur ce Chilien élevé entre les tempêtes et les icebergs. Fred ne savait pas se battre. Elle était d'ailleurs convaincue qu'il ne s'était jamais battu de sa vie, même pas une bagarre de cour de récré lorsqu'il était enfant. Marco, par contre – elle en avait l'intuition –, ayant grandi dans le Sud chilien, pauvre et déshérité, avait dû plus d'une fois lutter pour sa survie. Dans son esprit passèrent les images brutales de jeunes enfants en haillons, s'affrontant comme des animaux sauvages jusqu'au sang, pour une épluchure ou une croûte de pain, dans des rues boueuses et misérables.

Marco ouvrit. Il n'était plus torse nu. Il avait passé une chemise manches courtes. Ses avant-bras dépassant du tissu évoquaient les pattes d'une créature maléfique.

— Je pense que nous devons mettre quelques petites choses au point ! dit Fred.

— Ah oui ? fit Marco.

— Ida n'a pas préparé le déjeuner des enfants, ça c'est une première chose !

— Et elle n'a pas fait la vaisselle hier soir et il y a une semaine il y avait des… des traces de… Des traces de matière fécale dans les toilettes ! s'emporta Hélène.

Fred lança un bref coup d'œil à sa femme lui faisant comprendre qu'il avait les choses en main et qu'il fallait le laisser parler.

— Vous pouvez très bien faire ça vous-mêmes. Tout le monde sait faire ça. Sauf si vous souffrez d'un handicap. Vous êtes handicapés ? demanda Marco.

Derrière lui, dans l'appartement, Hélène aperçut la silhouette d'Ida. Elle était en robe de chambre, elle venait manifestement de se réveiller.

— Je ne suis pas handicapé mais vous êtes engagés pour faire un travail et j'attends que vous le fassiez ! D'autre part, je crois que vous avez pris du vin !

— Du vin ?

— Oui… Là, ce sont des bouteilles de vin, non ? dit Fred en indiquant deux bouteilles vides sur la table de la salle à manger.

— Oui. Du vin. Du bon vin. Clos de la Roche. Quelque chose comme ça.

Marco se tourna vers Ida et lui lança :

— Como estuvo el vino ?

— Estaba delicioso ! répondit sa femme.

D'un seul coup, Fred était devenu blanc.

— Je veux voir le carnet ! dit-il d'une voix tremblante de colère.

Hélène comprit qu'il parlait du carnet dans lequel Ida et Marco étaient tenus de noter tout ce qu'ils prenaient dans les réserves.

— Y a plus de carnet, répondit Marco.

— Pardon ?! Mais enfin, comment voulez-vous que je contrôle tout ce que…

— Vous ne pouvez pas.

— Bon, ça ne va pas du tout ! Primo, vous devez faire le travail pour lequel vous êtes payés ! Deuxio, vous devez tenir le carnet ! C'est tout !

Marco s'appuya contre le chambranle de la porte, les bras croisés.

— Sinon ? fit-il avec douceur.

— Sinon ?

— Vous allez faire quoi si Ida ne nettoie plus le caca dans vos toilettes, ne prépare plus vos repas, ne fait plus votre ménage, ne se lève plus le matin pour apporter le petit déjeuner à vos enfants qui ne savent même pas cuire un œuf? Et si moi je vais prendre du vin ou tout ce qui me fera plaisir dans les réserves ? Vous allez faire quoi ?

Fred le pointa d'un doigt menaçant :

— Ce sera retenu sur ton salaire ! J'arrête de te payer tant que le travail n'est pas fait !

Venus de l'intérieur de l'aile ouest, Hélène entendit des bruits de cuisine : de l'eau coulant d'un robinet, le bruit métallique d'une casserole, des couverts que l'on manipule. Ida devait probablement préparer le petit déjeuner. Elle mit de la musique : « La Isla Bonita » de Madonna, dans une version remix.

« Last night I dreamed of San Pedro
Just like I'd never gone, I knew the song
A young girl with eyes like the desert
It all seems like yesterday, not far away... »

Hélène était certaine que c'était de la pure provocation. Une odeur de café emplit l'atmosphère. Marco frotta distraitement la barbe de trois jours qui couvrait son visage de poils aussi durs que de la paille de fer.

— Quel salaire ? demanda-t-il. Je n'ai plus accès au serveur de la banque. Vous savez pourquoi ? Parce qu'elle n'existe plus. Il n'y a plus rien, vous savez. Plus rien du tout. Ni banque, ni argent, ni salaire. Vous le savez, quand même, non ?

Fred changea de ton. Sa voix se fit douce et raisonnable.

— La situation est difficile, c'est vrai. Mais je suis certain que les choses vont s'arranger. Il ne faut pas céder à la panique…

— Je ne panique pas. Il n'y a plus de nouvelles depuis six mois, plus d'avion dans le ciel, plus aucun bateau qui passe à l'horizon, plus rien. Le monde a changé. Vous étiez riches, vous ne l'êtes plus. Nous étions des employés. Nous ne le sommes plus. C'est tout.

Le visage de Fred avait pris la couleur d'un drap de coton sale. Il garda le silence durant des secondes qui semblèrent interminables.

Les paroles de Marco avaient eu un effet étrange sur l'humeur d'Hélène, c'était la première fois que quelqu'un formulait aussi clairement ce qu'elle pensait sans oser l'admettre: la réalité avait changé, définitivement, il n'y aurait aucun retour en arrière, l'adaptation était le seul choix possible. Elle comprit que l'angoisse qui la rongeait depuis plusieurs semaines venait de son refus obstiné de voir les choses telles qu'elles étaient. Elle se sentit brusquement emplie d'une énergie nouvelle. Tout était clair à présent.

— Très bien, dit-elle à Marco, comment est-ce qu'on s'organise, alors?

Fred la regarda. Il était au bord de la panique.

— Mais enfin, attends, tu ne vas quand même pas…

— Tais-toi ! Marco a raison. Ce ne sont plus nos employés, nous ne sommes plus des patrons, c'est absurde de continuer comme ça ! Il faut qu'on réfléchisse ensemble à une nouvelle façon de fonctionner.

Marco avait hoché la tête.

— Vous voulez entrer un moment ?

Hélène et Fred étaient entrés dans l'aile ouest. L'endroit était petit, bien entretenu (derrière l'odeur du café planait une odeur d'eau de javel) et décoré de quelques souvenirs de leur vie passée : une poterie en terre cuite dans laquelle se trouvait un bouquet de fleurs séchées, un grand coquillage, une bouteille en verre remplie de sable dont les différentes couches figuraient un paysage, la photographie encadrée d'une jeune femme souriante au bord de l'océan. Ida les salua, apparemment un peu surprise de les voir chez elle pour la première fois. D'un geste de la tête, Marco lui fit signe que tout allait bien. Elle fit quelques pas vers la cuisine et revint avec un plateau chargé d'une cafetière et de quatre tasses. Fred semblait à deux doigts de vomir.

— Comment vous voyez ça ? demanda Hélène.

Marco se servit une tasse de café. Hélène l'imita. Elle but une gorgée. Il était aussi fort qu'un coup de bâton.

— On est égaux. C'est comme ça que je le vois, fit Marco, nous on reste ici, dans notre appartement, on n'a besoin de rien d'autre. Les enfants sont les bienvenus quand ils veulent promener le chien ou pour autre chose. On les aime bien…

— Très bien, approuva Hélène, et pour le ménage et… la cuisine ?

— Vous vous occupez de votre ménage et de votre cuisine. Pour les parties communes : le patio, l'entretien technique, tout ça, je veux bien continuer. De toute façon, il ne sait pas comment faire, dit-il en désignant du menton Fred, ratatiné sur sa chaise. Et vous non plus, vous ne savez pas, conclut-il.

— C'est vrai, admit Hélène, je ne sais pas du tout m'occuper de l'hydrolienne ou de l'éolienne… Ni de rien. Peut-être que vous pourriez me montrer parce que j'aimerais apprendre.

— Je vous montrerai, dit Marco.

— Merci. Vous voulez ajouter quelque chose ? fit Hélène en buvant une nouvelle gorgée de café.

Ida les rejoignit à table. C'est elle qui répondit :

— Les réserves : on peut y prendre ce qu'on veut. Ce sont des réserves communes à présent.

Fred frappa soudain la table du plat de la main.

— C’est hors de question ! explosa-t-il. Et puis quoi encore ! Ce sont mes réserves ! Pour moi et ma famille ! Tout ce qui s’y trouve, c’est moi qui l’ai payé ! Avec mon argent ! Que j’ai gagné avec mon travail ! Je veux reprendre le système du carnet ! Vous devez noter dedans TOUT ce que vous prenez ! TOUT ! Et vous ne prenez pas les produits de luxe ! Ni mon vin ! Sinon quoi, vous allez vous faire des petits déjeuners au caviar ? De toute façon vous n’y connaissez rien !

— On peut y prendre ce qu’on veut. Pas de carnet. Pas de contrôle, dit Ida. On n’est pas des sauvages.

— JAMAIS ! hurla Fred hors de lui. JAMAIS ! SI VOUS FAITES ÇA, JE…

Il hésita, sa lèvre supérieure fut prise d’un léger tremblement. Pendant une seconde, Hélène eut la certitude qu’il allait se désintégrer, comme un oiseau abattu en plein vol par du gros calibre mais il ne se passa rien et Ida répéta :

— On peut prendre ce qu’on veut.

— D’accord, répondit Hélène. Ce que vous voulez, ce sont aussi vos réserves, c’est tout ?

— Il y a encore quelque chose, dit Marco.

Hélène le regarda.

— Quoi donc ?

— Plus de jacuzzi le soir.

Fred sembla rétrécir sur sa chaise mais il ne dit rien.

— Très bien, lâcha Hélène, on va faire comme ça.

Fred

Durant toute la matinée qui suivit la « mise au point » avec Marco et Ida, Fred resta dans la chambre. Prostré. Groggy. Avec l'impression douloureuse que sa dignité avait fait une chute dans les escaliers. Il se sentait malade : des douleurs aux intestins, une migraine entêtante, il avait froid malgré les vingt-deux degrés et une couverture, c'était comme s'il avait du mal à digérer quelque chose. Pourtant, il n'avait rien mangé depuis la veille. Il essaya de regarder un film : il lança *Top Gun* mais il ne s'intéressa ni aux avions de chasse ni à la formation des jeunes pilotes, il lança *Coup de foudre à Notting Hill* mais il trouva que Hugh Grant et Julia Roberts étaient insupportables (en plus, Hugh Grant avait l'air sale), il lança *Le Seigneur des anneaux: Les Deux Tours* mais c'était aussi ennuyeux qu'incompréhensible, en plus les effets spéciaux avaient mal vieilli.

Il finit par couper la télévision et le silence se fit dans la chambre. Venues du rez-de-chaussée, il entendait sans les comprendre les voix de ses enfants. Dans la cuisine il devinait les allées et venues, des bruits de casserole et de couverts lui parvenaient, sans doute Hélène essayait-elle de préparer quelque chose à manger. Il se demanda ce qu'elle pouvait bien faire, ça faisait des années qu'elle n'avait pas cuisiné. Quand il l'avait rencontrée, elle savait cuire des pâtes, mais c'était tout. Durant ses études, quand elle vivait dans un petit appartement loué par ses parents, elle se faisait livrer par Uber Eats ou bien elle allait dans les gargotes du quartier. Et quand ils s'étaient mis ensemble, comme il ne cuisinait pas non plus, ils avaient continué comme ça: livraison ou restaurant. Parfois, après la naissance des enfants, la nounou préparait quelque chose à manger pour tout le monde, c'était l'unique occasion où la cuisine servait à quelque chose.

À travers la fenêtre entrouverte, il pouvait entendre la rumeur de l'océan, un souffle permanent dans la gamme des médiums / haut médiums, un son complexe formé de celui des millions de vagues apparaissant et disparaissant à chaque instant. La plupart du temps, c'était un bruit qu'il n'entendait pas mais parfois, sans que Fred sache pourquoi, ce son prenait toute la place dans son univers auditif et il n'entendait plus que ça. Le grondement de l'océan devenait alors douloureux, angoissant. Il se sentait comme ces prisonniers de Guantánamo à qui l'armée américaine faisait subir de la torture sonore, cela lui donnait l'impression que toute sa matière cérébrale entrait en résonance avec les fréquences de la houle, qu'elle en perdait sa solidité, qu'elle se liquéfiait, qu'il devenait fou.

Il se leva et ferma la fenêtre. Le bruit se tut. Le triple vitrage qu'il avait fait installer assurait une isolation phonique de classe 5. Un avion-cargo aurait pu atterrir à vingt mètres, il n'aurait perçu qu'une légère vibration. Le calme l'apaisa. Une odeur de cuisine monta jusqu'à la chambre et lui donna faim.

Il se leva, passa son visage à l'eau fraîche, enfila un jean propre et une chemise bleu clair. À son poignet, il glissa sa Rolex Yacht-Master. Il voulait avoir l'air digne, fort et sérieux.

Il descendit.

Les enfants étaient à table, devant des barquettes de lasagnes qu'Hélène avait réchauffées au micro-ondes. Il y avait de la vaisselle dans l'évier, l'emballage plastique des lasagnes traînait sur le plan de travail. Juste à côté, dans un bol, des céréales au chocolat flottaient dans un fond de lait. Des mouches, rentrées Dieu sait comment, bourdonnaient autour des assiettes sales. Fred se tourna vers ses enfants :

— Bon, ça ne va pas aller comme ça !

Ils le regardèrent sans comprendre. Il chercha la meilleure façon de présenter les choses et finit par dire :

— Avec votre mère, nous avons décidé de vous responsabiliser ! Nous croyons que ce n'est pas très bon pour vous de ne participer à rien et nous avons demandé à Ida et Marco de ne plus s'occuper de la maison ou de la cuisine. À présent, c'est à nous de le faire et chacun doit y mettre du sien. Débarrasser la table, mettre les assiettes au lave-vaisselle, donner un coup de main pour le ménage… C'est comme ça que ça va se passer maintenant !

Jeanne trempa un bout de pain dans la sauce tomate et l'avala.

— Maman a dit que c'était Ida et Marco qui avaient décidé de ne plus travailler pour nous. Parce que l'argent ne les intéressait plus.

Il serra les poings : mais pourquoi Hélène avait-elle parlé aux enfants ? Pourquoi avait-elle présenté les choses sous un angle aussi humiliant pour lui ? se demanda-t-il. Il toucha distraitement l'or gris de sa Rolex comme pour y chercher l'assurance qui lui manquait.

— Ce n'est pas exactement ce qui s'est passé. Ce qui s'est passé, c'est que j'ai mis les choses au point avec Ida et Marco. Ce sont des choses qu'un patron doit faire avec ses employés.

— Si l'argent n'existe plus, est-ce que ça veut dire qu'on est pauvres ? demanda Jeanne.

— L'argent existe toujours ! L'argent a toujours existé ! Mais pour le moment, la situation est compliquée alors on est mobile, on est flexible. L'adaptation, c'est la clé, vous comprenez ?

Alexandre se leva, il s'essuya la bouche du revers de la main :

— Ce que je comprends, c'est qu'on va devoir tout cuisiner nous-mêmes et que ça va être dégueulasse !

Et il monta vers sa chambre sans débarrasser son assiette.

Cette nuit-là, Fred dormit mal. La soirée avait été particulièrement sinistre. Personne ne disait rien : les enfants sur leur tablette, Hélène sur la sienne. Il avait réchauffé une moussaka dans le micro-ondes. Le plat avait l'apparence d'une flaque de boue recouverte de sable jaunâtre. Alors que les enfants se plaignaient du goût de « pourri », il avait fait semblant d'aimer. Plus tard, seul dans la cuisine, il avait rempli le lave-vaisselle et passé une bonne demi-heure à chercher le détergent en poudre.

Quand il était monté, il avait trouvé Hélène allongée les yeux clos. Il était certain qu'elle faisait semblant de dormir. Il avait regardé son visage dans le miroir de la salle de bain, le visage d'un minable, d'un loser, d'un pauvre mec que personne ne respecte, d'un type qui n'a d'autorité sur rien. Il avait trouvé une ressemblance entre son visage et celui de sa mère, après que son esprit fracassé par l'AVC lui eut collé sur la face une expression de tristesse et de dégoût. Il n'était plus le fils brillant, l'ingénieur ultra-performant, le chef d'entreprise visionnaire, le millionnaire victorieux, le chef de famille respecté, il n'était plus rien. Sa fortune n'avait plus de sens, ses employés ne voulaient plus travailler pour lui, ses enfants ne le respectaient pas et sa femme faisait semblant de dormir quand il arrivait dans la chambre.

Finalement, il s'était couché. À la respiration régulière d'Hélène, il avait compris que cette fois elle dormait pour de bon.

Il se tourna dans un sens et puis dans un autre, incapable de trouver une position confortable. Avec la couverture, il avait trop chaud et sans elle trop froid.

Il attendit le sommeil mais le sommeil ne venait pas.

Des idées sans signification, des impressions sans objet apparaissaient et disparaissaient dans son esprit, ne se fixant pas, comme si une entité supérieure jouait avec la télécommande de sa conscience. Peut-être s'endormit-il, en tout cas, pendant un moment il fut à la lisière de ses rêves, son esprit désincarné flottant dans les émanations amères de son subconscient.

Soudain, venu du rez-de-chaussée, il y eut un bruit.

Fred ouvrit les yeux.

De nouveau un bruit.

Une sorte de frottement.

Il se redressa.

Quand on passe du temps dans une maison, on finit par connaître les sons qui lui sont propres : l'aération, la chaudière, un appareil électroménager, une charpente qui grince, un courant d'air dans un volet… Ici, il s'agissait d'un bruit différent. C'étaient des pas.

Le radio-réveil indiquait une heure du matin.

Il se demanda ce qu'il devait faire et puis il se souvint qu'il était le chef de famille et qu'il lui appartenait de protéger les siens.

C'est en protégeant les siens qu'on obtient leur respect.

C'est en protégeant les siens qu'on assoit son autorité.

Voilà ce qu'il comprenait brusquement, ses yeux ouverts sur l'obscurité de la chambre.

Il se leva, enfila son jean qui traînait au pied du lit et ouvrit la porte de la chambre.

Dans le couloir, il faisait presque complètement sombre, quelques photons se frayaient un chemin depuis le ciel nocturne, passaient à travers la fenêtre et donnaient à toute chose l'apparence d'une esquisse.

Il marcha prudemment jusqu'aux chambres des enfants, Alexandre dormait, Jeanne aussi. Ce n'était donc pas l'un d'entre eux qui se trouvait en bas.

Il ne pouvait donc s'agir que d'Ida ou Marco. Évidemment. Mais pourquoi venaient-ils en pleine nuit ? Les réserves étaient accessibles depuis le patio ! S'ils avaient voulu se servir dans SON caviar ou lui prendre SON vin, ils ne seraient pas passés par la maison.

Ils étaient là pour autre chose !

Certainement pour voler.

Un ordinateur ? Une tablette ?

Ou pour saboter quelque chose, une sorte de vengeance d'employés… Il avait déjà entendu ce genre d'histoire.

Il s'engagea prudemment dans l'escalier, faisant défiler dans son esprit la manière dont il se mettrait en colère, comment Ida et Marco seraient honteux d'être surpris à s'introduire chez lui. Comment ils s'excuseraient ! Comment, en guise de réparation, ils proposeraient de revenir à son service ! Comment il leur pardonnerait, magnanime. Comment sa famille l'admirerait pour cet extraordinaire retournement de situation.

Il arriva au bas des escaliers. Le salon était plongé dans une pénombre lui donnant l'air de sortir d'un rêve en noir et blanc. Il n'y avait personne, les portes-fenêtres étaient closes, la porte d'entrée était fermée. Il se rendit jusqu'à la salle à manger puis dans la cuisine. Rien. Juste le ronronnement discret du lave-vaisselle qui terminait son cycle.

Il retint sa respiration, se concentra pour essayer d'entendre une nouvelle fois le bruit suspect.

En vain.

Tout était parfaitement calme.

Il attendit un moment, par la fenêtre, il regarda de l'autre côté du patio, la porte de l'aile ouest. Elle était fermée. Les lumières étaient éteintes.

Il remonta.

De retour dans la chambre, Hélène dormait toujours. Il lui envia ce sommeil.

— Ce sont ces trucs qu'elle prend, pensa-t-il.

Et sans qu'il comprenne comment, il prit un Xanax dans l'armoire à pharmacie de la salle de bain et l'avala avec un verre d'eau.

Le sommeil l'engloutit comme l'aurait fait une bouche, tiède, humide et molle. À son réveil, incapable de se souvenir du moindre rêve, il eut le sentiment d'avoir été plus inconscient qu'endormi. Il éprouvait quelque chose d'étrange, un état d'esprit inhabituel, comme si ses émotions s'étaient légèrement décollées de la surface de la réalité. Cela donnait au monde l'apparence d'un spectacle auquel il assistait sans vraiment s'y intéresser. Autour de lui, tout semblait avoir été recouvert d'un ennui vaporeux, aussi diffus qu'une couche de talc, c'était agréable. Il se demanda comment il avait pu, les jours précédents, prendre à ce point les événements à cœur. Le monde avait disparu. C'était ainsi. À l'échelle universelle, c'était un détail sans importance. Dans quelques millions d'années, à la faveur d'un hasard de l'évolution, une autre espèce vivante accéderait sans doute à la conscience, la conscience lui donnerait l'intelligence et l'intelligence la maîtrise technologique, comme cela avait été le cas pour les humains. Quelle espèce cela serait, nul ne pouvait le savoir. Les chats ? Les chiens ? Les mouches ? Une civilisation de rats : bâtissant les mêmes royaumes, s'affrontant dans les mêmes guerres, s'inventant les mêmes dieux, écrivant les mêmes légendes, aimant de la même façon leurs petits, jalousant identiquement leurs contemporains, croyant de la même manière que leur vie et leur règne sur terre étaient uniques et éternels, ils finiraient dans la même apocalypse. Sur cette planète, ce serait comme ça pour toujours : des espèces intelligentes apparaissant et disparaissant les unes après les autres, dans une ronde de millénaires, jusqu'à ce que le soleil, ayant épuisé ses cycles de fusion de l'hydrogène, se transforme en une « géante rouge » et qu'alors toute vie disparaisse définitivement à la surface d'un monde devenu un rocher glacial et radioactif.

Fred aima son nouvel état d'esprit, il estima qu'il ressemblait plus à de la sagesse qu'à de la résignation. Pendant un instant, il se vit comme un vieux yogi, maigre et barbu, méditant en silence au pied d'un arbre, les chakras ouverts à tous vents, se nourrissant de sa paix intérieure comme d'autres se nourrissent de pain beurré, observant le monde sans joie ni peine. Ne désirant rien, n'attendant rien, ses jours formant un continuum aussi rectiligne que l'horizon et aussi paisible que le vide spatial.

Ida et Marco ne voulaient plus travailler ? Pas de problème.

Ida et Marco s'introduisaient chez lui, la nuit, pour le voler ? Qu'ils volent.

Fred se doutait que cette modification de son humeur était due au Xanax pris la veille. Ça ne lui posait pas de problème. La sagesse pouvait venir d'années d'exercices spirituels ou de l'action d'un composé psychoactif, c'était toujours de la sagesse.

Il hésita à prendre un nouveau cachet mais il renonça. Avec un peu de chance, un seul lui suffirait pour la journée. Ou pour la semaine. Peut-être la chimie de son esprit avait-elle été modifiée définitivement et il serait alors comme ça pour toujours ?

Ce serait parfait, pensa-t-il.

C'était le milieu de l'après-midi, il avait dormi une quinzaine d'heures. À travers la fenêtre, le soleil était déjà haut. Des oiseaux marins dont il ne connaissait pas le nom se laissaient porter par des vents ascendants et flottaient, en suspension, comme punaisés sur le bleu du ciel.

Il descendit.

Il n'y avait personne. Sans doute Hélène et les enfants étaient-ils partis se promener avec Jet.

Des restes de repas traînaient sur la table de la salle à manger. La vaisselle n'était pas faite. Des plats préparés à moitié décongelés se trouvaient sur le plan de travail de la cuisine. Le salon dégageait une impression de saleté, il aurait été incapable d'expliquer pourquoi, peut-être la poussière sur la table basse, le plancher qui n'avait pas l'air aussi net qu'il aurait dû.

Il lui semblait qu'une énergie sans limite circulait dans son corps. Il aurait pu sculpter une montagne à mains nues. Il avait envie d'agir et il se mit à l'ouvrage. Il débarrassa la table et le plan de travail, il vida le lave-vaisselle, le remplit avec les verres, les couverts, les assiettes sales et lança le programme intensif parce qu'il voulait que tout soit à l'image de son esprit : parfaitement propre. Il se mit à la recherche des produits de nettoyage, les trouva derrière une porte qu'il n'avait jamais ouverte : des produits pour les sols carrelés, pour les plaques à induction, pour l'inox, pour la pierre naturelle, des huiles pour le plancher, des crèmes pour les toilettes et d'autres pour l'acrylique des baignoires ou des douches, des liquides pour les fenêtres, pour l'intérieur du four, pour l'extérieur du four, pour les meubles de jardin, des gels détartrants, des gels dégraissants, des gels antimoisissures, des mousses anticalcaires, des cires en spray, des cires en pâte, des nettoyants pour tapis, des désodorisants pour paillassons et toute une collection d'éponges, de lingettes, de lavettes, de serpillères, de goupillons. Sur les flacons, il lisait : « *double action* », « *triple action* », « *surbrillant* », « *secret authentique de lavande* », « *flash propreté fleurs de cerisier* », c'était la poésie sublime de l'hygiène.

Il voulait être systématique : il sortit tous les produits de nettoyage, les aligna et élabora une stratégie. Il commença par ranger tout ce qui pouvait l'être, ensuite il passa l'aspirateur. Puis il lava les planchers, les carrelages, le plan de travail. Ensuite, il passa aux salles de bain et enfin aux toilettes dans lesquelles il s'acharna longtemps dans l'espoir d'obtenir un émail

« plus blanc que blanc ». C'était fatigant mais extrêmement satisfaisant. Après quatre heures de travail, il avait mal au dos et aux épaules, l'arrière de son tee-shirt était marqué d'une auréole de transpiration mais le rez-de-chaussée, tel un bijou royal, brillait de mille feux et les salles de bain paraissaient des perles de nacre posées dans leur écrin de soie.

Fred se doucha longuement, passa un pantalon en lin écru, une chemise en coton bleu ciel et des tennis Superga d'un blanc immaculé. Ensuite, propre dans ses vêtements propres dans sa chambre propre, il se regarda dans le miroir et se trouva une belle allure.

Cependant, il sentit le poinçon de la nostalgie lui percer le cœur : dans le monde d'avant, il serait sorti de chez lui pour aller travailler. Au bureau, le voyant arriver, si propre, si canon, si riche, si dynamique, quadragénaire victorieux paraissant la moitié de son âge, les employés auraient été pétris d'admiration pour leur patron et cette admiration qu'il aurait feint de ne pas remarquer aurait été son miel.

À quoi tout cela pouvait-il rimer aujourd'hui ?

À quoi cela servait-il d'être beau et bien conservé quand personne n'était là pour le voir ?

À quoi bon son talent et son intelligence quand le champ d'exercice de ce talent et de cette intelligence avait disparu ?

Il se sentit soudainement déprimé, comme si toute son énergie quittait son corps pour s'évaporer dans l'atmosphère. Ce fut si brusque, à la manière d'une dépressurisation de cabine de pilotage, que des larmes lui montèrent aux yeux.

Sans qu'il comprenne comment il était arrivé là, il se trouva dans la salle de bain, devant l'armoire à pharmacie, et il avalait un Xanax.

Il descendit, s'assit dans le fauteuil du salon, lança le vingt et unième concerto de Mozart sur la chaîne hifi et ferma les yeux.

Cela n'agit pas immédiatement mais, sur le second mouvement, l'andante, il sentit qu'au fond de lui la tristesse se dissolvait. C'était une sensation fascinante, des petites bulles d'émotions négatives éclataient en lui, relâchaient leur gaz toxique qui était aspiré dans un trou noir, au-delà de l'horizon des événements, « plop », disparu le chagrin, « plop », disparue l'amertume, « plop », disparues la peine, la nostalgie et l'aigreur, « plop, plop, plop ».

Hélène et les enfants revinrent en fin de journée, les mines fraîches et roses. Ils rentrèrent à toute volée, les semelles crasseuses d'avoir pataugé dans le sable trempé. Alexandre enleva son sweat et le jeta à côté de la porte. Hélène alla se laver les mains dans la cuisine sans même ôter ses chaussures de marche.

— Regarde ce qu'on a trouvé sur la plage ! s'exclama Jeanne.

Elle traînait derrière elle une masse sombre. Et comme Fred regardait sans comprendre, elle continua :

— C'est un tapis ! On a trouvé un tapis coincé entre les rochers !

Depuis la cuisine, Hélène précisa :

— C'est un kilim ! Il est beau, non ? Regarde ces motifs ! On va le laver dans la baignoire, il retrouvera ses couleurs ! Je me demande comment il est arrivé jusqu'ici…

Et tandis qu'elle parlait, Jeanne allait et venait, traînant derrière elle le kilim trempé et crasseux. Une fureur inattendue déchira en deux l'esprit de Fred :

— NON MAIS PUTAIN VOUS VOYEZ PAS QUE VOUS ÊTES OCCUPÉS À TOUT SALOPER, BORDEL ! J'AI PASSÉ L'APRÈS-MIDI À NETTOYER ET VOUS RENTREZ ICI COMME DES POUILLEUX, VOUS FAITES VRAIMENT CHIER !

Hélène et les enfants se figèrent comme s'ils avaient été frappés par la foudre. Fred respira, essaya de retrouver son calme.

— Je veux dire que l'ordre et la propreté de la maison dépendent de nous. L'ordre et la propreté, c'est là que commence la civilisation. Il faut prendre soin de la maison et il faut prendre soin de soi ! Même s'il n'y a plus que nous. Vous ne voulez quand même pas que les derniers humains du monde vivent dans le désordre et la saleté ? Qu'ils ne se brossent plus les dents, qu'ils ne prennent plus de douche ! C'est une question de respect pour tous ceux qui sont morts !

Jeanne serra contre elle un coin du kilim. Elle n'était pas très grande pour ses douze ans, si menue qu'elle paraissait encore une petite fille. Ses longs cheveux noirs qu'elle refusait de couper depuis leur arrivée sur l'île lui tombaient devant les yeux, lui donnant l'air d'une créature sylvestre sortie d'un conte nordique. Elle était si énigmatique que, parfois, Fred avait l'impression qu'elle n'appartenait pas vraiment à ce plan de la réalité.

— Mais non, on n'est pas les derniers… On va rentrer à la maison quand il n'y aura plus de problème ! dit Jeanne.

Fred avait totalement retrouvé ses esprits. Il voyait plus clair que jamais, après avoir nettoyé toute la maison, il ne voulait plus de mensonges. Plus de faux espoirs. Juste la vérité cristalline, rincée du calcaire de l'hypocrisie.

— Non, ma chérie, nous ne rentrerons jamais à la maison parce que la maison n'existe plus. Enfin, peut-être qu'elle existe en tant qu'objet mais elle est inaccessible, le monde qui l'entoure a disparu. Les rues dans lesquelles tu te promenais sont aujourd'hui jonchées de cadavres en décomposition. Un virus extrêmement mortel se trouve dans l'eau et dans l'air, sans compter que les radiations des différentes explosions nucléaires ont dû rendre la majeure partie du monde inhabitable pour des millénaires. Tes amis sont morts, ton institutrice est morte, papy et mamy sont morts. Peut-être que Walter, le rat que vous aviez en classe, a survécu parce que les rats sont beaucoup plus résistants que les humains mais j'espère que quelqu'un aura pensé à le sortir de sa cage avant l'effondrement parce que sinon, il est possible qu'il soit mort de faim.

Jeanne serra plus fort le coin du kilim, comme si ce fragment du monde d'avant était un tout dernier espoir qu'il ne fallait abandonner à aucun prix. Sa bouche s'affaissa, tremblante, elle avait pâli, la blancheur de son teint se confondait avec celle du marbre du plan de travail. Elle se mit à pleurer. Des sanglots poignants qui semblaient sortis d'un drame antique. En un instant, des larmes lui trempèrent le visage comme l'aurait fait une averse de mousson.

— Ce n'est pas si terrible, s'agaça Fred, à l'échelle cosmique, la Terre n'est qu'un grain de poussière. À des millions d'années-lumière, il existe certainement d'autres mondes où tout se passe bien !

Jeanne lâcha le kilim et courut dans sa chambre en criant :

— Tu mens ! Tu mens !!!!!

Hélène se tourna vers lui :

— Mais enfin ! Tu es complètement fou de lui dire ça comme ça !

— Comment veux-tu lui dire ? Tu comptais attendre combien de temps ? Maintenant au moins les choses sont claires. La vérité c'est comme un sparadrap qu'on arrache, il vaut mieux faire ça d'un seul coup, ça fait moins mal !

Hélène le regarda avec consternation :

— Mais elle a douze ans ! Qu'est-ce que tu as ? Qu'est-ce qu'il t'arrive ? Tu es… si froid !

— J'accepte la situation. C'est tout.

Elle leva les yeux au ciel.

— Bon sang, Fred !

Elle chercha quelque chose à ajouter mais ne trouva rien. Elle soupira et quitta le salon. Fred entendit ses pas dans le couloir des enfants. Elle rejoignait Jeanne dans sa chambre.

À ce moment, il remarqua le regard d'Alexandre posé sur lui. À quatorze ans, il ressemblait de moins en moins à un enfant et de plus en plus à un homme. Son visage avait perdu sa rondeur et à présent il avait la même taille que sa mère. Il ne faisait aucun doute que dans les années à venir, son fils serait plus grand que lui. Son ossature massive laissait supposer qu'il serait également plus fort.

— Moi, je le savais qu'on serait ici pour toujours, dit-il calmement à son père.

Quelque chose de menaçant dans le ton et les yeux de son fils déplut à Fred. Alexandre continua :

— Mais qui va commander ?

— Comment ça « qui va commander » ?

— Au début, c'était toi qui commandais. Aujourd'hui c'est Marco, parce qu'il est le plus fort. Mais dans dix ou vingt ans ? Quand tu seras vieux et Marco aussi, c'est moi qui serai le plus fort, c'est logique.

— Ce n'est absolument pas Marco qui commande !

— Bien sûr que si.

Alexandre ne lui laissa pas le temps de répondre. À son tour, il gagna l'étage. Fred entendit tourner la clé de sa porte. Son fils s'était enfermé dans sa chambre.

Il resta seul dans le salon.

Dehors, la lumière du jour avait baissé, l'obscurité serait bientôt là. Il regarda le sol couvert des traces laissées par les chaussures sales, le kilim crasseux traînait en boule dans la cuisine. Comme il commençait à avoir faim, il se demanda s'il devait préparer à manger pour toute la famille.

— Qu'ils se débrouillent, pensa-t-il.

Il mangea seul, une pizza Casa di Mama Quattro Formaggi de la marque Dr. Oetker. Il se souvint de son cours d'histoire du marketing dans lequel son professeur avait pris cette marque en exemple : la manière dont Rudolf-August Oetker était parvenu à faire oublier qu'il avait été membre des Waffen-ss, officier dans le camp de concentration de Dachau, pour s'imposer en quelques années comme le patron d'un des plus importants groupes industriels allemands.

Fred pensa que l'histoire humaine ne se souciait vraiment jamais de morale. Sinon, pourquoi était-il vivant ? Il était intelligent sans être un génie, il n'était pas très méritant, il n'avait jamais sauvé la vie de personne, il n'avait pas créé d'œuvre d'art bouleversante, il n'était pas très cultivé, il n'avait pas le profil de celui qui aurait pu être l'élu d'une force transcendante.

Il n'avait pas de mission, pas de rôle à jouer, pas de destinée, il n'avait rien à accomplir.

Il était un pur accident.

Il avait simplement eu de la chance.

Il ouvrit une bouteille de vin, se servit un verre, puis un autre. Bientôt, elle fut à moitié vide. Légèrement ivre, il s'étonna de ressentir aussi peu de chose. Normalement, lorsqu'il était confronté à ce genre de tension familiale, des reproches, des pleurs, il pouvait ruminer longtemps mais ce soir, il y était indifférent. Il se demanda pourquoi il avait parlé aussi durement à Jeanne. Hélène avait raison, ça ne lui ressemblait pas. Les Xanax travaillaient certainement son humeur, ça le rendait instable : tantôt irritable, tantôt flegmatique.

— Je vais arrêter avec ça, conclut-il en avalant d'un trait le fond de son verre.

Fier de sa décision, il enfila ses chaussures et sa veste. Il n'était pas sorti de la journée, il avait besoin d'air. Il avait envie de marcher et puis quelque chose l'attirait à l'idée d'être seul dans l'obscurité, l'intuition qu'il y avait, cachée dans la nuit, la source d'une sagesse fondamentale qui lui apporterait des réponses.

Dehors il régnait une fraîcheur humide et odorante, le parfum iodé de l'océan, l'acidité minérale venue du socle de l'île, la douceur faisandée de la terre au fond de laquelle se décomposaient les matières organiques. C'étaient des parfums de sucre, de chlorophylle et de phéromones.

Le parfum du jus de la vie.

Il aimait cette odeur.

Il passa devant la porte close de l'aile ouest. Il se demanda ce que faisaient Ida et Marco, à quoi pouvaient-ils bien penser à présent qu'ils avaient obtenu ce qu'ils voulaient ? Avaient-ils fêté cela en se préparant un repas de luxe arrosé de vin millésimé ? Peut-être n'avaient-ils rien fait de particulier, ils étaient si sombres ces derniers temps.

Avaient-ils fait l'amour ? Faisaient-ils encore ça, à leur âge ? Le désir était-il encore présent malgré le poids du deuil de leur fille ? Comment allaient-ils occuper leurs journées à présent ? Il les côtoyait depuis des mois mais il les connaissait si mal !

En marchant sur le sentier, il s'éloigna de la maison. De la brume bouchait en partie le ciel, et la lune, dont seul un mince quartier était visible, ne diffusait sur le décor qu'une faible lumière. L'île était plongée dans une pénombre de vestibule éclairé à la bougie. Fred distinguait à peine la limite du sentier et de la falaise qui se précipitait vers la mer.

Et si je glissais ? se demanda-t-il.

Il imagina sa chute, il la visualisa avec précision, un instant suspendu dans les airs et puis son corps percutant brutalement les pierres tranchantes en contrebas. Ça ne le tuerait pas sur le coup, ses os se briseraient, ses côtes, ses jambes, son dos. Des organes éclateraient à l'intérieur mais il aurait encore le temps de sentir l'eau glacée lui rentrer dans les poumons et le noyer en quelques minutes. Il imagina que le lendemain, Hélène et les enfants partiraient à sa recherche, ils apercevraient son corps disloqué coincé entre les rochers, ils mettraient des heures à le récupérer, ils l'enterreraient au bout de l'île avec l'aide de Marco. Ils seraient probablement choqués et tristes. Peut-être qu'à ce moment ils comprendraient qu'ils l'avaient aimé, ils réaliseraient à quel point il avait été important pour eux et qu'à présent qu'il n'était plus là, ils sentiraient un vide terrible, un manque douloureux. Peut-être que, comprenant tout cela, ils le pleureraient.

Il aurait tant voulu, un jour, être pleuré par quelqu'un.

À penser à sa mort, à ses funérailles et à la peine de sa famille, il se sentit ému. Sa gorge se serra et des larmes lui vinrent au bord des yeux, qu'il essuya du revers de sa manche.

Il sonda au plus profond de lui à la recherche d'une pulsion suicidaire mais il n'en trouva pas. Il éprouva un regret, la mort aurait été une réponse logique à la situation désespérée dans laquelle il se trouvait. La vie n'avait plus rien à offrir, ni rencontre, ni aventure, ni surprise, ni découverte. Rien. Et pourtant, il n'avait pas envie de mourir. Des mécanismes de survie inscrits dans les couches les plus archaïques de son système nerveux l'empêchaient d'en finir comme il aurait dû le faire. La raison ne peut rien contre l'instinct.

En plus, il n'avait pas envie de se faire mal. Il détestait la douleur.

Finalement, comme il commençait à avoir froid, il décida d'aller se coucher.

À la maison, tout était parfaitement calme. Avec prudence, il alla dans la chambre d'Alex et puis de Jeanne, ses enfants dormaient. Pendant un instant, il eut envie de les réveiller, juste pour les prendre dans ses bras, leur dire à quel point il les aimait, leur faire comprendre que, depuis leur naissance, tout ce qu'il avait accompli c'était pour eux, que chacun des centimes qu'il avait gagnés servait à les protéger du froid, de la faim, de la misère, qu'ils étaient si précieux qu'il fallait dresser autour d'eux des murailles d'argent que ne parviendraient jamais à franchir les brutalités du monde. Fred eut soudain besoin d'être reconnu par les siens, il voulait se sentir aimé, il voulait entendre des mots comme « je t'aime », « tu me manques », « je pense à toi ». Quand ses enfants étaient petits, ils avaient des gestes d'affection à son égard, ils tendaient leurs mains vers lui, ils se blottissaient quand il les prenait dans ses bras, ils s'endormaient sur son épaule. Sans qu'il s'en aperçoive, tout ça avait disparu, un courant invisible avait emporté son trésor, diamant par diamant, émeraude par émeraude, baiser par baiser, mot tendre par mot tendre, jusqu'à ce qu'il ne reste qu'un coffre vide et qu'il soit trop tard.

Il alla dans sa chambre, Hélène dormait aussi. Il n'alluma pas la lumière, il se déshabilla en silence et se coucha à côté d'elle. Il s'approcha du corps de sa femme, elle lui tournait le dos, doucement il se colla à elle. Le contact tiède de sa peau contre la sienne lui plut. Elle avait ce parfum citronné qui l'avait toujours fasciné et la nostalgie des premières années de leur amour lui serra le cœur. Tout paraissait si simple à l'époque, tout semblait devoir durer éternellement. Et puis, le temps avait compliqué les choses, il avait déposé de la poussière sur la passion et sur le désir, une matière grisâtre et fade avait sédimenté sur leurs sentiments, les émotions qui les avaient enflammés au moment de leur rencontre étaient devenues invisibles, comme l'ancienne structure d'un temple inca recouverte par la jungle au fil des siècles et dont la trace n'existe plus que sous la forme de vagues légendes.

Son bassin était collé à celui d'Hélène, il sentait la chaleur des fesses de sa femme contre son sexe. Une petite flamme s'alluma en lui et il se mit à bander.

Il avait envie de baiser.

Des mois que ça ne lui était pas arrivé.

Il se serra un peu plus étroitement. Son nez s'enfonça dans la masse des cheveux blonds et il laissa glisser ses mains sur ses hanches. Il lui embrassa le cou, elle soupira, ça l'encouragea, il l'embrassa encore, tentant de mettre dans ce baiser un peu plus de sensualité, imprimant à ses hanches un léger mouvement de va-et-vient qui, il l'espérait, ferait naître le désir chez Hélène. Elle soupira puis, dans un demi-sommeil, elle souffla :

— Laisse-moi.

Pareil à une fleur coupée, son désir se fana.

La flamme qui s'était allumée en lui s'éteignit. Il cessa de bander. Il s'éloigna du corps d'Hélène et s'allongea sur le dos. Il aurait voulu s'endormir rapidement mais cela ne fonctionna pas. Il faillit se relever pour aller prendre un Xanax mais il se souvint de sa résolution et il renonça.

Il resta un long moment les yeux ouverts dans l'obscurité presque totale de la chambre. À côté de lui, Hélène respirait doucement et il se rendit compte qu'il lui en voulait. Quoi qu'il fasse, elle n'était jamais de son côté : elle ne l'avait pas soutenu face à Ida et Marco, elle ne l'avait pas soutenu face aux enfants, elle ne voulait pas faire l'amour avec lui alors qu'il « en avait besoin pour s'endormir ».

L'idée de la violer lui traversa l'esprit mais il l'abandonna aussitôt. Cela aurait des conséquences si terribles sur l'avenir de leur famille qu'il ne voulait même pas les envisager et puis, de toute manière, il n'était pas certain d'être assez fort physiquement.

Il ferma les yeux.

Un instant plus tard, le bruit recommença.

Venu du rez-de-chaussée.

Le même bruit que la nuit précédente.

Il ouvrit les yeux et se redressa.

Le bruit avait cessé.

Il se concentra, retenant sa respiration, attentif au silence qui régnait à présent.

Il se leva, enfila son training et sortit de la chambre.

Dans le couloir, plus aucun bruit.

Il descendit avec prudence, examina le salon, la cuisine, la salle à manger.

Tout était calme.

À travers la fenêtre, il regarda le patio. Il était faiblement éclairé par quelques LED d'extérieur à rechargement solaire. En voyant la porte de l'appartement d'Ida et Marco, il fut saisi d'une soudaine inspiration. Il sortit, se planta devant leur porte, se demanda s'il devait frapper, hésita, tourna la poignée, ouvrit et entra.

La tête lui tourna un peu, il était conscient qu'il faisait quelque chose d'interdit mais il voulait éclaircir cette histoire de bruit nocturne. Il se disait qu'il y avait peut-être une chance de les surprendre éveillés, les bras chargés de ce qu'ils lui avaient volé.

À l'intérieur, il ne faisait pas totalement sombre, la lumière des LED d'extérieur et celle du ciel nocturne s'infiltraient par les volets restés ouverts. L'aile ouest était plongée dans une pénombre parfumée, il y planait l'odeur d'eau de javel qu'il avait remarquée la première fois qu'il était venu. Jet s'approcha de lui en trottinant, il tendit la main, le chien la renifla et la lécha avec affection. Ils se connaissaient bien tous les deux, l'animal n'avait pas les codes sociaux lui permettant de comprendre que Fred n'avait rien à faire là sans y avoir été invité et à une heure pareille. Un chien, c'est toujours heureux de retrouver un ami.

Peut-être qu'ils font semblant de dormir, pensa Fred. Il fit quelques pas vers l'intérieur, en direction de la chambre.

La porte de la chambre était ouverte. Là aussi un peu de lumière entrait par les volets de la fenêtre. Il devina la masse sombre des corps endormis d'Ida et de Marco. Il resta un instant à les observer, l'un d'eux ronflait.

Une idée terrible lui traversa l'esprit : et s'il les tuait, s'il allait dans leur cuisine, prendre un couteau, et qu'il les égorgeait dans leur sommeil ? L'instant d'après, horrifié par cette pulsion, il se dit *Fred, tu es fou, tu es occupé à devenir complètement fou.*

Il repensa à la manière dont il avait fait le ménage, puis à la façon dont il s'était énervé sur Jeanne, puis à ses idées suicidaires pendant sa promenade, puis à son fantasme de viol sur

Hélène et puis enfin à ces idées de meurtre qui lui arrivaient dans la tête.

Je ne vais pas bien! pensa-t-il avec effroi.

Marco se redressa soudain, comme s'il avait senti sa présence.

— Qu'est-ce que vous faites là? dit-il en le fixant.

Fred recula d'un pas.

— Rien... Je... Je suis désolé! J'ai entendu un bruit chez moi et...

— Un bruit chez vous? Quel bruit? Et pourquoi vous venez ici?

Ida se redressa à son tour, le drap tomba sur sa poitrine laissant apparaître des seins lourds, on aurait dit des gourdes en cuir, couleur caramel clair.

— Qu'est-ce qu'il y a? demanda-t-elle en remontant le drap devant elle.

— Il est venu ici parce qu'il a entendu un bruit chez lui! Il était debout, là, à nous observer!

— Non... Je ne vous observais pas du tout! se défendit Fred. Je voulais savoir si vous n'aviez pas aussi des problèmes de bruit... chez vous.

Marco s'était levé et s'approchait de Fred, il parlait d'une voix calme mais remplie de fureur.

— Il n'y a pas de bruit chez nous. Il ne faut plus faire ça! Plus jamais! On ne rentre pas chez les gens la nuit!

Fred battait en retraite, marchant en arrière en direction de la porte d'entrée, Marco le suivait d'un air menaçant. Au moment où Fred posa sa main sur la clenche, il demanda :

— Est-ce que je peux vous poser une question ?

Marco fronça les sourcils.

— Allez-y.

— Est-ce que vous trouvez que j'ai de l'autorité ?

— De l'autorité ? Pourquoi vous voulez savoir ça ?

— Si j'avais de l'autorité, vous auriez continué de… travailler pour nous… même dans… dans cette situation ? Et mes enfants, j'ai beau leur dire de faire des choses, ils ne les font pas, j'ai l'impression qu'ils le font exprès, juste pour m'énerver.

Ida arriva. Elle avait passé une robe de chambre bleu azur.

— Mais qu'est-ce que vous faites à parler dans le noir ? demanda-t-elle.

Marco alluma. Fred cligna des yeux.

— Mon fils, il m'a dit que c'était vous qui commandiez, poursuivit-il. Est-ce que c'est vrai, c'est vous qui commandez à présent ?

Marco se frotta les yeux et bâilla. Il sembla hésiter à répondre, posa sur Fred le regard d'un psychiatre qui doit établir le diagnostic d'un patient difficile.

— Vous voulez boire quelque chose ? demanda finalement Marco en sortant une bouteille de gin.

— C'est du Bombay Sapphire, dit Fred. C'est plutôt pour des cocktails.

— Moi j'aime bien comme ça.

Marco servit trois petits verres et l'invita à s'asseoir à la table de la salle à manger. Ida s'installa à côté de lui. Ils vidèrent leur verre. Cet alcool avalé en pleine nuit avait le goût brûlant de la vérité.

— Il ne faut pas forcément qu'une personne commande. Il y a moyen de fonctionner sans toutes ces histoires, dit Marco.

— Mais… Et s'il y a un problème à régler et qu'on n'est pas d'accord ?

Marco haussa les épaules.

— Eh bien alors on discute. Avec Ida on a toujours fonctionné comme ça.

Ida hocha la tête.

— Marco adore discuter, dit-elle.

Fred avala une nouvelle gorgée de gin et se resservit.

— Je crois que personne ne m'aime, dit Fred. Mes enfants me méprisent, ma femme… me tourne le dos. J'aimerais avoir le courage de mourir mais… je n'y arrive pas… J'ai peur de me faire mal.

Ida posa sa main sur son bras.

— Je crois que vous faites une sorte de dépression.

— Vous croyez ?

— J'ai travaillé dans des cliniques. Je n'étais pas infirmière mais je les aidais souvent. J'ai vu beaucoup de choses et je sais reconnaître une dépression.

— J'ai commencé à prendre des Xanax mais ça m'a rendu bizarre.

— Il faut faire attention avec les dosages. Surtout si vous n'en avez jamais pris. Ne dépassez pas 0,75 milligrammes par jour. Il faut les prendre par demi-comprimés.

— Je crois que j'ai un peu dépassé la dose.

— Vous avez mal réagi. Un jour j'ai vu un petit vieux agresser physiquement une infirmière après quelques jours sous anxiolytique. Il était devenu complètement paranoïaque.

Fred se servit un nouveau verre de gin, il l'avala. Il comprit qu'il était ivre.

— Je… J'ai envie que tout redevienne comme avant. Je ne sais pas comment on va faire. J'ai peur.

Ida se pencha vers lui et, dans un geste presque maternel, le prit dans ses bras.

Fred s'abandonna. Les seins d'Ida contre lesquels il posait sa tête étaient aussi confortables que des édredons. C'était tiède et parfumé et, venus de derrière la chair, il pouvait entendre les battements de son cœur. Invoqué par cette douceur, par cette chaleur, par ce parfum, un souvenir fossilisé lui remonta des profondeurs de sa mémoire.

Il a quatre ans, dans la cour de récréation un garçon plus âgé lui a enfoncé la tête dans le sable. Pendant un instant, il croit mourir, c'est sa première expérience de la méchanceté véritable. Malgré la douleur et la peur, son instinct lui a dicté de ne pas pleurer devant son bourreau car ce serait lui donner ce qu'il veut et l'encourager à recommencer. Il n'a pas pleuré mais à présent quelque chose hurle au fond de lui, c'est son innocence qui meurt en comprenant que le monde est un lieu brutal peuplé de fauves. Durant toute la journée, le cri intérieur est là, lui broyant la gorge, mais il ne laisse rien paraître, parfaitement silencieux, aussi stoïque qu'un cadavre. Il reste à l'écart des jeux des autres enfants, en classe il ne prend part à aucune activité. Il est simplement assis à sa place, mobilisant toutes les forces de son esprit d'enfant pour retenir ses sanglots derrière une paroi en acier.

En fin de journée, c'est sa mère qui vient le chercher. Il ne sait pas que deux ans plus tard on la retrouvera, étendue à moitié nue dans la salle de bain, la mâchoire fracassée dans sa chute, l'esprit brisé par son AVC. Quand il l'aperçoit de l'autre côté de la grille, il sent sa gorge se nouer mais dans un effort surhumain, il se retient encore. Assis sur le siège arrière de la voiture, il ne dit rien tout au long du chemin du retour. Il a les yeux perdus sur le paysage qui défile. Il a honte de ne pas avoir su résister à l'agression, honte de ne pas avoir été assez fort, honte de n'avoir pas été à la hauteur de l'amour de sa mère qui lui répète souvent qu'il est « un petit héros ». Arrivés à la maison, devant son silence, sa mère finit par lui demander ce qu'il a. Derrière ses yeux, la pression des larmes est maximale. Sa gorge est déchiquetée par les serres d'un aigle de feu. Sa mère comprend que quelque chose ne va pas, elle s'approche de lui et le prend contre elle.

La douceur de sa poitrine.

Le contact rassurant de ses bras autour de lui.

Il s'effondre.

Il pleure comme il n'a jamais pleuré.

Une main agita son épaule. Il ouvrit un œil.

Il était dans le présent. Chez Ida et Marco. La tête appuyée contre la poitrine d'Ida.

— Vous vous êtes endormi, dit-elle doucement.

Fred se redressa. Confus.

— Je… Je suis désolé…

— Ce n'est rien. Peut-être qu'il vaudrait mieux rentrer chez vous à présent.

Il se releva. Il tituba mais retrouva son équilibre.

— Merci, dit-il. Je crois que ça va aller maintenant.

Et il alla se coucher.

Le jour suivant, Fred se sentit mieux. Il faillit jeter les Xanax auxquels il attribuait son « passage à vide » de la veille mais il ne le fit pas. Hélène en prenait régulièrement, contrairement à lui elle les supportait, il n'y avait pas de raison de la priver de quelque chose qui lui faisait du bien.

Alors qu'il se douchait, il prit des résolutions pour que la vie sur l'île se passe plus sereinement.

1. Il allait rétablir le lien avec ses enfants. Il serait doux, aimant, à l'écoute. Il restaurerait la confiance. Il avait l'intuition que ce changement d'attitude réhabiliterait son autorité.

2. Il demanderait à Marco de lui expliquer tous les aspects techniques nécessaires à l'entretien de l'éolienne, de l'hydrolienne, des panneaux solaires. Qu'il lui apprenne les bases de l'électricité, de la plomberie et de tout ce qu'il fallait savoir pour se rendre utile sur l'île.

3. Il allait se remettre au sport. Tous les matins, un tour de l'île au pas de course et puis quelques développés couchés sur le banc de musculation installé au sous-sol.

Fred se tint à ses résolutions avec toute la volonté dont il était capable, celle qui avait fait de lui un fils idéal, un étudiant brillant, un chef d'entreprise admiré de tous. Il courut. Tous les jours. Les premiers matins furent difficiles. Ses jambes le faisaient souffrir. Il était à bout de souffle après quelques minutes, son cœur battait frénétiquement dans sa poitrine. Mais il s'obstina et après une quinzaine de jours, il vit les premiers progrès. Au bout d'un mois, il était capable de faire un tour complet de l'île sans souffrir du moindre point de côté. Sa neurasthénie disparut, dissoute dans sa discipline, et la nuit, son sommeil lui revint, profond et réparateur.

Il prit soin de se rapprocher de ses enfants, d'être attentif à leur humeur, à leur moral, d'être à l'écoute de leurs angoisses. Il eut l'impression d'apprivoiser des petits animaux revenus à l'état sauvage. Comme pour son souffle, comme pour son cœur, il fallut du temps mais cela fonctionna. Avec eux, il alla promener Jet, lui inventant des jeux, lui apprenant des tours, le nourrissant de caresses et d'encouragements. Il aimait ce chien tout en muscles et en joie, enthousiasme pur, affection inconditionnelle. Le soir, assis sur le canapé du salon entre Jeanne et Alexandre, Fred regardait des films en famille : *La Folle Journée de Ferris Bueller*, *Princesse malgré elle*, la série des *Avengers*, *Shrek*, *L'Âge de glace*, *Maman, j'ai raté l'avion*, *Astérix et Obélix : Mission Cléopâtre*, *À nous quatre*, *Nanny McPhee*.

Parfois, dans ces moments, quand il avait pris un verre de vin et qu'une très légère ivresse arrondissait les angles de son esprit, il oubliait que le monde avait disparu. Pendant quelques merveilleux instants, il avait l'impression que tout était normal, qu'il était un homme riche dans un monde fait pour les hommes riches et que, même si ça ne le protégeait ni de la mort ni d'une peine de cœur, rien ne pouvait l'atteindre.

Et puis, ça lui revenait : le monde, sa fin, leur invraisemblable solitude. Il regardait ses enfants, il regardait sa femme, il se regardait lui-même et, à la manière du crépuscule, une terreur silencieuse descendait sur lui.

Au sein de sa famille, l'atmosphère se détendit. Peu à peu, les enfants commencèrent à participer aux tâches ménagères, mettant la table, la débarrassant, passant l'aspirateur, rangeant leur chambre. Ils perdaient leurs habitudes de « gosses de riches », ils se débarrassaient de leur arrogance, Fred était fier d'eux et de lui-même.

Il se connectait chaque jour au réseau satellite, par acquit de conscience, au cas où contre toute attente leur parviendraient des nouvelles du monde. Mais il n'y avait plus rien. Les derniers blogueurs avaient cessé de publier depuis plusieurs mois. Autour d'eux, le silence était absolu.

Un jour, il y eut du brouillard. Sur l'île, le phénomène était si rare que les enfants sortirent pour l'observer. Quand Fred les rejoignit, il comprit que ce qu'ils avaient pris pour du brouillard était en réalité un nuage de cendres. Portées par le vent depuis le continent, survolant la mer sur des milliers de kilomètres, les cendres étaient venues se déposer sur l'île. Fred avait passé son doigt sur la table de la terrasse, il avait observé la tache grise sur sa peau, l'air était chargé d'une légère odeur de plastique brûlé, il se demanda de quels incendies elles pouvaient venir, de quelle ville en feu, combien de maisons, de tours, d'immeubles, de voitures et de corps se trouvaient mêlés dans cette poudre. Une autre fois, son attention fut attirée par des mouettes s'agitant et criant au bout de l'île, il alla voir avec les enfants. C'étaient des cadavres de moutons pris dans les rochers, des dizaines, gonflés par leur séjour dans l'eau salée. Les mouettes leur donnaient des coups de bec, arrachant des lambeaux de laine sanglante. Un bateau les transportant avait dû dériver et puis couler au large, les animaux étaient probablement déjà morts de faim avant de se retrouver à l'eau. Ça avait dû être une grande fête pour les poissons. Les cadavres étaient restés là pendant des semaines, le vent portait l'odeur de la putréfaction jusque dans les chambres à coucher, on essaya de faire brûler des bougies parfumées, en vain, on ne pouvait rien y faire. Finalement les mouettes, les crabes, les poissons et les vagues firent le ménage et il ne resta bientôt que quelques lambeaux de laine grise accrochés dans les rochers.

Ida et Marco étaient des voisins discrets. Fred les croisait parfois, quand il rentrait de son jogging. Ils avaient installé une table à l'arrière de la maison, à un endroit où le terrain plat et l'herbe courte formaient comme un petit jardin. Ils y déjeunaient et y dînaient quand il n'y avait pas trop de vent. Fred leur faisait un sourire et un signe de la main, ils lui répondaient de la même façon. Les enfants allaient souvent chercher Jet pour l'emmener en balade, l'humeur toujours joyeuse de l'animal, son enthousiasme infini leur faisaient du bien ; avec le chien ils oubliaient leur vie bouleversée par la catastrophe.

Durant ces mois-là, Fred et Hélène apprirent à s'occuper d'une maison, ils lurent des ebooks de cuisine et expérimentèrent des recettes : *500 recettes faciles et rapides*, *Cuisine minceur pour tous les jours*, *De l'énergie dans votre assiette*, *Cuisine de fête au quotidien*, *Recettes simples et savoureuses du monde entier*. Ils essayaient, malgré les circonstances, de donner à leur famille les apparences de la normalité. Hélène décida de « faire la classe » aux enfants, deux heures de cours tous les matins de la semaine. Ce ne fut pas facile, Jeanne et Alexandre argumentèrent : « Avec tout ce qui s'est passé, apprendre les maths ou la grammaire ne sert plus à rien », « On pourrait plutôt apprendre des choses utiles comme pêcher ou réparer un circuit électrique. » Hélène dut faire preuve d'autorité, de menaces (il n'y aurait plus de télé, plus de jeux vidéo), de chantage (« Dans ces conditions, je ne m'occupe plus de vous non plus ! »), de promesses (« Si vous travaillez bien, il y aura un jour de congé en plus »). Ils furent bien obligés de céder.

Dans la bibliothèque d'ebooks, Hélène trouva des manuels scolaires. Du « troisième collège » pour les quatorze ans d'Alexandre et du « cinquième collège » pour les douze ans de Jeanne. Elle leur imposa les lectures conseillées par le programme : Roald Dahl, Alphonse Daudet, Anne Frank, Marcel Pagnol, ils n'aimaient pas lire, Jeanne ne comprenait pas qu'on l'oblige à se plonger dans des « histoires de personnes mortes écrites par des gens morts se passant dans un monde disparu ». Ne trouvant aucune réponse à ces arguments, Hélène avait clos la discussion en disant « qu'il fallait lire parce que c'est comme ça ! ». Avec le temps, se pliant bon gré mal gré à ces heures de cours, ils progressèrent et, rattrapant leur retard, ils semblèrent même prendre goût à la maîtrise des équations du second degré, à l'apprentissage des bases de l'anglais et furent finalement emportés avec Jean de Florette, dans la recherche de la source perdue au creux des collines de Provence.

Un matin d'avril (à cette époque, les calendriers étaient encore à jour et Fred mettait un point d'honneur à connaître la date courante et à garder les horloges à l'heure), Hélène vint lui parler. C'était l'après-midi, Fred était sur une chaise longue de la terrasse, il ne lisait pas, il ne regardait pas de film ou de série sur son iPad. Il laissait son esprit tranquille, regardant les reflets du soleil sur les vagues, les bruits du vent et du ressac faisaient un coussin moelleux sur lequel son inquiétude venait se déposer un instant. Dans ces moments-là, ses idées, les tristes comme les joyeuses, se mettaient en sommeil, laissant derrière elles un vide dans lequel il se sentait bien. Hélène avait passé le jean qu'elle portait tout le temps en ce moment, un jean taille haute en toile foncée et un pull Agnès B. rouge au col montant.

— Demain c'est l'anniversaire d'Ida, dit-elle.

Un vent tiède passa sur l'île comme une caresse.

— Super, dit Fred les yeux mi-clos.

— Je me suis dit que ce serait sympa de les inviter, Ida et Marco. Les enfants verraient ce que c'est que la vie sociale, avec des amis qu'on invite…

— Oui… Bien entendu. Faisons ça, dit encore Fred, invitons Ida et Marco.

C'est Jeanne qui alla porter l'invitation. Sur une feuille pliée en quatre, elle avait écrit à l'encre violette : « *Vous êtes invités à un* DÎNER *demain soir à la maison pour l'anniversaire d'Ida, 19h00.* » Des étoiles étaient dessinées autour du mot « anniversaire » et des cœurs autour du prénom « Ida ». Elle avait glissé la feuille sous la porte de l'aile ouest puis elle avait sonné avant de s'encourir en riant. Un peu plus tard, une feuille fut glissée sous la porte de la maison, il y était écrit : « *Nous viendrons avec plaisir, merci beaucoup ! Signé Ida et Marco.* » Dans le coin supérieur droit, il y avait le dessin d'un soleil qui souriait.

Jeanne était surexcitée à l'idée de ce dîner d'anniversaire. Le lendemain, elle insista pour décorer la salle à manger. Elle découpa les lettres B O N A N N I V E R S A I R E dans une caisse en carton, les coloria dans toutes les couleurs et les accrocha les unes aux autres pour faire une guirlande qu'elle suspendit devant la porte-fenêtre. Elle considéra que lui revenait la responsabilité du cadeau, elle passa la matinée à arpenter l'île et revint avec un bouquet de fleurs sauvages qu'elle mit dans un vase dont le fond était couvert des plus jolis coquillages qu'elle ait pu trouver.

De son côté, Fred prit également l'événement à cœur. Il décida de préparer un dîner qui serait un hommage faisant référence au Chili. Dans l'ebook *Voyage gourmand en Amérique du Sud*, il trouva la recette des « chupe de mariscos » (cassolette de fruits de mer) et celle du « pebre », une salade de tomates pimentée.

Hélène fit le ménage et mit la table, elle trouva des bougies en forme de sapin de noël dans la réserve à outils, ce n'était pas la saison mais c'était festif. Le salon et la salle à manger resplendissaient comme le showroom d'une boutique de luxe, il s'en dégageait une atmosphère inédite de fête et de joie. Même Alexandre, d'ordinaire taciturne, sifflotait sur la musique de la liste de lecture « 70s party ».

Ida et Marco arrivèrent à l'heure pile. Marco avait passé un costume en flanelle couleur crème qui lui donnait l'air d'un paisible trafiquant de cocaïne à la retraite et Ida était vêtue d'une robe ample aux motifs de grandes fleurs écarlates.

On s'admira, on se complimenta sur les tenues des uns et des autres. Avec les gestes empruntés de domestiques anglais, Jeanne et Alexandre présentèrent aux adultes des assiettes sur lesquelles étaient posés ce qu'Hélène appelait des « amuse-bouches ». Il s'agissait de petits biscuits secs recouverts de foie gras en conserve. Fred ouvrit une des douze bouteilles de champagne Louis Roederer brut Cristal rosé 2008, qui se trouvaient dans la cave.

— C'est un millésime d'exception, le millésime du siècle ! Un hiver humide et pas trop froid, un printemps pluvieux et un été très frais ! récita Fred.

On but religieusement. On s'extasia sur le goût (Fred utilisa les termes « brillant », « minéral », « complexe »). La discussion partit un moment sur une comparaison des vins français et chiliens et on finit par se mettre d'accord que même différents ils étaient tous très bons « à leur manière ». Alors que le soir tombait et que la lumière du crépuscule colorait le living d'un orange vif, Fred proposa que l'on passe à table.

Quand tout le monde fut assis (en suivant l'alternance : un homme – une femme), Jeanne offrit à Ida le bouquet de fleurs sauvages. Ida fut réellement émue. Sa voix trembla lorsqu'elle la remercia. Des larmes lui montèrent aux yeux qu'elle épongea avec un coin de serviette pour ne pas faire couler son maquillage. Elle s'excusa.

— Ces fleurs… Ça m'a fait penser à Antonia. Je… Je ne sais pas pourquoi.

Jeanne la serra dans ses bras.

— Tu ne dois pas t'excuser, lui dit Hélène, c'est à moi de m'excuser. Ce que je t'ai dit le jour où je suis venue te parler de ta fille, la façon dont je t'ai parlé. Je suis désolée.

Ida agita la main.

— Non... Non... Ce n'est rien... Nous sommes tous un peu... La situation nous rend bizarres.

Fred servit les entrées : les empanadas accompagnées de la sauce « pebre ».

— C'est très bon, dit Marco, presque aussi bon que celles de ma femme.

Et tout le monde rit de bon cœur. L'atmosphère était chaleureuse, Fred vit rayonner sur le visage de ses enfants un bonheur qu'il croyait disparu à jamais.

Dans un élan d'enthousiasme, il descendit à la cave et revint avec une autre bouteille de Roederer 2008 qu'il ouvrit en disant :

— On ne vit qu'une fois !

On but à la santé d'Ida, à celle de Marco, à celles d'Hélène et Fred, à celles de Jeanne et Alexandre. On but en mémoire de tous ceux qu'on avait perdus, à commencer par Antonia et puis toute la ribambelle de parents, d'amis, de collègues, de connaissances et de stars emportés dans l'effondrement : Tom Cruise, Jay-Z, Dwayne Johnson, Taylor Swift, Stromae, Céline Dion, Francis Cabrel.

— Et à la reine d'Angleterre aussi ! lança Hélène qui était presque ivre.

— Mais elle était déjà morte, elle ! fit Jeanne.

Et on rit de plus belle.

Marco se resservit du champagne, il but une gorgée, s'éclaircit la voix et dit :

— À propos du jacuzzi…

Il ne termina pas sa phrase, il regarda Ida comme pour lui demander conseil.

— Ce n'est pas le moment. On en parlera demain, fit-elle.

— Quoi donc ? demanda Fred.

— Vous vous en servez encore, dit-il.

La légère ivresse qui avait gagné Fred s'évanouit d'un seul coup.

La sensation brutale d'un drap arraché en pleine nuit.

Il serra les poings sous la table avec la conscience que la soirée était gâchée, que la bonne ambiance venait de se briser à la manière d'un verre de cristal lancé contre une dalle de marbre.

— Oui, dit-il, les enfants s'en servent. Quand ils reviennent de balades, parfois Jeanne ou bien Alexandre prend un jacuzzi, pour se détendre.

— On s'était mis d'accord, dit Marco. Je vous avais dit que lorsque le jacuzzi était en marche, le courant se coupait chez nous. Quand ils prennent un jacuzzi le soir, on est dans le noir, on ne sait plus cuisiner. Et le matin, même chose.

Fred hocha la tête, il essaya sans y parvenir de faire refluer sa colère. Pour sauver la soirée, il fit semblant d'être accommodant.

— C'est vrai, dit Fred.

Puis s'adressant aux enfants :

— Vous avez entendu ? Le jacuzzi, c'est terminé !

Plus tard, quand les invités furent partis, la table débarrassée et la cuisine rangée, Fred regagna sa chambre. Il se déshabilla puis se posta devant la fenêtre. La nuit lui apparaissait comme l'absence de toute chose, l'obscurité avait englouti l'univers. La fenêtre était un rectangle d'un noir total dessiné à même le mur, un trou béant au-delà duquel il semblait ne rien exister. Ce néant était à la fois terrifiant et fascinant. Il l'attirait comme la promesse d'une vie meilleure, débarrassée des souffrances qu'éprouve un être vivant se heurtant chaque jour contre les arêtes de la réalité matérielle. Ida et Marco étaient partis, un peu ivres et joyeux de ce repas d'anniversaire, ce moment avait été une poche de bonheur comme aucun d'entre eux n'en avait vécu depuis longtemps. Cela avait fait du bien à tout le monde, surtout aux enfants.

Fred tourna son regard vers le lit dans lequel Hélène dormait d'un sommeil qui semblait paisible. Il lui envia cette tranquillité, il aurait voulu en partager un peu avec elle. Il s'approcha d'elle et lui caressa doucement l'épaule.

— Je vais les tuer, dit-il.

Hélène gémit, bougea à peine, lui tournant le dos. Des mèches de cheveux collaient à son cou, elles évoquèrent à Fred des algues sur un rocher humide. Il les prit entre le pouce et l'index et les glissa derrière l'oreille de sa femme.

— Je vais les tuer, répéta-t-il, je vais les tuer ce soir, je sais que c'est terrible, je n'ai pas du tout envie de faire ça mais je n'ai pas le choix. J'avais eu cette idée quand j'étais allé chez eux, pendant la nuit. Mais j'avais refoulé, ça me paraissait trop terrible.

La respiration d'Hélène avait la même régularité, lente et profonde, que la houle frappant les rivages de l'île.

— Aujourd'hui c'est le jacuzzi, mais le jacuzzi, c'est un détail… Parce que demain, qu'est-ce qu'ils vont demander ? On ne sait pas. Où leurs exigences vont-elles s'arrêter ? On ne sait pas non plus. Et s'ils veulent s'installer ici, s'ils veulent nous prendre la maison ? Imagine si Marco commence à avoir envie de… faire des choses avec Jeanne… Pas aujourd'hui, pas demain, mais dans les années qui viennent. Il peut se passer tellement de choses que nous n'imaginons pas encore. Qu'ils n'imaginent pas eux-mêmes. Peu importe si la probabilité que cela se produise est faible, elle n'est pas nulle. C'est le principe de précaution. Si les gouvernements avaient tenu compte de ce principe, rien ne serait arrivé, le monde existerait encore. C'est une leçon. Si un jour Ida et Marco nous veulent du mal, rien ne nous protégera d'eux. Ça fait longtemps que je l'ai compris mais je refusais de me l'avouer. Je crois que c'est ça le bruit que j'entendais la nuit, c'était cette compréhension qui frappait à la porte de mon esprit, cette compréhension terrible qui voulait se faire entendre et que je refusais d'écouter.

Hélène n'émettait plus aucun bruit et son immobilité était presque parfaite, à peine troublée par les mouvements lents de sa respiration. Emporté par une vague d'amour, Fred se pencha sur elle et posa un baiser sur son épaule.

Il quitta la chambre, descendit jusqu'à la réserve à outils et s'empara d'un marteau. Il avait repéré ce marteau plusieurs jours plus tôt, il avait été fasciné par l'allure agressive, presque guerrière, que lui donnait la double griffe destinée à arracher les clous : de la marque Stanley, il devait peser pas loin d'un demi-kilo, le manche et la tête étaient faits d'un même bloc d'acier sombre et sur le manche revêtu de caoutchouc jaune et noir était écrit « *Xtreme AntiVibe Rip Claw Hammer* ». Il en apprécia le contact dense, lourd et pourtant parfaitement maniable.

En se dirigeant vers l'aile ouest, serrant fermement le manche du marteau dans sa main droite, il se demanda quelles étaient les autres manières de tuer Ida et Marco. Il ne se serait pas senti à l'aise avec un couteau, il savait qu'un ou plusieurs coups de couteau n'immobilisaient pas un adversaire, il fallait que le sang s'écoule, ce qui pouvait prendre du temps, ce qui laisserait à Marco la possibilité de lui faire du mal en se défendant. Il aurait pu mettre le feu à l'aile ouest, s'introduire discrètement par la porte toujours ouverte, déverser quelques litres d'essence et y jeter une allumette. Mais là aussi Marco et Ida auraient eu une chance de s'enfuir et puis l'incendie risquait de devenir incontrôlable et de gagner la maison de Fred. L'empoisonnement n'était pas non plus une option. Cela nécessitait des connaissances qu'il n'avait pas, il voulait laisser le moins de choses possible au hasard.

Le marteau n'était pas une solution parfaite mais il se disait qu'un coup violent asséné sur le crâne de Marco durant son sommeil provoquerait une mort rapide et, il l'espérait, sans douleur. Ida se réveillerait probablement, mais elle ne devait pas être très forte, il la tuerait ensuite de la même manière.

Arrivé devant la porte de l'aile ouest, il s'arrêta. Il savait qu'il pouvait encore renoncer à son geste, faire demi-tour, ranger le marteau et aller s'endormir à côté d'Hélène. C'est ce que la plupart des gens normaux auraient fait. Mais les circonstances n'étaient pas des circonstances normales. Elles le poussaient à poser des actes qui l'auraient fait passer pour un monstre aux yeux du monde.

Hélas, le monde n'existait plus.

Et personne ne le jugerait.

Sauf peut-être sa femme et ses enfants mais il savait, enfin il espérait, qu'avec le temps, ils comprendraient qu'il avait agi comme il le devait.

Pour leur bien.

Pour leur sécurité.

Il poussa la porte comme il l'avait fait plusieurs semaines auparavant et sonda ses propres émotions : son cœur battait un peu plus fort que d'habitude, c'était tout. Il était parfaitement calme. Il éprouva une certaine fierté à être calme comme ça, il aimait l'idée d'être un homme qui a du « sang-froid ». Jet descendit du canapé sur lequel il était endormi et vint vers lui en battant de la queue. Sans doute croyait-il qu'on venait le chercher pour une balade. Voyant qu'il s'agissait d'autre chose, il retourna dans ses coussins et se rendormit aussitôt.

Fred s'avança vers la chambre et s'y glissa.

Ne pas hésiter, ne pas hésiter, se répétait-il, se souvenant de la manière dont Marco s'était réveillé la première fois qu'il était entré dans la chambre.

Il s'approcha du lit.

Ida et Marco dormaient, leurs visages bien visibles dans la demi-obscurité.

Ne pas hésiter!

Il leva le bras, le marteau Stanley Xtreme AntiVibe Rip Claw brilla le temps d'un flash dans un rayon de lune avant de s'abattre sur la tempe droite de Marco.

Cela produisit un bruit de noix que l'on brise. Le manche caoutchouté et la forme ergonomique de l'outil avaient parfaitement réparti la puissance de l'impact au niveau de son extrémité d'acier.

Mais ça ne tua pas Marco.

Au contraire, il se redressa comme s'il avait été touché par la foudre.

Fred fut surpris, il était certain qu'un coup de marteau donné à pleine puissance sur la tempe était capable de tuer un homme.

Ou alors, c'est que l'homme qui recevait le coup était très résistant.

Ou alors, c'est que l'homme qui le donnait n'était pas très fort.

Ou alors c'était un peu les deux.

Fred abattit une nouvelle fois le marteau sur Marco mais, dans la précipitation, le coup fut moins précis et toucha Marco à l'épaule.

L'espace d'un instant extrêmement bref, probablement moins de trois secondes, il se passa plusieurs choses :

– Marco sauta hors du lit avec une vitesse et une agilité surprenantes pour un homme de son âge et de son gabarit. Il était nu, le regard de Fred eut le temps d'apercevoir un sexe petit, velu et sombre, pareil à une taupe égarée hors de son terrier ;

– Ida se réveilla et, dans un réflexe d'épouvante, se recroquevilla contre le mur, hurlant en espagnol des choses incompréhensibles ;

– Marco saisit Fred à la gorge avec la poigne d'acier d'un pêcheur chilien ayant remonté des filets durant toute une vie et il le colla contre le mur ;

– Animé par un mouvement réflexe, Fred frappa encore une fois Marco avec le marteau. Complètement au hasard. Le coup porta au niveau des côtes, il sembla douloureux et Marco le lâcha. Hurlant à son tour. De colère et de douleur ;

– Venus du salon, il entendit les aboiements terrifiés de Jet ;

– Ida, vêtue d'une simple culotte rose pâle, quitta la chambre. Fred entendit ses cris résonner dans le patio : « Socorro ! Socorro ! Socorro ! »

Marco était tombé à genoux. Sa tempe droite avait l'air enfoncée, du sang lui coulait des yeux.

Fred leva encore une fois le marteau et l'abattit de toutes ses forces sur le sommet de son crâne. L'outil s'y enfonça partiellement, à la manière d'une petite cuillère dans la coquille d'un œuf mollet. L'homme s'effondra et resta au sol, immobile et silencieux.

Voilà, c'est fait! Je l'ai fait! pensa Fred, à la fois surpris et effrayé. Il savait qu'il venait de passer dans une autre dimension. Celle dans laquelle il était un assassin.

Il quitta la chambre.

En traversant le patio, à travers les fenêtres de la maison, il vit que des lumières s'étaient allumées. Les cris d'Ida et les aboiements de Jet avaient dû réveiller tout le monde. La porte était grande ouverte, Ida était certainement rentrée pour chercher de l'aide.

Tenant fermement le marteau ensanglanté dans la main droite, il entra dans la maison.

Alexandre et Jeanne se trouvaient au pied des escaliers. Leurs regards encore gonflés de sommeil étaient posés sur Ida qui hurlait au milieu du salon des paroles incompréhensibles.

Quand elle vit Fred, elle hurla de plus belle, se tourna vers le buffet, saisit une sculpture en pierre de lave représentant un goéland et la jeta vers lui.

— VETE A LA MIERDA!!!

Le goéland s'écrasa juste à côté de Fred, dans l'étagère vitrée sur laquelle s'alignaient verres et assiettes qui tombèrent au sol et se brisèrent au son d'une symphonie stridente et apocalyptique.

— JE SUIS DÉSOLÉ ! CE N'EST PAS CONTRE TOI ! hurla Fred.

C'est à ce moment qu'Hélène arriva.

— MAIS PUTAIN QU'EST-CE QUI SE PASSE ???? cria-t-elle.

Ida saisit une autre sculpture en pierre de lave, la forme abstraite d'une sphère et d'un cube entremêlés, et la tint au-dessus de sa tête, prête à la lancer sur Fred.

— IL A FRAPPÉ MARCO !!!! IL EST FOU !!!!

Fred essaya de prendre la voix la plus raisonnable possible.

— Je suis désolé. Compte tenu des circonstances, je n'ai pas le choix ! À ma place, tu ferais la même chose.

À la périphérie de son champ visuel, il vit Alexandre entraîner Jeanne vers l'étage, comme pour la protéger du spectacle terrifiant se déroulant dans le salon. Fred fit un pas dans la direction d'Ida. Elle lança la sculpture qui le toucha à la hanche.

Il se plia en deux.

Il lâcha le marteau.

Ce truc en pierre de lave était aussi lourd qu'une enclume, ça faisait vraiment mal !

L'instant d'après, Ida était sur lui. Elle était plus lourde et plus forte qu'il ne l'aurait imaginé. Il tomba à la renverse. Elle était à califourchon sur sa poitrine et abattait sur son visage une pluie de coups de poing aussi durs que des billes d'acier.

— TU ES FOU ! FOU ! FOU ! hurlait-elle.

Les mains d'Ida se refermèrent sur son cou. Des années passées à faire le ménage lui avaient donné une force contre laquelle il ne pouvait rien. À mesure qu'il étouffait, il regretta de ne pas avoir pratiqué l'un ou l'autre sport de combat, il aurait appris à se sortir d'une situation de ce genre.

Mais il ne connaissait que le golf, le tennis et le ski, des sports dont la pratique ne lui était d'aucun secours à cet instant.

Tandis que l'oxygène venait à lui manquer, pareil à un rideau à la fin d'un spectacle, un voile sombre descendait devant ses yeux.

Et puis, brusquement, elle lâcha prise.

Fred retrouva son souffle.

Et avec son souffle, lui revint la vue.

À côté de lui, il y avait le corps immobile d'Ida. De son front défoncé s'échappait un sang grenat.

Debout, à côté d'elle, se tenait Hélène.

Dans sa main, elle serrait le marteau Stanley Xtreme AntiVibe Rip Claw avec lequel elle venait de tuer Ida.

Troisième partie
(Aujourd'hui)

Jeanne

Dans les jours qui suivirent l'effacement des disques durs, Jeanne étudia les notes du cahier à la couverture « champ de tournesols ».

COMMENT PILOTER UN VOILIER

Il ne s'y trouvait pas grand-chose, elle avait à peine plus de douze ans lorsqu'elle avait pris ces notes. Son esprit d'enfant n'avait gardé que quelques instructions basiques: lever l'ancre, démarrer le moteur, hisser la grand-voile et le foc. Aujourd'hui, elle se rendait compte que c'était un peu léger pour s'embarquer dans une traversée en solitaire mais elle n'avait plus rien à perdre, elle préférait mourir de soif en mer que d'ennui sur cette île de malheur.

Dans le couloir du premier étage, il y avait un cadre dans lequel se trouvait une grande carte du monde. Les pays y étaient mis en évidence par toutes sortes de couleurs, les reliefs y étaient dessinés en trompe-l'œil, l'eau en bleu, les pôles en blanc et les forêts en vert. Tout y semblait calme, immuable. En approchant son oreille, comme elle l'avait fait quand elle était encore petite, on n'entendait aucun bruit. Ni moteurs, ni rires, ni pleurs. C'était un monde où il ne se passait rien. La position de l'île était figurée sur la carte par un point rouge. Jeanne l'avait longuement observée, imaginant quel trajet pourrait suivre le voilier. N'ayant aucune idée de la manière de maintenir un cap précis, elle devait envisager les différentes directions dans lesquelles la pousseraient les vents et les courants comme autant de probabilités difficilement quantifiables. Les côtes du Nord de l'Afrique étaient les plus proches mais elle espérait ne pas se retrouver là. Elle n'avait été qu'une seule fois en Afrique, pour un safari avec ses parents lorsqu'elle avait huit ans, mais elle se doutait que l'atmosphère qui régnait sur les côtes du Maroc ou de la Mauritanie était différente de celle qu'elle avait connue dans les luxueux lodges tanzaniens. Ce n'était certainement pas très sûr. Surtout pour une jeune fille seule. Elle risquait de se faire capturer, violer, dévorer par les islamistes haïssant l'Occident dont ses parents parlaient avant la catastrophe. L'autre option était d'arriver en Europe par les côtes portugaises. Elle ne savait pas à quoi ça pouvait ressembler, le Portugal, mais son intuition lui disait que ça valait certainement mieux que l'Afrique. Enfin, elle pouvait aussi dériver et traverser l'Atlantique Nord jusqu'aux côtes américaines. C'était plus long mais c'est ce qu'elle aurait préféré. S'échouer à proximité de New York, être recueillie par les autorités locales, devoir donner des interviews à une presse intéressée par son histoire, devenir populaire et… rencontrer des garçons.

Évidemment, elle ne pouvait parler de son projet à personne. Ni à ses parents ni à son frère. On l'aurait empêchée, on l'aurait peut-être même enfermée dans sa chambre « pour la protéger d'elle-même ».

Bande de cinglés.

Bande de crétins.

Elle devait donc organiser son départ dans la plus grande discrétion. Elle estima qu'elle devait constituer des réserves d'eau et de nourriture pour deux mois (elle s'imaginait mal dériver au-delà de cette durée, en deux mois, se disait-elle, on finit toujours par arriver quelque part). Deux mois, cela voulait dire, selon ses propres estimations :

– Soixante litres d'eau (à raison d'un litre par jour) ;

– Cent vingt boîtes de nourriture (du cassoulet, des raviolis, des macaronis à la viande). Comme elle n'était pas certaine d'être capable de se servir du petit réchaud présent sur le voilier, elle ne voulait prendre avec elle que des aliments précuits. Elle mangerait froid le temps de la traversée ;

– Des petites choses à grignoter qui lui feraient du bien au moral (des gâteaux secs, du chocolat…).

Il lui fallait aussi préparer des vêtements chauds et imperméables (elle ne savait pas à quel genre de météo elle devrait faire face) mais elle voulait aussi prendre quelques trucs jolis et sexy pour les interviews qu'elle aurait à donner à son arrivée (à New York, elle croisait les doigts).

Sur ce point, elle n'avait en revanche aucun doute. Son histoire, son aventure, son épopée, ferait le tour du monde. Elle serait célèbre !

Elle voulait partir le plus rapidement possible, la disparition des films et en particulier de la série *West Sacramento College* donnait à l'ennui une dimension cosmique, absolue, terrifiante. L'ennui devenait un monstre pervers capable de l'écraser sous un seul coup de talon, de la broyer dans ses poings géants. Si elle attendait trop longtemps, elle risquait, elle le sentait, de devenir complètement folle. Elle se mit donc à l'ouvrage : il fallait, sans être repérée, apporter sur le sable de la plage où était amarré le Zodiac les soixante litres d'eau et les réserves de nourriture.

Quand tout serait prêt, elle chargerait la petite embarcation et, à son bord, rejoindrait le voilier se trouvant à une centaine de mètres, et enfin monterait tout sur le pont.

Pour rester discrète, elle avait décidé d'amener les provisions petit à petit sur la plage, quelques bouteilles et quelques boîtes à la fois. En fouillant dans les réserves, elle avait trouvé des sacs de sport étanches. Un matin, elle les avait cachés sur la plage, derrière un rocher. L'après-midi, elle avait mis deux bouteilles d'eau et quelques boîtes de conserve dans son petit sac à dos puis, partant pour son expédition habituelle vers les marches de pierre d'où elle descendait dans l'eau froide, elle avait fait un détour pour commencer à remplir les sacs. À ce rythme, il lui faudrait trois jours pour que tout soit prêt. Elle brûlait d'impatience mais elle voulait rester prudente.

Plus tard, nue dans l'eau glacée de l'Atlantique, bercée par la houle, son esprit engourdi par l'hypothermie, elle imagina le film de son arrivée à New York.

On l'accueillerait en héroïne, logée dans la suite présidentielle d'un hôtel de luxe (elle déjeunerait sur la terrasse donnant sur Central Park), les journalistes des plus grandes émissions de télévision se disputeraient pour avoir la primeur de son incroyable histoire. On la courtiserait de tous côtés, elle prendrait un agent qui la tiendrait à distance de la pression médiatique afin, dirait-il, « de la préserver ».

Ah, comme elle aimait le film que lui projetait son imagination. Elle en dégustait toutes les images comme de divines sucreries.

Finalement, elle accepte l'invitation de Jimmy Kimmel pour son *Jimmy Kimmel Live* sur la chaîne ABC (trois millions de spectateurs quotidiens, page YouTube de quatre millions d'abonnés). C'est une émission consacrée aux « figures féminines inspirantes ». En direct sur le plateau, entourée de Margot Robbie et Michelle Obama, elle raconte son histoire :

— Il y a cinq ans et demi, mes parents ont cru que c'était la fin du monde ou quelque chose comme ça (rires dans le public). Alors, ils ont fui sur une île perdue au milieu de l'océan. L'ennui était terrible. Vous n'avez pas idée ! Moi, je savais bien que c'était impossible, que la fin du monde n'avait pas eu lieu, alors quand j'ai été en âge de le faire, j'ai embarqué sur ce voilier, seule. Rien, absolument rien, n'aurait pu m'empêcher de le faire (applaudissements).

Jimmy Kimmel pose une question :

— On dit que vous avez été approchée par Leonardo DiCaprio qui voudrait réaliser une adaptation de votre histoire.

Jeanne a un sourire énigmatique.

— Je ne sais pas d'où vous tenez cette information.

Jimmy Kimmel place son petit doigt contre son oreille.

— C'est un bruit qui court…

Jeanne rit de bon cœur.

— Écoutez, je peux pas vous répondre… Tout ce que je peux vous dire, c'est que Leo est un vrai gentleman… (rires dans le public suivis d'applaudissements).

Et la semaine suivante, pour le plus grand bonheur des fans, Jeanne tient son propre rôle dans le premier épisode de la nouvelle saison de la série *West Sacramento College*. La saison tournera d'ailleurs essentiellement autour de son personnage et racontera comment, accueillie par Jason, Kyle et Shean, elle parvient à guérir du trauma de ses années passées sur l'île et à devenir une des filles les plus populaires du collège.

Quand elle sortit de l'eau, c'était la fin de la journée. Des nuages d'un gris métallique s'étaient rassemblés à la verticale de l'île. Ils ressemblaient à une bande de rats préparant un mauvais coup. Sur le chemin du retour, Jeanne se mit à trembler. Elle ne savait pas si c'était à cause du froid qui lui était rentré jusque dans les os ou à cause du dégoût qu'elle éprouvait à l'idée de se retrouver, un soir de plus, dans cette maison de malheur.

— Plus que trois jours, se dit-elle à haute voix.

Et cela lui donna du courage.

Quand elle arriva à la maison, il pleuvait. Une pluie si légère qu'elle ne tombait pas vraiment, elle enveloppait l'île d'un manteau humide.

Elle croisa son père dans le salon, il ne faisait rien. La perte totale des données présentes sur les disques durs l'avait plongé dans une stupeur d'accidenté de la route, un état post-traumatique qui avait vidé son regard du moindre éclat. Il était silencieux, fantomatique, en apparence indifférent à ce qui pouvait désormais se produire. Lui qui durant toutes ces années avait été si soucieux de son apparence, ne se rasait plus, ne se changeait plus, ne se lavait que par automatisme. Il ne sortait plus, son visage avait la pâleur de la pierre sèche. Ses yeux étaient ceux d'un chien abandonné qui a perdu tout espoir.

Plus que jamais, elle le détestait.

Elle imagina sa tête quand, d'ici quelques mois, un hélicoptère de secours viendrait sur l'île pour lui annoncer que le monde se portait bien, mieux que jamais, que sa fille avait réussi une périlleuse traversée en solitaire, qu'elle était devenue une célébrité et que tout le monde le trouvait bien con de s'être tapi, recroquevillé, bigorneau ratatiné, dans cet abri, comme le dernier des lâches.

Elle prit une douche (à peine tiède à cause de cette stupide vanne défectueuse) puis, assise sur son lit en tailleur, sa tablette sur les genoux, elle lança *Rocky*, l'unique film qui leur restait.

Elle ne l'aima pas : c'était un vieux truc qui se passait dans une ville misérable où il faisait tout le temps froid. On n'y voyait que des gens pauvres et assez laids. Il y avait Rocky, un boxeur (laid) qui était amoureux d'une vendeuse dans un magasin d'animaux, Adrian (laide), qui était la sœur d'un boucher, Paulie (laid). Un jour, le champion du monde de boxe Apollo (laid mais bien gaulé) lui propose un combat. Rocky s'entraîne avec Mickey (un très vieux type, super laid) et à la fin il perd le combat mais il a l'air de s'en foutre. À un moment, Jeanne avait cru que Rocky et Adrian allaient baiser mais en réalité, ils s'embrassaient juste, dans l'appartement sinistre de Rocky, entre la porte d'entrée et le frigo.

Le seul truc qu'elle avait bien aimé, c'était la musique. Une chouette mélodie, un peu grandiloquente, qui accompagnait les scènes d'entraînement de Rocky. À mesure que sa condition physique s'améliore, la musique devient plus forte et plus entraînante. Elle avait trouvé ça cool. Elle avait presque eu envie de faire un jogging à son tour mais elle avait renoncé aussitôt.

Et puis, elle avait aussi bien aimé le combat de fin. Quand Rocky s'en prend plein la figure et qu'il tombe mais qu'il se relève, qu'il tombe encore et se relève encore, comme s'il était prêt à mourir pour ce match.

Jeanne s'était sentie comme ce boxeur sur ce ring.

Rien ni personne ne l'empêcherait de quitter cette île.

Il faudrait la tuer.

Alexandre

Il n'y avait plus rien à écouter.

Plus rien.

Tous les concerts, tous les applaudissements, tous les cris, toutes les extases, toutes les ivresses, tous les solos enflammés, toutes les improvisations, tous les rappels s'étaient tus.

Ils s'étaient tus pour toujours.

Et l'aspect définitif de ce silence le rendait insupportable.

Mais Alexandre n'avait pas le choix. Tant qu'il serait en vie, il devrait vivre avec ça, ce silence invivable, ce serait son membre fantôme qui le ferait souffrir jusqu'à la mort.

Malgré tout, quand Alexandre était retourné sur la petite plage de galets, son sac chargé d'alcool et les poches pleines de baies noires, il avait mis les écouteurs de l'iPod sur ses oreilles.

C'était mieux que rien. L'isolation sonore fonctionnait, ça mettait le monde à distance.

Un peu.

Pas assez.

Mais un peu.

Sur la plage, il pleura, il but, il mâcha les baies sombres et il accueillit l'ivresse comme un antidouleur. Il ouvrit une boîte de ratatouille à la provençale et tandis qu'il mangeait le mélange de légumes mous et insipides, il se dit :

— Je suis comme un tigre dans la cage d'un zoo, je n'ai plus rien d'autre à faire que des allers-retours devant les barreaux de ma prison. J'ai été conçu pour équilibrer les écosystèmes asiatiques. Ici, je ne sers à rien. Un organisme inutile, fonctionnant en vain.

Plus tard, il avait commencé à pleuvoir, il s'était réfugié sous la tente. Et puis le jour était tombé, la lumière qui faiblissait désaturait les couleurs de l'île. Autour de lui, le monde flottait en noir et blanc.

Les yeux clos, il avait essayé de se souvenir du visage de Chloé. Il lui apparaissait encore mais avec moins de netteté. L'image mentale était comme une aquarelle exposée à l'humidité. Les contours, les couleurs étaient incertains, l'allure générale était troublée par la présence d'autres visages issus d'autres souvenirs qui se superposaient à celui de Chloé.

Il savait qu'il n'y pouvait rien.

Il aurait beau déployer tous les efforts possibles, il avait compris depuis longtemps que la mémoire menait sa propre vie, cultivait son indépendance, c'était une experte en trahisons silencieuses et en parfaits mensonges. Il avait oublié tellement de choses de son passé : des lieux entiers, de son école il ne se souvenait que d'une seule classe. Il ne savait plus à quoi ressemblaient les couloirs, ni le réfectoire. De sa maison, il ne se rappelait que sa chambre (mais comment étaient la salle de bain, le salon ? Il ne le savait plus). La chronologie des événements de son enfance ne suivait plus aucune logique, elle était criblée de trous et d'ellipses au point qu'aujourd'hui le film de sa vie lui apparaissait comme le montage désordonné d'images récupérées dans les décombres d'un incendie.

Le lendemain, à l'aube, il pleuvait toujours. L'humidité avait fait baisser la température. Il avait froid, même enroulé dans le sac de couchage, la capuche de son sweat remontée sur sa tête.

Il sortit sa tablette de son sac. Il y avait chargé le film *Rocky*. Il le regarda distraitement, buvant encore, soucieux de rester toujours plus ou moins ivre. L'histoire de ce boxeur amoureux ne l'intéressa pas vraiment. Sur la fin, par contre, il avait aimé les images de foule agglutinée autour du ring, une petite émotion s'était formée en lui, une sensation de légèreté qui l'avait, très brièvement, très légèrement, soulevé du sol inconfortable de cette plage de galets. À la fin du film, la petite émotion se dissipa, elle disparut dans l'atmosphère comme un nuage de vapeur et Alexandre retomba dans sa neurasthénie.

Plus tard, vers le milieu de l'après-midi, après s'être endormi, achevé par l'alcool, il se réveilla avec une terrible migraine et une phrase du film qui tournait en boucle dans son esprit. Rocky parlant de son combat à venir :

« Si je suis encore debout après quinze rounds, je saurai que je suis pas un autre paumé du quartier. »

Un autre paumé du quartier.

Un autre paumé du quartier.

Un autre paumé du quartier.

Dans une certaine mesure, c'est ce qu'il était devenu, lui, Alexandre, un autre paumé du quartier. Un homme qui ne faisait rien de sa vie en se trouvant des excuses, en s'apitoyant sur son sort. Il était un des derniers humains vivants et comment s'occupait-il ? Il buvait et il pleurnichait à longueur de journée au bord de la mer.

Un mouvement venu du sentier surplombant la plage attira son regard. C'était Jeanne, portant un sac à dos. Ça l'intrigua. Elle quittait rarement la maison, elle passait son temps dans sa chambre ou bien au sous-sol, à regarder des films et des séries télé complètement débiles. Que pouvait-elle faire maintenant qu'il n'y avait plus rien ? En temps normal, il se fichait des occupations de sa sœur (ou de son père ou de sa mère), mais maintenant ça l'intriguait. Comment un esprit aussi tordu que celui de Jeanne allait-il réagir à cette nouvelle configuration du quotidien ?

Il se releva et la rejoignit en trottinant. En le voyant arriver, elle sembla contrariée.

— Tu fais quoi ?

— Rien.

— C'est quoi dans ton sac ?

— Rien.

— Pourquoi tu me dis pas ?

— C'est ma vie privée.

Alexandre laissa passer une seconde et puis demanda :

— Qu'est-ce qu'on va faire, maintenant ?

— On devrait tous pouvoir faire ce qu'on veut. Je veux qu'on me laisse tranquille.

Le sentier bifurqua. En contrebas, c'étaient les eaux tranquilles de la côte ouest de l'île. À cent mètres, le voilier tanguait à peine.

— Laisse-moi maintenant ! ordonna Jeanne.

C'est à ce moment qu'Alex comprit ce que sa sœur voulait faire.

— C'est de la folie ! dit-il.

Jeanne le regarda, droit dans les yeux.

— Ah oui ? Et alors ? Comment tu sais ce qui est bon pour moi ? Tu ne crois pas que je suis capable de savoir ce que je veux ?

— Il n'y a plus rien… Nulle part.

Jeanne haussa les épaules.

— Il n'y a plus rien ici non plus. Je préfère un « rien » que je ne connais pas à un « rien » que je connais par cœur. Laisse-moi maintenant !

Alexandre ne sut pas quoi répondre. Elle avait raison. Quel droit avait-il d'empêcher sa sœur de faire ce qu'elle voulait ? Elle au moins avait pris une décision. Une décision folle, mais une décision. En ce sens, elle était bien plus courageuse que lui qui traînait son spleen comme on traîne dans des sous-vêtements sales.

Sans réfléchir, il prit sa sœur dans ses bras.

— Je t'aime tu sais, dit-il.

Elle se raidit.

— Qu'est-ce que tu fais, merde ? Fous-moi la paix !

Il la lâcha et la regarda s'éloigner. Elle s'engagea sur le sentier qui descendait vers la plage, en quelques mètres, elle disparut derrière la crête.

Il fut envahi par un sentiment d'urgence poussé par une force impérieuse venue du fond de son ventre. « Un humain, ça fait quelque chose. » Il lui sembla que, à travers le brouillard du continuum temporel dans lequel il n'y a ni passé ni avenir, seul un présent en perpétuel changement, les milliards de regards de l'humanité disparue étaient posés sur lui et attendaient qu'il agisse.

Dernier geste posé par le dernier Homo sapiens, sur lequel ils seraient tous jugés.

Il avait des comptes à rendre.

Il lui était interdit de devenir ou de rester un autre paumé du quartier.

De retour dans la maison, il fila dans sa chambre, fouilla et finit par trouver un crayon et un gros cahier de notes, reliques de l'époque où sa mère s'était mis en tête de devenir leur maîtresse d'école.

Il s'assit derrière son bureau. Ça faisait des années qu'il n'avait pas fait ça. Il ouvrit le carnet à la première page. Feuille blanche sur laquelle tant de choses étaient possibles.

Ses doigts avaient perdu l'habitude de tenir un crayon, la préhension était maladroite. Il passa outre. Il écrivit :

Le Dernier Roman.

Ce serait le titre.

Et puis, il écrivit :

« *Premier chapitre.* »
Il commença à écrire.

Et pour la première fois depuis des années, il se sentit heureux.

Hélène

Vingt-quatre heures après l'effacement des disques durs, Hélène décida qu'elle n'en avait plus rien à foutre.

De rien.

Même d'elle-même.

Elle décida de suivre le même chemin que celui des disques durs, elle allait s'effacer, volatiliser l'intégralité du contenu de son esprit, éteindre tout ce qui pouvait avoir la forme d'une idée, d'une émotion, d'un affect. Oblitérer l'ensemble de ce qui était sauvegardé dans les replis blanchâtres de ses méninges.

Elle but.

Elle prit du Xanax, elle prit du Prozac, du Zoloft, du Seropram, du Seroplex, de l'Effexor.

Tout ce qui dans la pharmacie ressemblait à un antidépresseur ou à un anxiolytique, tout ce qui semblait capable de dérégler le fonctionnement de son cerveau était bon à prendre.

Elle mâcha encore un patch de fentanyl.

C'était merveilleux.

Elle retrouva l'ange. Il vint la prendre dans ses bras duveteux. Il la berça. Il l'embrassa. Il lui chanta « Nights in White Satin » avec la voix de George Michael. Et puis, il la baisa, délicatement, furieusement, de l'amour plein ses couilles divines. Souffle brûlant son cou, mains enchantant ses seins, langue éveillant son sexe.

Et sa bite était celle d'Evangelos.

Quel amant merveilleux.

Parfois, durant ces jours d'oubli, elle descendait dans la cuisine pour y manger quelque chose. Tout cet amour lui donnait faim. Et comme elle se fichait de tout, elle ne prenait même pas la peine de passer un peignoir.

— Ça va ? lui avait demandé Fred.

— Oui. Ça va très bien !

— Tu ne veux pas t'habiller ?

— Pourquoi ?

— Si… si les enfants te voient ?

— Et alors ?

Et elle remontait dans sa chambre en riant de ce qu'elle venait de dire, de sa condition de dernière mère de famille du monde, de ses rêves perdus, de ses espoirs disparus, de ses désirs évanouis, du bonheur que lui apportait l'ange chimique de la pharmacie, de la disparition définitive de toutes les histoires du monde et, avec elles, de l'évaporation du sens des choses et celle de la notion du temps.

Plus de récits, plus d'imaginaire, plus de fictions, plus de héros ni d'héroïnes. Le monde avait perdu toute signification, les jours et les nuits seraient à jamais semblables.

Comme il était bon à présent de s'en foutre.

Elle était dans la chambre, allongée nue sur le lit. Il ne faisait pas froid. Son corps ne pesait rien. Il ne semblait fait que d'un peu de brume qui aurait pris forme humaine.

Quelle heure était-il ? Cette question passa dans son esprit mais disparut aussitôt car elle s'en foutait. Elle se leva et dans la pharmacie elle prit un cachet au hasard. Peu importait son nom. Elle l'avala puis en avala un autre.

Elle s'allongea de nouveau.

Fred

Fred n'avait jamais douté de la puissance de la technologie. La technologie avait permis à de petits mammifères faibles et vulnérables de devenir les plus grands prédateurs du règne animal. La technologie avait permis aux humains, à la peau si fine, à l'ossature si fragile, au métabolisme si sensible, de se mettre à l'abri – pour autant qu'ils aient de l'argent – du trop chaud, du trop froid, des errances de la nature, de la sécheresse, des pénuries alimentaires, des tornades, des éruptions volcaniques, des tremblements de terre. L'argent donnait accès aux ressources et à ce qu'on faisait de mieux en matière d'isolation, de sécurité parasismique, anti-ouragan, anti-typhon, anti-nucléaire, anti-incendie.

Aujourd'hui Fred comprenait qu'il s'était trompé. L'effacement total de toutes les données stockées sur les disques durs représentait la preuve irréfutable de sa naïveté. Les écrans noirs des ordinateurs et des tablettes, vidés de leur contenu, étaient comme les visages moqueurs de la puissance de la nature contre laquelle on ne pouvait rien.

Aussi colossale que soit sa fortune, l'environnement, le milieu, l'univers trouveraient toujours une manière de réduire à néant ce qui avait été bâti.

L'argent avait été une illusion, il y avait cru comme on croit en une force divine capable d'altérer la réalité commune, une puissance magique faisant de ceux qui en possédaient suffisamment des êtres sacrés et invulnérables.

Comment avait-il pu être idiot à ce point? Comment avait-il pu être aveuglé par le volume des comptes en banque, les maisons, les voitures, les bateaux, les villas et les salons VIP ? Il n'existait aucun abri assez solide, aucune cachette assez secrète, aucun lieu assez sûr. Il n'y avait nulle part où l'une ou l'autre force naturelle ne pourrait vous retrouver pour détruire tout ce que vous aviez voulu protéger.

Le lendemain du « grand effacement », il se sentit en colère, une fureur qui lui travaillait le ventre, une rage brûlante dirigée contre la malchance qui avait frappé son installation, cette technologie prétendument indestructible. Mais surtout, au-delà de la colère, de la fureur et de la rage, il se sentait honteux. Il s'agissait là de la plus grande humiliation, du plus grand échec de toute sa vie. Il était si gêné, il se sentait si profondément nul, que durant toute la journée du lendemain, il évita de croiser Hélène ou les enfants. Il avait pris une bouteille de vin, il s'était rendu au sommet de la petite colline, il s'était assis sur l'herbe sèche et tiède, et il avait bu, les yeux perdus sur l'horizon, remâchant des heures durant son amertume, se demandant comment les choses allaient se passer à présent.

Il ne trouvait aucune réponse.

Le lendemain, il fit la même chose : quitter la maison, ne voir personne, passer la journée sur la colline.

Le surlendemain également mais dans la cuisine, avant de se mettre en route vers la colline, il croisa Hélène nue et complètement défoncée. Cette vision l'épouvanta et le poursuivit longtemps dans la journée.

Le soir, il retourna vers la maison. Il y régnait l'atmosphère sinistre d'un empire finissant. Le désordre de la cuisine lui fit comprendre que les enfants étaient passés, avaient mangé avant de disparaître Dieu sait où. Hélène dormait encore.

Elle devenait comme ces reptiles de vivarium, créatures figées, pierreuses, immobiles vingt-trois heures par jour.

Il rejoignit la petite « chambre d'ami » qui était sa chambre depuis bientôt trois ans et, une fois au lit, il se demanda comment il allait occuper ce temps précédant l'endormissement. Avant l'aurore boréale, il avait l'habitude de regarder les photos de famille ou un film, ou de lire quelques pages avant de fermer les yeux. C'était un passage nécessaire pour passer d'un niveau d'attention à l'autre, de la vigilance de la journée à l'inconscience de la nuit. Il finit par regarder un bout de *Rocky*. Il avait déjà vu ce film. Ce n'était pas trop son genre de cinéma. Il préférait les histoires de super-héros avec des effets spéciaux. Il regarda jusqu'au moment où Sylvester Stallone entre dans le magasin d'animaux où travaille Adrian. Il eut le temps de se dire qu'il aurait aimé tomber amoureux encore une fois dans sa vie, il savait que ce ne serait pas le cas.

Enfin, il s'endormit.

Il s'éveilla brutalement.

C'était le milieu de la nuit. Il faisait totalement noir, dedans comme dehors. D'abord, il ne comprit pas pourquoi il venait de se réveiller, puis il entendit le bruit.

Une sorte de frottement.

Il le reconnut immédiatement.

C'était exactement le même bruit que celui qui l'avait réveillé trois ans plus tôt.

Il se leva, se rhabilla, l'oreille tendue.

Encore une fois le frottement.

Il s'engagea dans les escaliers menant à la cuisine. Il vit de la lumière, il se figea.

Cette fois, ce n'était pas une illusion produite par son esprit. Cette fois c'était bien réel.

Le bruit venait des réserves dont la porte était entrouverte, rai de lumière vive se découpant sur le carrelage de la cuisine.

Jeanne en sortit, portant un sac à dos manifestement trop lourd pour elle.

Que pouvait-elle faire ?

Jeanne, ployant sous le poids du sac à dos, quitta la maison. Fred la suivit tout en restant à distance. Elle passa par le patio puis s'engagea sur le sentier qui faisait le tour de l'île. Dans le ciel, la lune pleine et ronde veillait, elle éclairait l'île avec la lumière bleutée d'un rêve aquatique.

Fred avait passé ses Nike Wildhorse dont les semelles recollées se redécollaient. Le bruit de ses pas était couvert par le sempiternel fracas des vagues contre les rochers.

L'océan ne dort jamais, se dit-il au moment où Jeanne descendait en direction de la petite plage où était amarré le Zodiac.

Quand elle fut à quelques mètres de l'eau, elle s'approcha d'une anfractuosité d'où elle tira un des grands sacs noirs étanches que Fred gardait dans les réserves. Elle sortit des choses du sac à dos qu'elle chargea dans le sac étanche. Ensuite, elle enfila son parka Helly Hansen rouge « spécial voile » et tira de l'anfractuosité deux autres sacs, également étanches. Ils avaient l'air de peser lourd. Elle les traîna péniblement vers le rivage puis elle saisit la chaîne du Zodiac et l'amena jusqu'à la plage.

Le petit bateau pneumatique n'avait pas été entretenu depuis près de trois ans. Il était presque complètement dégonflé, ne flottant plus que par miracle. Jeanne prit un gonfleur manuel (*elle a vraiment tout prévu*, se dit Fred), elle sembla éprouver quelques difficultés à le fixer sur la valve du bateau mais, après un instant, elle trouva comment faire et elle pompait avec énergie. Quand le bateau fut prêt, elle y chargea les sacs.

À ce moment, Fred décida d'intervenir. En quelques foulées, il était sur la plage. Quand Jeanne le vit arriver, son visage se durcit.

— Ne fais pas ça ! dit Fred.

— Je fais ce que je veux ! T'as rien à me dire !

Elle tenta de pousser le bateau à l'eau. Fred le retint.

— Lâche ça !

— Non !

Un moment se passa, Jeanne et Fred face à face, leurs visages éclairés par la lune, de l'eau jusqu'aux genoux, chacun une main sur la chaîne du Zodiac.

— C'est de la folie ! Tu ne sais même pas… naviguer ! Le bateau n'a pas été entretenu depuis des années… Il n'est pas du tout en état ! Et tu vas aller où ?

— Je m'en fous ! Tout vaut mieux que rester ici avec vous !

— Tu ne sais pas ce que tu dis ! Je dois te protéger contre… contre toi-même.

Fred tenait fermement le Zodiac par la chaîne, bien décidé à ne pas laisser sa fille s'en aller.

— Lâche ! ordonna Jeanne encore une fois.

— Non !

Jeanne saisit une des rames en bois se trouvant dans le bateau et frappa son père. Le coup l'atteignit sur le côté du visage, il n'était pas très puissant, juste assez fort pour lui faire perdre l'équilibre. Il tomba à la renverse, une vague le repoussa vers le rivage et l'aveugla un instant. Quand il se redressa, Jeanne était à bord du Zodiac et s'éloignait de l'île, ramant de toutes ses forces en direction du voilier.

— Merde ! dit Fred à haute voix.

Il ôta ses chaussures, se jeta à l'eau et nagea à sa poursuite.

Il n'avait jamais été bon nageur. Il n'avait jamais aimé ça et il n'avait plus fait de sport depuis trois ans. Après trois mouvements de brasse, il n'eut plus de souffle et ses bras lui faisaient mal. Mais il passa outre la douleur et l'essoufflement. Il nageait avec toute la force que lui donnaient sa honte et sa colère. La bouche remplie d'eau salée, il hurlait :

— Arrête ! Arrête-toi !

Devant lui, Jeanne arriva à hauteur du voilier. Elle accrocha le Zodiac à un montant de l'échelle et entreprit de monter les sacs étanches. Elle avait du mal, la houle, le poids des sacs, la hauteur de l'échelle rendaient l'opération compliquée. Elle parvint à mettre un sac en équilibre sur le premier montant. Elle le poussa des épaules dans l'attitude d'un haltérophile réalisant un épaulé-jeté et parvint à le faire rouler sur le pont du bateau. Elle tenta ensuite la même opération avec le deuxième sac mais, dans la précipitation, il glissa et tomba à l'eau. Le temps qu'elle le récupère en s'aidant d'une rame, Fred arrivait à bout de souffle et s'accrochait au Zodiac.

— Arrête ! dit-il encore, évitant de peu un nouveau coup de rame.

Épuisé, presque noyé, il comprit alors ce qu'il devait faire. Alors que Jeanne s'activait pour récupérer le sac tombé à l'eau, il saisit la rampe de l'échelle, se hissa, lourd et trempé, et monta les quelques marches le séparant du pont. Il prit le sac que Jeanne avait poussé jusque-là et le jeta à la mer.

— Espèce de sale connard ! hurla Jeanne depuis le Zodiac.

Fred entra dans la cabine du voilier. Il y régnait une puissante odeur de moisi. Un peu de lumière lunaire entrait par les fenêtres latérales, juste assez pour constater que l'aménagement intérieur avait complètement pourri : les boiseries, le revêtement des assises. La coque devait être rongée par le sel et les coquillages. Il s'engouffra dans le local technique, cagibi exigu où se trouvaient le moteur, le kit de survie, les fusées de détresse et quelques litres de fuel stockés dans un jerrycan en aluminium.

Quand il sortit et qu'il arriva sur le pont, il vit que Jeanne était parvenue à mettre deux sacs sur le bateau et qu'elle achevait de charger le troisième. Il admira la force et la ténacité de sa fille. Avec ce genre de caractère, dans une autre dimension, celle où aucune catastrophe n'aurait fait disparaître l'humanité, elle aurait pu être l'héritière de son business. Elle l'aurait fait prospérer, elle en aurait fait un empire du traitement de données, elle aurait été une CEO sans pitié, redoutée et admirée, elle serait entrée dans le club des cent premières fortunes mondiales, elle aurait fréquenté les rois de la Silicon Valley et les émirs de Dubaï, les salons de Davos.

Quel dommage que ça doive se terminer comme ça, quel gâchis, se dit Fred.

Il dévissa le capuchon du jerrycan et versa le fuel sur le pont. Ensuite, il prit un feu de détresse, l'ouvrit et tira sur la cordelette. Le magnésium se combina au peroxyde d'azote, à son extrémité, la température atteignit les trois mille degrés Celsius en quelques secondes. À son contact, excités par la chaleur, les atomes d'oxygène rayonnèrent d'une aveuglante lumière rouge de quinze mille candelas. Il jeta le feu de détresse sur la nappe de fuel.

D'abord, il ne se passa rien mais après une dizaine de secondes, le liquide s'enflamma et le pont du voilier se transforma en un brasier de l'enfer.

— MAIS PUTAIN !!!!!! fit Jeanne qui venait d'arriver sur le bateau.

Fred lui empoigna le bras et il se jeta à l'eau, entraînant sa fille avec lui.

Ils s'accrochèrent au Zodiac. Jeanne, la bouche et le nez remplis d'eau de mer hurlait et pleurait à la fois.

— CONNARD PUTAIN CONNARD FAIT CHIER PUTAIN !!!!

Et tandis qu'elle frappait et griffait le visage de son père, à quelques mètres d'eux, le voilier flambait. Ce brasier aveuglant tanguant sur les vagues obscures de l'océan évoquait une cérémonie viking des temps anciens. La résine de la coque brûlait en produisant une épaisse fumée noire qui s'élevait haut dans le ciel de nuit. Il y eut une explosion venue de la cale moteur, les flammes orange gagnèrent le nylon des voiles roulées autour du mat. Elles semblèrent d'abord fondre, se tordant comme des animaux en souffrance, puis sous l'effet des températures élevées, elles prirent feu à leur tour.

Fred et Jeanne regagnèrent la plage tant bien que mal. Jeanne rampa sur les galets, vomissant de l'eau salée, le nez plein de morve, les yeux pleins de larmes. Elle se releva, titubant. Avec ses cheveux trempés et ses vêtements déformés par le poids de l'eau, elle avait l'air misérable d'un démon vaincu par un exorciste.

— J'ai fait ça pour toi, dit Fred.

Jeanne ne le regardait pas, elle ne semblait ni l'écouter ni le voir.

En tremblant de froid, elle s'éloigna dans la nuit.

Jeanne

Jeanne pleurait, pleurait, pleurait.

Elle pleurait sans pouvoir s'arrêter.

Torrents de malheur, cascades de douleur, rivières de larmes lui trempant les joues, lui roulant jusque dans la bouche qu'elles remplissaient de leur sel comme l'avaient fait les vagues de l'océan.

Elle pleurait sur les ruines de sa vie, sur ses espoirs détruits, sur son destin brisé.

À l'intérieur de son corps, il ne restait qu'un espace vide et froid, sans lumière, sans écho.

Sa poitrine était la demeure du néant, la maison de la mort.

Elle avançait pieds nus. Les herbes et les pierres du chemin lui lacéraient la chair.

Elle avait mal.

Et tandis qu'elle avait mal, une idée archaïque naquit en elle : elle ne voulait pas être la seule à avoir mal. Le mal qu'on lui avait fait, elle allait le rendre !

Il n'y avait pas de raison que personne ne paye pour la destruction de son existence.

Si c'était terminé pour elle, ce serait terminé pour tout le monde.

Ce serait son unique consolation.

En arrivant à la maison, elle avait pris sa décision.

Dans sa chambre, elle prit son cahier, y déchira une page vierge et y écrivit quelques lignes.

Elle la plia en deux et la glissa sous la porte de la chambre de son frère.

Alexandre

Il avait écrit sans interruption durant toute une journée, ne s'arrêtant que pour aller chercher de quoi manger dans la cuisine. Dans ce dernier roman, il voulait tout dire et tout mettre. Il savait que l'effet serait peut-être celui d'un incroyable capharnaüm mais il l'acceptait. Le dernier roman se fichait des formes classiques, des académismes, il y aurait dedans tous les rêves possibles, tous les cauchemars imaginés, l'expérience de toutes les réalités, les éclats de tous les regards, le son de toutes les voix, le contenu de toutes les expériences, le récit de toutes les douleurs, de tous les amours, de toutes les vies, de leur naissance à leur mort, longues ou brèves, qu'elles soient glorieuses ou anonymes.

L'ambition était démesurée.

Il le savait.

Mais elle était à la mesure de la responsabilité qui était la sienne.

Ce serait le dernier témoignage de ce que fut l'humanité, il était le dernier scribe d'une aventure commencée quelques millions d'années plus tôt et qui prenait fin sur cette île, dans cette maison, à ce bureau, sur les pages de ce carnet.

Il s'était endormi assis, la tête entre les bras puis, s'éveillant à l'aube, il avait continué jusqu'à la nuit suivante.

À mesure qu'il écrivait, il acceptait sa condition. Il ne résistait plus à son destin et sa tristesse s'évaporait comme de la rosée de printemps.

Le lendemain, à l'aurore, il avait mal au poignet, au cou, au dos. Au fil des années, son corps avait perdu l'habitude de rester assis des heures durant. Il se leva de sa chaise, s'étira et fit quelques mouvements maladroits de gymnastique.

Il se figea soudain.

Par la fenêtre de sa chambre, il avait vu un panache de fumée noire s'élever au-dessus de la mer.

Cela venait de l'endroit où se trouvait le voilier. Il se rappela sa discussion avec sa sœur lorsqu'il avait compris qu'elle était déterminée à partir.

Que s'était-il passé ?

Il enfila ses chaussures précipitamment, le cœur battant, conscient qu'un drame était en train de se jouer.

Comme il s'apprêtait à quitter sa chambre, il vit le mot glissé sous la porte.

C'était l'écriture maladroite de sa sœur.

« NE ME CHERCHEZ PAS. JE VEUX MOURIR TRANQUILLE. J'EN PEUX PLUS DE CETTE VIE. ADIEU. »

Il courut jusqu'à la chambre de sa sœur.

Vide.

Où pouvait-elle être allée ? Il devait faire quelque chose, l'empêcher de faire une connerie ! Il voulait lui parler, lui dire qu'il y avait toujours une raison d'essayer de vivre, même une minuscule raison, un petit rien auquel s'accrocher. Lui, par exemple, il avait décidé d'écrire le dernier roman de toute l'histoire de l'humanité, elle pourrait certainement trouver quelque chose qui donnerait un sens à une existence qui semblait ne plus en avoir.

Il sprinta jusqu'au salon, il y trouva son père, trempé, hagard, une moitié de son visage tuméfiée comme s'il avait reçu un coup.

— Jeanne ! dit Alexandre en montrant la lettre.

Son père lut le mot, il eut l'air épouvanté.

— C'était… J'ai fait ça pour elle. Elle serait morte pendant cette traversée !

— Il faut qu'on la trouve ! Il faut qu'on la cherche tous ensemble !

Alexandre alla dans la chambre de ses parents. Il y planait l'odeur surette d'une clinique mal aérée. Sa mère gisait sur le lit, au fond d'un sommeil comateux. Il lui secoua l'épaule :

— Maman ! Maman ! Réveille-toi ! Jeanne va faire une connerie ! Tu dois nous aider à la chercher ! Maintenant.

Hélène gémit, ouvrit un œil terne.

— Quoi ?

— Si on ne la retrouve pas TOUT DE SUITE, Jeanne va se SUICIDER ! hurla Alexandre.

Sa mère se redressa péniblement. Chaque mouvement semblait lui demander un effort surhumain. Elle était nue. Il détourna les yeux en lui montrant le mot.

— Mon Dieu ! dit-elle.

Elle enfila un survêtement qui traînait au pied du lit, chancela, tomba presque, il la rattrapa.

— Il faut qu'on la cherche tous ensemble ! C'est comme ça qu'on aura le plus de chance de la trouver.

Après avoir fait en vain le tour de la maison, ils décidèrent de quadriller l'île. Alexandre partirait au nord, là où les falaises plongeaient d'une dizaine de mètres vers la mer. Son père irait au sud, vers la plage de galets, sa mère irait à l'est là où était amarré le Zodiac.

En courant vers le nord, Alexandre implorait sa sœur en pensée : *Ne fais pas ça ! Ne fais pas ça s'il te plaît !*

Hélène

Il y avait beaucoup trop de produits chimiques dans son corps.

Elle essayait de donner le change mais elle tenait à peine debout et ses idées se perdaient dans un brouillard épais.

Elle avait l'impression que sa tête était enfoncée dans un matelas et que son corps était fait de laine bouillie. Sa bouche était sèche, sa vision se résumait à une tête d'épingle colorée au bout d'un couloir sombre.

Elle arriva sur la plage où le Zodiac à moitié dégonflé gisait comme un animal mort. Devant elle, le voilier n'était plus qu'un morceau de plastique brûlé, informe, fumant, tragique, déprimant.

Elle appela :
— Jeanne ?
Il n'y eut pas de réponse.

Fred

Il hurlait à s'en briser les cordes vocales.

— JEANNE ! JEANNE ! JEANNE !!!!!

Il se maudissait, il comprenait que c'était sa faute. Il n'avait pas compris la détresse de sa fille. Il ne l'avait jamais comprise.

Il n'avait jamais voulu la comprendre.

Il n'avait jamais rien compris.

Jeanne

Elle s'était cachée sous son lit.

Une cachette si évidente, si naïve que personne n'avait pensé à aller voir à cet endroit.

Elle les avait écoutés s'agiter pendant qu'ils organisaient sa recherche.

Le mot qu'elle avait glissé sous la porte de la chambre de son frère avait été une bonne idée.

Il avait bien fait paniquer tout le monde.

Quand ils furent tous partis, elle prit un sac de plage qui traînait dans son armoire et elle descendit dans l'atelier.

Elle fouilla parmi les différents produits d'entretien, elle trouva des bouteilles d'alcool ménager, des bouteilles de white spirit et tout un stock de « gel allume-feu pour brasero et barbecue ».

Elle prit toutes les bouteilles dont les étiquettes étaient marquées, comme mise en garde, d'une petite flamme orange.

Son sac était plein à craquer. Elle partit dans les réserves. Elle vida une vingtaine de bouteilles de produits chimiques tout au long des frigos qui occupaient les quatre cents mètres carrés du sous-sol.

Après un moment, l'endroit se satura d'une puissante odeur de solvant.

Elle rejoignit le salon.

Elle versa le gel allume-feu sur les divans, fauteuils et canapés du salon. Elle en fit couler le long des murs, sur le plancher en bois blanchi, sur les rideaux en lin, sur les tapis en laine. Elle en répandit dans la cuisine, sur le sol carrelé, sur le plan de travail, sur tous les placards. Puis dans les escaliers, puis dans chacune des chambres, arrosant avec générosité tous les lits, toutes les salles de bain, toutes les garde-robes.

Elle n'oublia aucun recoin. Aucun endroit. Aucun espace. C'était facile, elle connaissait la maison par cœur.

Elle se laissait guider autant par sa mémoire que par la haine qu'elle avait de ce lieu maudit.

Enfin, elle traversa le patio et pénétra dans l'aile ouest. Tout y était comme dans son souvenir, le petit appartement d'Ida et Marco n'avait pas changé. De la poussière s'était accumulée dans la cuisine. Dans leur chambre, le lit n'avait jamais été refait. Sur le sol, une tache de sang devenue noire n'avait pas été nettoyée.

Elle n'avait jamais vraiment su ce qui s'était passé mais elle s'en doutait. Comment ses parents avaient-ils pu vivre à côté de ces souvenirs ? Ils étaient fous. Ils l'avaient rendue folle. Tout était leur faute.

Jeanne versa tout ce qui lui restait de liquide inflammable.

Elle retourna vers la maison et sortit des allumettes de sa poche.

Cela faisait longtemps qu'elle ne s'était pas sentie aussi bien.

Elle se sentait comme dans son rêve, lorsqu'elle tournait un épisode de *West Sacramento College* en compagnie de Kyle, Shean et Jason.

Elle crut entendre une voix disant « Moteur ».

Elle était devenue l'héroïne de sa propre vie et son histoire extraordinaire fascinait les spectateurs du monde entier.

La voix dit « Action ».

Elle jeta l'allumette sur le sol imbibé de la maison.

Le feu prit instantanément.

Quatrième partie

Tous

La maison avait brûlé deux jours durant.

Fournaise aveuglante déchirant la nuit et dévorant le jour.

Pendant un moment, il y avait eu de la pluie mais ça n'avait rien changé. L'incendie était si violent et la chaleur si intense que l'eau se vaporisait avant de l'atteindre.

Les flammes s'élevaient si haut dans le ciel que tous les oiseaux avaient fui. Ils se tenaient à distance, posés dans l'eau, flottant à la manière de petits bateaux blancs, attendant patiemment de pouvoir rentrer chez eux.

Le premier jour, une épaisse fumée noire avait rendu l'air de l'île presque irrespirable et puis, heureusement, le vent avait tourné et les émanations toxiques avaient été soufflées vers le large.

Quand il avait vu les flammes, Fred avait accouru. Il n'avait pu s'approcher à cause de la chaleur. Il avait crié pendant longtemps. Des cris de rage qui s'étaient mêlés à des larmes d'enfant qu'on a abandonné sur un banc.

Et puis il s'était calmé. Épuisé d'abord et puis résigné, stupéfait, abasourdi par ce qui était en train de se passer, il s'était assis dans l'herbe, les yeux fixés sur le spectacle terrifiant que lui offrait l'incendie.

Hélène l'avait rejoint. Elle ne fut d'abord pas en état de comprendre ce qui se passait. Elle crut à une hallucination provoquée par la prise massive de médicaments. Puis, à mesure que son métabolisme filtrait les substances actives qui s'y trouvaient, elle cria et pleura à son tour, prenant le relais de Fred qui s'était tu.

Et à la fin du deuxième jour, lorsqu'il n'y eut plus ni flammes ni braises, qu'il ne resta que l'odeur toxique des mille plastiques, vernis, résines et synthétiques qui avaient brûlé, plus personne ne pleurait ni ne criait.

Alexandre et Jeanne avaient assisté à l'incendie à côté de leurs parents. Jeanne, apaisée par son geste, était calme. Elle se sentait vengée de ce qu'on lui avait fait et cette vengeance l'avait comme lavée de toutes ses émotions.

Elle n'éprouvait plus ni colère ni désespoir. Elle n'éprouvait rien d'autre qu'une grande fatigue et l'envie de dormir pendant des jours.

Alexandre regrettait que l'incendie ait emporté dans ses flammes les premières pages du dernier roman mais il se consola en se disant qu'il pourrait tout reprendre depuis le début. Le temps ne lui manquerait pas.

Personne n'en voulut à Jeanne. Cela n'aurait servi à rien. L'île avait eu son lot de rancœur et de haine. Il n'en restait plus pour personne.

À présent, il fallait consacrer son énergie à survivre.

Et survivre demandait de l'organisation.

Une fois les cendres refroidies, ils purent s'approcher des décombres. La charpente avait brûlé, sous l'effet de la dilatation et de la contraction, les murs s'étaient effondrés, certaines fondations étaient encore là, instables, dressées comme des totems inutiles, menhirs d'une religion disparue. De tout le reste ne subsistait qu'un énorme tas de cendres nauséabondes dont l'exploration se révéla dangereuse. Un pot de peinture mis sous pression explosa à quelques mètres de Fred, Hélène se coupa sur la tige métallique d'une porte-fenêtre. On redoubla de prudence durant les fouilles.

Tout ou presque était détruit. Un millier de conserves de nourriture avaient échappé à la destruction, les autres avaient chauffé et s'étaient déformées ou bien ouvertes sous l'effet de la chaleur. Bien entendu, l'ensemble du surgelé était définitivement perdu. Il restait une vingtaine de bouteilles de vin, pour autant que l'exposition aux hautes températures n'ait pas fait perdre au liquide son goût et son arôme. Quelques vêtements n'avaient pas trop souffert, ils n'étaient pas en bon état mais ils étaient mettables.

On fut systématique. Tout ce qui était utilisable fut récupéré et placé sous des bâches de fortune constituées de lambeaux de rideaux de douche, de morceaux de sacs en plastique, de fragments de vestes imperméables qu'Alexandre fit tenir ensemble avec du fil métallique dont il avait trouvé une bobine dans les ruines de la cuisine. On mit au jour quelques paires de chaussures (dont une paire de hauts talons Hermès taille 38), deux vestes de sport de Fred, des trainings dépareillés, quelques sous-vêtements d'homme et de femme. Il y avait aussi quelques outils (une bêche, un marteau) et deux montres : une Rolex Submariner et une Omega Speedmaster (Fred s'émerveilla devant la qualité de l'horlogerie suisse).

L'éolienne avait été touchée par les flammes et son générateur était hors d'usage. De toute manière, il ne restait rien du système électrique de la maison. L'hydrolienne continuerait de tourner en vain, rotation obstinée et désormais absurde, entraînée par les courants sous-marins, jusqu'à ce que l'accumulation de micro-dommages et le manque d'entretien aient raison d'elle une fois pour toutes.

La nuit qui avait succédé à l'incendie avait été épouvantable. Toute la famille avait dormi dehors. Avec le coucher du soleil, la température ne dépassait plus les dix degrés. Ils se couvrirent comme ils purent et se blottirent les uns contre les autres, les parents aux extrémités, les enfants au centre, pour conserver un peu de chaleur.

Ils comprirent qu'il y avait deux priorités : fabriquer un abri et trouver de la nourriture.

Il fallut des jours pour fouiller les ruines et y trouver de quoi construire un refuge de fortune : tiges de fer, bâches, planches, portes de douche, lunettes de wc… Tout fut recyclé. Ils décidèrent que le meilleur endroit où s'établir était au fond d'une dépression du terrain, adossé à une pente de rocher. L'endroit était sec et à l'abri du vent, des avantages stratégiques quand il faut partir de zéro. Ils travaillèrent quelques jours et finirent par obtenir ce qu'ils appelèrent « la cabane ».

Elle ne ressemblait à rien. Amas de bric et de broc, assemblage sans élégance mais solide.

Ce n'était pas très grand (moins de dix mètres carrés), ni très haut (on y tenait à peine debout), cependant il n'en fallait pas plus pour passer la nuit en s'y sentant en sécurité.

La première semaine fut épuisante. Fouiller les vestiges calcinés, soulever les gravats, trier les déchets demandait beaucoup d'énergie mais ils ne voulaient rien laisser passer, tout pouvait être important : la moindre vis, la moindre fourchette, le moindre lacet était un trésor dont l'utilité se révélerait peut-être un jour. Il y eut des miracles : Jeanne trouva une boîte d'hameçons, Hélène un petit couteau à fruits, Alexandre des ciseaux, Fred une casserole en acier.

Alexandre était parvenu à fabriquer un feu : un cercle de galets au milieu duquel il mit des algues séchées, des brindilles arrachées aux arbustes et quelques morceaux de bois comme il s'en trouvait souvent sur la plage. Il restait une poignée d'allumettes dans la boîte dont s'était servie Jeanne pour mettre le feu à la maison. Les allumettes étaient utiles pour le moment mais à l'avenir, ils devraient apprendre à faire du feu d'une autre manière, à l'ancienne, probablement par friction.

Le soir, après le travail, ils ouvraient les boîtes de conserve avec un tournevis, ils en réchauffaient le contenu sur le feu. Ils étaient si épuisés qu'ils mangeaient en silence et s'endormaient aussitôt.

Quand ils eurent fouillé l'intégralité des décombres, soulevé tous les gravats, examiné tous les vestiges, ils réfléchirent à l'organisation de leur survie. Chaque outil, chaque vêtement, chaque objet était précieux, unique et devait être entretenu et utilisé avec soin. L'eau n'était pas un problème, la citerne n'avait pas été touchée et continuerait d'être alimentée par la pluie. Par contre, les conserves ne suffiraient pas à couvrir leurs besoins en nourriture pour les années à venir.

Ils devraient apprendre à pêcher. Les hameçons les y aideraient mais il faudrait probablement mettre au point des systèmes de nasse pour capturer les poissons entre les rochers. Aucun d'eux n'avait jamais fait ça mais avec de l'entraînement, ils savaient qu'ils maîtriseraient les techniques.

Ils n'avaient pas le choix.

Pour Hélène qui s'était habituée à vivre sous anxiolytique, les premières semaines furent difficiles. Le contenu de toute la pharmacie avait été détruit. Alexandre l'aida en lui faisant mâcher les baies noires cueillies sur les buissons, ce fut comme un sevrage, ce n'était pas parfait, elle souffrit énormément, des crises d'angoisse qui semblaient vouloir l'engloutir tout entière mais, peu à peu, elles se firent plus rares et moins violentes.

Alexandre ne se découragea pas, rien n'aurait pu l'empêcher de travailler à son dernier roman. Il avait sorti quelques feuilles de papier d'une cassette d'imprimante qui avait échappé aux flammes. Par contre, il ne trouva ni crayon, ni stylo, ni rien qui lui permette d'écrire. Il travailla avec des bouts de bois dont il brûlait les extrémités. Il écrivait tous les jours, durant des heures. Rapidement, il arriva au bout de la réserve de papier. Il se mit alors à la recherche de galets plats et clairs comme on en trouvait tout autour de l'île et il écrivit à même la pierre. Il rangeait ensuite les galets à l'abri de la pluie, dans des cavités s'ouvrant sous les ruines de la maison. Il y en eut bientôt toute une collection.

C'était la dernière bibliothèque du monde.

Un soir, ils s'aperçurent que l'iPad d'Alexandre était encore chargé. Un minuscule niveau de charge. Il n'y restait rien d'autre que le film *Rocky*. Ils le regardèrent tous ensemble, émus par l'histoire de cet homme qui, par amour, essaye de devenir autre chose que lui-même et y parvient.

Au moment du générique de fin, la batterie arriva au bout de sa réserve et le dernier écran de toute l'histoire humaine devint noir pour toujours.

Un jour, Fred et Hélène qui étaient partis chercher du bois se dirigèrent sans y penser vers l'extrémité ouest de l'île. Ils s'arrêtèrent devant l'agrégat de rochers noirs. Ils gardèrent le silence, laissant les souvenirs revenir à eux, des images qu'ils avaient chassées de leur mémoire durant des années et qui, à présent, s'approchaient d'eux avec la méfiance de chiens battus, deux pas en avant, un pas en arrière.

Ils revirent comment ils avaient traîné les corps d'Ida et Marco. Ils se rappelèrent comme ils étaient lourds et comment il leur avait fallu des heures pour arriver jusqu'à ce point de l'île qui était le plus éloigné de la maison. Ils se souvinrent de quelle manière, à deux, sans s'adresser la parole, ils avaient creusé toute la journée des tombes aussi profondes que possible, pour y faire disparaître aussi bien les cadavres que la honte qu'ils ressentaient d'en être arrivés là.

Après un moment, face à ces rochers et à ces souvenirs, Hélène cueillit une poignée de fleurs jaunes et les posa sur la pierre sombre. Fred l'imita.

— Comment tout ça a pu arriver? demanda Fred.

— On avait trop de choses. Ça nous terrifiait. Ça nous a rendus fous.

Et ils partirent chercher du bois.

Il y eut des nuits et il y eut des jours.

Des semaines.

Et puis des mois.

Peu à peu, le temps qui passait prit une autre forme, une progressive altération de sa nature : il n'y avait plus besoin de l'occuper, il s'écoulait discrètement, avec douceur, il n'était plus un adversaire, il liait entre eux les chapitres simples de l'existence : dormir, trouver de quoi manger.

Parfois, le soir, ils se racontaient des histoires. C'était tantôt drôle, tantôt nostalgique. À cet exercice, Jeanne était la plus douée, elle inventait des épopées interminables qui les tenaient en haleine des heures entières, elle imaginait des sagas luxuriantes où se mêlaient de la magie et de l'amour, elle les emportait dans des odyssées où des âmes perdues luttaient contre la nuit, contre la mort et contre le désespoir et finissaient, au bout des pires épreuves, par vaincre les ténèbres.

Durant des années, l'île n'avait été qu'un support, un socle, un appui pour la maison et tout ce qu'elle contenait. À leurs yeux, elle n'avait été rien d'autre qu'un morceau de basalte auquel on ne prêtait pas attention.

À présent, à son tour elle était devenue maison, elle avait pris le relais de celle qui avait disparu dans les flammes.

Alors, ils apprirent à la regarder et à la connaître. Ils découvrirent ses reliefs, ses côtes, la nature de ses surfaces, les caractéristiques de ses parties.

Ils l'habitèrent, elle les protégea, ils firent partie d'elle, ils étaient comme les oiseaux qui la survolaient, comme les phoques qui venaient se reposer sur ses rochers.

Ils devinrent comme sa pierre, ses plantes, sa terre.

Ils étaient en vie.

Au diable vauvert
Littérature française
Extrait du catalogue

SÉBASTIEN AYREAULT
Loin du monde, roman
Sous les toits, roman
Ce n'est pas de la pluie, poésie
Pourquoi ça fait si mal, poésie
TRISTANE BANON
Le Bal des hypocrites, récit
JULIEN BLANC-GRAS
Gringoland, roman
PRIX DU FESTIVAL DU PREMIER ROMAN DE CHAMBÉRY
Comment devenir un dieu vivant, roman
Touriste, roman
PRIX LITTÉRAIRE JACKIE BOUQUIN
Paradis (avant liquidation), roman
In utero, roman
Dans le désert, roman
PIERRE BORDAGE
Mort d'un clone, roman
Le Jour où la guerre s'arrêta, roman
PRIX ALEF DES LIBRAIRES
Tout sur le zéro, roman
CHRISTOPHER BOUIX
Alfie, roman

SYLVIE BOURGEOIS
Brèves enfances, nouvelles
FABRICE CAPIZZANO
La Fille du chasse-neige, roman
Le Ventre de la péniche, roman
CHRISTOPHE CARPENTIER
Cela aussi sera réinventé, roman
L'Homme-canon, roman
Carnum, roman
SIMON CASAS
Taches d'encre et de sang, récit
La Corrida parfaite, récit
Générique de fin, roman
JEAN-FRANÇOIS CHABAS
Red Man, roman
FABRICE COLIN
Mémoire du vautour, roman
OLIVIER DECK
Adieu, torero, récit
WENDY DELORME
Insurrections ! En territoire sexuel, récit
La Mère, la Sainte et la Putain, roman
Le corps est une chimère, roman
PRIX JOSEPH
JEAN-PAUL DIDIERLAURENT
Le Liseur du 6h27, roman
PRIX DU ROMAN DE L'ENTREPRISE ET DU TRAVAIL
PRIX MICHEL TOURNIER (VALLÉE DE CHEVREUSE)
PRIX LIONS CLUB IDFO (ÎLE-DE-FRANCE OUEST)

PRIX DU LIVRE POURPRE (BERGERAC)
PRIX LYCÉES LECTURE DE COMPIÈGNE
PRIX POULET MALASSIS (ALENÇON)
PRIX DES LECTEURS DU PAYS DE GOIX
LAURÉAT DU FESTIVAL DU PREMIER ROMAN DE CHAMBÉRY
PRIX LILLY IN THE VALLÉE (HONFLEUR)
PRIX YAKA'LIRE
PRIX DU PREMIER ROMAN 'UN LIVRE UNE COMMUNE' (CESSON VERT-SAINT-DENIS)
PRIX CE 38 (GRENOBLE)
PRIX CEZAM INTER CE NATIONAL
PRIX CINÉLECT (JOINVILLE-LE-PONT)
PRIX DES LECTEURS DE LA BIBLIOTHÈQUE DE ST JOUAN DES GUERETS
PRIX COMPLÈTEMENT LIVRES (ILLKIRCH GRAFFENSTADEN)
PRIX LIRE EN PAYS D'ANCENIS

Macadam, nouvelles

Le Reste de leur vie, roman

PRIX DU LIVRE CHEMINOT

La Fissure, roman

Malamute, roman

Bec et ongles, nouvelles

YOUSSOUF AMINE ELALAMY

Les Clandestins, roman

PRIX ATLAS
PRIX LE PLAISIR DE LIRE

C'est beau, la guerre, roman

PRIX ORANGE DU LIVRE EN AFRIQUE

CATHERINE FRADIER

Cristal Défense, roman

PRIX POLAR MICHEL-LEBRUN

La Face cachée des miroirs, roman

Le Stratagème de la lamproie, roman

Dossier Kastor, roman

Et nous aurons l'éternité, roman

THOMAS GUNZIG

Mort d'un parfait bilingue, roman

PRIX VICTOR-ROSSEL

PRIX INTERNATIONAL CLUB MED

Le Plus Petit Zoo du monde, nouvelles

PRIX DES ÉDITEURS

Kuru, roman

10 000 litres d'horreur pure, roman

PRIX MASTERTON

Assortiment pour une vie meilleure, nouvelles

Manuel de survie à l'usage des incapables, roman

PRIX TRIENNAL DU ROMAN

Et avec sa queue, il frappe ! théâtre

Borgia, comédie contemporaine, théâtre

La Stratégie du hors-jeu, théâtre

La Vie sauvage, roman

PRIX FILIGRANES

Encore une histoire d'amour, théâtre

Feel good, roman

Le Sang des bêtes, roman

Rocky, dernier rivage, roman

NORA HAMDI

Des poupées et des anges, roman

PRIX YVES-NAVARRE

Plaqué or, roman

GRÉGOIRE HERVIER

Scream Test, roman

PRIX MÉDITERRANÉE DES LYCÉENS

PRIX POLAR DERRIÈRE LES MURS

PRIX INTERLYCÉES PROFESSIONNELS DE NANTES

PRIX PASSERELLE

Zen City, roman

PRIX PACA DES LYCÉENS

Vintage, roman

Dark Was the Night, novella

ANTOINE JAQUIER

Simili-love, roman

Tous les arbres au-dessous, roman

ALEX D. JESTAIRE

Tourville, roman

Contes du Soleil Noir :

Crash, roman

Arbre, roman

Invisible, roman

Audit, roman

Esclave, roman

FÉLIX JOUSSERAND

Basketville, poésie

Rhapsodes, poésie

Mauvais penchant, poésie

Le Siège de Mossoul, poésie

Les Plaies d'Occident, poésie

AÏSSA LACHEB

Plaidoyer pour les justes, roman

L'Éclatement, roman

Le Roman du souterrain, roman

Dans la vie, roman

Scènes de la vie carcérale, récit

Dieu en soit garde, roman

Émilie, roman

Érostrate for ever, roman

LOUIS LANHER

Microclimat, roman

Un pur roman, roman

Ma vie avec Louis Lanher, nouvelles

PRIX RÉVÉLATION 2008 FORÊT DES LIVRES

Trois jours à tuer, roman

Les féministes n'auront pas l'Alsace et la Lorraine, récit

TITIOU LECOQ

Les Morues, roman

PRIX DES LECTRICES DE ELLE BELGIQUE

La Théorie de la tartine, roman

PHILIP LE ROY

Couverture dangereuse, roman

Evana 4, roman

Le Dernier Testament, roman

GRAND PRIX DE LITTÉRATURE POLICIÈRE

La Dernière Arme, roman

La Dernière Frontière, roman

MARIN LEDUN

Modus operandi, roman

Marketing viral, roman
ANTOINE MARTIN
La Cape de Mandrake, nouvelles
Le Chauffe-eau, épopée
Juin de culasse, odyssée
Conquistadores, sitcom
Produits carnés, nouvelles
Hercules 1959, péplum
ROMAIN MONNERY
Libre, seul et assoupi, roman
Le Saut du requin, roman
Un jeune homme superflu, roman
Ce n'est qu'un au revoir, lettres de démission
XAVIER DE MOULINS
Un coup à prendre, roman
Ce parfait ciel bleu, roman
JUSTINE NIOGRET
Quand on eut mangé le dernier chien, roman
JAMES NOËL
Brexit, suivi de *La Migration des murs*, poésie
AGATHE PARMENTIER
Pourquoi Tokyo ?, récit
Calme comme une bombe, roman
MARIO PIMIENTO
Le Consac de Gagne-Petit, récit
La Bonne Case, roman
ANNE PLANTAGENET
Manolete, le calife foudroyé, biographie
OXMO PUCCINO
Mines de cristal, poésie

140 piles, journal
Au fil du chant, album

VINCENT RAVALEC
Proprio, nouvelle
Nouvelles, intégrale
Sainte-Croix-les-Vaches, roman

NICOLAS REY
Treize minutes, roman
Mémoire courte, roman
PRIX DE FLORE
Un début prometteur, roman
Courir à trente ans, roman
Un léger passage à vide, roman
PRIX CINÉ ROMAN CARTE NOIRE
L'amour est déclaré, roman
La Beauté du geste, chroniques
La Femme de Rio, scénario
Les enfants qui mentent n'iront pas au paradis, roman
Dos au mur, roman
PRIX GATSBY
Lettres à Joséphine, roman
La Marge d'erreur, roman
Crédit illimité, roman

CÉLINE ROBINET
Vous avez le droit d'être de mauvaise humeur…, nouvelles
Faut-il croire les mimes sur parole ?, nouvelles

THOMTÉ RYAM
Next level, roman

RÉGIS DE SÁ MOREIRA
Pas de temps à perdre, roman
PRIX DU LIVRE ÉLU
Zéro tués, roman
Le Libraire, roman
Mari et femme, roman
La vie, roman
PRIX LYCÉENS EN TOUTES LETTRES
Comme dans un film, roman
ZOÉ SAGAN
Kétamine $C_{13}H_{16}ClNO$, roman
LOUBNA SERRAJ
Pourvu qu'il soit de bonne humeur, roman
CHRISTOPHE SIÉBERT
Métaphysique de la viande, roman
PRIX SADE
Images de la fin du monde : Chroniques de Mertvecgorod, roman
Feminicid : Chroniques de Mertvecgorod, roman
Valentina, roman
MARLÈNE TISSOT
Voix sans issue, roman
CORALIE TRINH THI
Betty Monde, roman
La Voie Humide, autobiographie
GRAND PRIX PANIQUE
TRISTAN-EDERN VAQUETTE
Je gagne toujours à la fin, roman
BERNARD VARGAFTIG
L'aveu même d'être là, accompagné du film *Dans les jardins de mon père*, poésie

Cécile Vargaftig
Fantômette se pacse, roman
Les Nouveaux Nouveaux Mystères de Paris, roman
Gilles Vincent
Les Poupées de Nijar, roman
PRIX POLAR À MAUVES SUR LOIRE, PRIX LA BOÉTIE, PRIX DES LECTEURS DES MÉDIATHÈQUES DU BASSIN DE DECAZEVILLE
Usual victims, roman
Isabelle Wéry
Rouge western, roman
Laurent Whale
Skeleton Coast, roman
Le Vol du boomerang, roman

Composition :
L'atelier des glyphes

Nous imprimons nos ouvrages sur du papier issu
de forêts gérées durablement et avec des encres végétales.

Achevé d'imprimer en mai 2023 par Corlet Imprimeur — 14110 Condé-en-Normandie
Dépôt légal : mai 2023 — N° d'imprimeur : 23050349 — *Imprimé en France*